D1661536

Im Oktober 1947 stirbt Alindas Ehemann. Alinda hat durch die Heirat mit ihm, einem Auswärtigen, ihr Bürgerrecht in Nalda verloren. Ihr droht die Abschiebung in das weit entfernte Heimatdorf ihres verstorbenen Mannes. Behörde und Kirche blicken mit Argusaugen auf Alinda und ihre beiden Kinder, um bei ersten Anzeichen von Schwäche oder Fehlverhalten einzugreifen. Der Druck auf Alinda ist groß. Zumal der Gemeindepräsident seine Machtposition ausnützt, um Alinda zur Heirat mit ihm zu bewegen. Sie wehrt seine Annäherungsversuche immer wieder ab. Hilfe erfährt Alinda von ihrem Bruder Florentin, obwohl dieser eigentlich lieber fort von Nalda möchte, dorthin, wo es technischen und gesellschaftlichen Fortschritt gibt. Dann passiert ein Unglück und Alindas Lage spitzt sich dramatisch zu.

Der Roman zeigt auf berührende und spannende Weise den Alltag einer jungen Witwe und Bergbäuerin in der Mitte des zwanzigsten Jahrhunderts. Es ist eine Zeit, in der alleinerziehende Frauen oft bevormundet werden, da man ihnen die selbständige Führung eines Bauernhofes und die richtige (religiöse) Erziehung der Kinder nicht zutraut. Die Frauen müssen ihre Fähigkeiten immer wieder unter Beweis stellen und dürfen sich keine Fehler erlauben.

Margrit Cantieni, geboren 1964, aufgewachsen in Lenzerheide (Vaz/Obervaz), studierte Betriebswirtschaft und bildete sich in Theologie, Philosophie und modernem Schreiben weiter. Sie führt den Cancas Verlag und lebt in Chur.

Margrit Cantieni

Nicht von hier

Roman

Für meine Eltern

4. Auflage August 2021

www.cancasverlag.ch

Umschlaggestaltung, Satz und Druck:
Casutt Druck & Werbetechnik AG, Chur

Umschlagbild: Postkarte von Lain (Vaz/Obervaz),
Verwendung mit freundlicher Genehmigung des
Ortsmuseums Vaz/Obervaz.
ISBN 978-3-9523732-4-8

Der Roman «Nicht von hier» spielt im fiktiven Bündner Dorf Nalda in den vierziger Jahren des letzten Jahrhunderts. Alinda verkörpert eine Bergbäuerin und Witwe, die sich gegen Bevormundung wehrt und für ein selbstbestimmtes Leben kämpft – wie so viele Frauen in dieser Zeit, die ein ähnliches Schicksal ereilt hat. Angelehnt ist Alindas Geschichte an das Leben meiner beiden Grossmütter und ihrer Familien. Einiges entspricht wahren Begebenheiten, anderes hätte sich so abspielen können. Weitere Figuren sind frei erfunden.

Margrit Cantieni

1

Die Bise schoss kalt in die Rücken der Trauernden und zerrte an den Kopftüchern der Frauen und an dem mit einem filigranen Lochmuster verzierten Messgewand des Priesters. Die Enden seiner Stola flatterten aufgeregt. Vom Weihrauch blieb nur einen kurzen Moment lang ein Hauch in der Luft, bevor er das Tal hinunter geweht wurde. Die Männer hatten ihre Hüte abgenommen, der Wind stellte die kurzgeschnittenen Haare auf. Vor drei Tagen, am zweitletzten Tag des Oktobers, an dem Tag, als Bertram an einem Asthmaanfall gestorben war, hatte es heftig geregnet. Heute blieb es trocken, doch die Luft war feucht und ließ Alinda trotz der wollenen Strümpfe, dem dicken Kleiderstoff und dem Mantel zittern.

Sie starrte auf den hellbraunen Sarg im Grab. Er sah einsam aus in dieser Grube, schien aber auch geschützt vor dem kalten Wind. Ein Geruch nach feuchter Erde stieg Alinda in die Nase, fast wie im Frühjahr, wenn die Äcker aufgepflügt wurden. Sie sog ihn ein, als ob sie sich dadurch dem Sarg näher fühlen würde. Seit seinem Tod war Bertram in der Stube aufgebahrt gewesen, sie hatte sein Gesicht Tag und Nacht betrachtet. Doch es war immer fremder geworden, wächsern und steif. Es war nicht mehr ihr Mann, der da lag. Fast war sie froh gewesen, als der Sarg geschlossen wurde, und sie sich ihre eigene

Erinnerung an ihn bewahren konnte, seine feinen Züge, sein munteres Lächeln. Vor allem wollte sie das fröhliche Braun seiner Augen festhalten.

Krachend fiel Erde auf den Sarg, die der Priester mit einer kleinen Schaufel hineingeworfen hatte. Alinda zuckte zusammen. Ihr Blick begegnete Teresias verheultem Gesicht. Ihre Tochter schien den letzten Rest von Kindlichkeit verloren zu haben und trotz ihrer erst vierzehn Jahre erwachsen geworden zu sein.

Der Priester steckte die Schaufel in den Erdhaufen neben dem Grab, nahm das schlichte Holzkreuz, deutete damit murmelnd ein Kreuzzeichen an und steckte es neben die Schaufel in die Erde. 'Bertram Palsim, 1905 – 1947' stand drauf.

«Ich glaube an Gott, den Vater, den Allmächtigen, den Schöpfer des Himmels und der Erde», hob Pfarrer Vitus an. Alinda starrte auf seinen Mund, der jedes Wort deutlich artikulierte. Er hatte eine feste Stimme, die weit trug, beim Beten und beim Schimpfen. Die Trauergäste fielen in das Glaubensbekenntnis ein, das anfängliche Murmeln wurde zu einem kräftigen Rauschen wie von einem Fluss, der Stromschnellen überwinden muss. Alinda fühlte sich sekundenlang von dem Raunen emporgehoben und getröstet, doch die Trauer um ihren Mann und die Angst vor der Zukunft kam rasch zurück. Ihr Blick wanderte zum Dorf hinauf. Die Häuser und Ställe von Nalda schienen wie neugierige alte Menschen zur Kirche und den Trauernden hinunterzuschauen. Auch ihr eigenes Haus mit den roten Fensterläden, in dem schon ihre Eltern und Großeltern gewohnt hatten. Von dort war der Trauerzug wie ein Tausendfüßler hinunter zur Kirche gewandert, hinter dem von einem behäbigen Pferd gezogenen schwarzen Leichenwagen mit den gummierten Reifen und dem baldachinähnlichen Dach, von dem seitlich dunkler schwerer Stoff in Halbbögen hinunterhing und sich im Wind wellenförmig bewegte.

Alindas Blick glitt über die Trauergemeinde. Alle waren da, die Nachbarn, Bertrams ehemalige Schülerinnen und Schüler, der Schulrat, der Gemeindevorstand, ihr Bruder Florentin. Auch Bertrams beide Brüder und seine Eltern waren aus dem fernen Oberland angereist. Alinda kannte jedes Gesicht, die alten zerfurchten und die jungen hoffnungsvollen, sie kannte jeden ihrer Schicksalsschläge, die oft schon im Kindesalter eingetreten waren. Wie bei ihr und nun auch bei Teresia und Rätus. Ihr Sohn stand mit geballten Fäusten neben ihr, die Lippen fest zusammengepresst, die Augen weit geöffnet, um die Tränen auszutrocknen. Die Mundwinkel zitterten.

Pfarrer Vitus verlas die Fürbitten. Alinda nahm sie nicht wahr, hörte nur jedes Mal die Antwort der Gemeinde.

«Wir bitten dich, erhöre uns.»

Ja, mein Herrgott, dachte sie, erhöre mich und meine Sorgen um die Familie. Du hast mir nur wenige glückliche Jahre geschenkt. Sie griff sich an den Hals, als wollte sie das unsichtbare Band, das sie zu ersticken drohte, wegreißen. Nicht weinen, Alinda. Sie wollte nicht als schwaches

Weib gelten. Nicht vor den Gemeinderäten, die sie aufmerksam beobachteten. Sie würde ihnen beweisen, dass sie fähig war, ihre Kinder alleine großzuziehen.

«Vater unser im Himmel», begann der Priester, die Trauergäste stimmten mit ein. Alinda bewegte nur lautlos die Lippen. Sie wusste nicht, wie viele Male sie dieses Gebet und den Rosenkranz seit Bertrams Tod gesprochen hatte. Es schienen ihr hunderte, tausende. Das Haus war bis spät in der Nacht vom Gemurmel der Dörfler erfüllt gewesen, die vorbeigekommen waren, um mit ihr und den Kindern zusammen zu beten. Es hörte sich an, als ob sich ein Bienenschwarm eingenistet hätte.

Als der Priester zu ihr trat und ihre Hand drückte, merkte Alinda, dass er den Segen bereits gesprochen hatte. Sein Händedruck war so fest, dass es ihr weh tat. Seine schmalen Augen schienen in ihre Seele blicken zu wollen.

«Gott sei mit dir und schenke dir Kraft und Zuversicht.»

Sie nahm den Sprenger, tunkte ihn in die Schale mit dem Weihwasser und zeichnete über Bertrams Grab ein Kreuz. Das Wasser tropfte auf das Holz wie riesige Tränen. Rasch wandte sie sich ab und gab den Sprenger in eine Hand, die sich ihr entgegenstreckte. Es war diejenige von Lavinia, ihrer Freundin, die sich eng neben Alinda stellte, nachdem sie den Abschiedsgruß über dem Sarg gemacht hatte. Alinda schaute sie dankbar an. Lavinias Nähe gab ihr Kraft. Sie traten zur Seite, stellten sich in einer Reihe auf, Alinda, Teresia, Lavinia, Rätus, Florentin und auch die Verwandten von Bertram. Alinda erwiderte jeden Händedruck, dankte für jedes Wort des Mitgefühls. Es waren unzählige. Das Pfeifen des Windes übertönte manchmal die Beileidsbezeugungen. Nach einer halben Stunde fühlte sich Alinda wie eingefroren, sie hatte kein Gefühl mehr in den Füßen, ihre Hand war eiskalt. Sie konnte kaum mehr die Lippen bewegen und musste sich zwingen, die Augen offen zu halten.

Als letzter trat Xaver Bergmann zu ihr, den Hut unter den Arm geklemmt. Mit beiden Händen umfasste er die klammen Finger ihrer rechten Hand und rieb sie. Alinda wollte sie ihm entziehen, doch er hielt sie fest, kam ihr mit seinem runden Gesicht näher und flüsterte:

«Alinda, du weißt, dass ich immer für dich da bin. Denk daran.»

Alinda kniff die Augen zusammen und wich einen Schritt zurück. Xaver ließ sie los, setzte den Hut auf sein schütteres, vom Wind zerzaustes Haar und ging zu den Männern, die vor dem Friedhof warteten. Mit brennenden Augen blickte Alinda der untersetzten Gestalt nach. Wie konnte Xaver nur so unverschämt sein und ihr in dieser Situation so nahekommen. Unverschämt und rücksichtslos. Sie musste heute Bertram beerdigen, den Mann, den sie so geliebt hatte und dem sie alle Freude ihres Lebens verdankte. Am liebsten hätte sie Xaver nachgeschrien, dass er sie in Ruhe lassen solle, ein für alle Mal, mit aller Wut und Hilflosigkeit, die sie in sich fühlte. Doch das würden die Männer des Dorfes als hysterische Reaktion einer überforderten Frau betrachten. Lavinia, die Xavers Worte nicht gehört hatte, ergriff ihren Arm und Teresias Hand.

«Lasst uns gehen», sagte sie und zog die beiden zum Friedhofstor. «Im Restaurant haben sie sicher schon zum Trauermahl aufgetischt.»

Der elfjährige Rätus folgte mit gesenktem Kopf.

2

Geschätzter Florentin
Ich hoffe, es geht dir gut. Ich habe mich hier in Hastings gut eingelebt. Auch mit dem Englisch klappt es schon ganz gut. Ich übe fleißig. Das Wörterbuch ist schon ganz abgegriffen. Ich lese jeden Tag in der Zeitung, damit ich die Sprache schneller lerne. Vorerst arbeite ich als Zimmermädchen. Das Hotel ist nicht sehr groß, es hat neun Zimmer. Der Patron ist nett und fragt immer, ob es mir hier gefalle. Ich kann hier im Hotel wohnen. Ich teile mir ein Zimmer mit dem anderen Mädchen, das Engländerin ist. Das ist sehr gut, denn so kann ich mit ihr Englisch sprechen.
Hastings liegt direkt am Meer. Es gibt hier viele schöne Villen und riesige, weiße Hotels, direkt am Strand. Die reichen Londoner machen hier Ferien. Das Meer ist wirklich gewaltig, du kannst dir das gar nicht vorstellen. Bis zum Horizont sieht man nur Wasser. Es rauscht den ganzen Tag und alles schmeckt nach Salz. Jetzt, im Herbst, ist es hier ziemlich kühl. Letzthin hatten wir einen Sturm, da war es doch etwas beängstigend. Das Wasser war ganz schwarz. Die Wellen waren höher als ein Mensch, und es lärmte, als ob jemand auf einen riesigen Kessel einschlagen würde. Jetzt ist es wieder ruhiger geworden.
Hier in England hat sich die Prinzessin – sie heißt Eli-

zabeth – verlobt. Sie ist sehr hübsch, wie aus einem Märchen. Das ist hier schon speziell, das mit dem Königshaus. Die Engländer sind ganz stolz darauf und es wird viel über ihr Leben geschrieben. Aber sonst geht es den Engländern nicht so gut, glaube ich. In der Zeitung steht etwas von Wirtschaftskrise. Aber ich kann noch nicht so gut Englisch, dass ich alles verstehe.
Wie geht es dir? Habt ihr schon viele Gäste im Engadin? Ich freue mich auf die Nachrichten aus der Schweiz (weil, ein wenig Heimweh habe ich schon).
Greetings from England
Susanne

Florentin hatte den Brief schon vor zwei Tagen im Engadin bekommen, aber mit dem Öffnen bis zu seinem Besuch bei Alinda gewartet. Er hatte das Gefühl, dass der Brief nach Salz roch. Aber vielleicht bildete er sich das auch nur ein. Sorgfältig faltete er ihn zusammen und steckte ihn zurück in den Umschlag, auf dem in kleiner Schrift sein Name und Hotel Seeblick, St. Moritz, stand. Die blauen und grünen Briefmarken zeigten das Profil eines Mannes. Das war sicher der König von England.

Susanne hatte in den letzten drei Jahren im Hotel Seeblick als Zimmermädchen gearbeitet. Im Sommer hatte sie endlich eine Stelle in England bekommen. Sie war eine nette Arbeitskollegin von Florentin gewesen, stets fröhlich, neugierig und wissbegierig. Sie hatten zusammen Englisch gelernt. Florentin lernte rascher als Susanne, auch wenn er fünfzehn Jahre älter war als sie. Er behielt die meisten Wörter schon beim ersten Mal. Sie brauchte länger, vor allem die Grammatik bereitete ihr Schwierigkeiten. Florentin half ihr gerne. Er genoss das Aufleuchten in ihren braunen Augen, wenn sie einen Satz fehlerfrei übersetzt hatte, und ihr Kichern, wenn sie sich wie eine vornehme englische Lady benahm, die dickwandige Teetasse mit abgespreiztem Finger emporhob und mit hochgezogenen Augenbrauen nippte. Sie hatte ihm versprochen, dass sie für ihn auch eine Stelle in England suchen werde.

Von draußen hörte Florentin seine Schwester, die den Vorplatz fegte, obwohl er kaum Schmutz aufwies. Ihre magere kleine Gestalt machte ihn traurig. Sie sah so zerbrechlich aus und wollte sich doch keine Schwäche anmerken lassen. Nicht ein einziges Mal seit Bertrams Tod hatte er sie weinen sehen.

Es war Sonntagnachmittag, sein freier Tag. Nach Bertrams Beerdigung, die nun schon über zwei Wochen zurücklag, war er ins Engadin zurückgekehrt. Etwas, was Alinda ihm damals gesagt hatte, war ihm nicht mehr aus dem Kopf gegangen:

«Hoffentlich werde ich nicht bevormundet. Das würde ich nicht ertragen.»

Das helle Blau ihrer Augen war ganz dunkel geworden, wie wenn sie von Gewitterwolken bedeckt worden wären. Wie gerne hätte er sie in die Arme genommen und getröstet, wäre ihr über das streng nach hinten zu einem Dutt gestraffte Haar gefahren, das an den Schläfen erste graue Ansätze aufwies. Doch er traute sich nicht.

Er verstand Alindas Sorgen. Alleinerziehenden Frauen wurde die Fähigkeit, das eigene Vermögen ordentlich zu verwalten und die Kinder im richtigen Geist und mit der nötigen Härte zu erziehen, angezweifelt. Man hielt sie für zu gutmütig und leichtgläubig. Alinda wäre nicht die erste Witwe, die einen Vormund bekäme.

Florentin hatte in den letzten Tagen hin und her überlegt, wie er Alinda helfen könnte. Er machte seine Arbeit als Portier gerne. Jeden Tag bürstete er seine Uniform aus und rieb die Knöpfe und das Schild der Mütze, auf der mit Goldbuchstaben das Wort 'Portier' eingestickt war, blank. Es erfüllte ihn mit leisem Stolz, wenn er mit den Gästen, die meistens aus England kamen, einige Brocken in ihrer Sprache reden konnte. Sie fragten ihn, wie man die romanischen Dorfnamen richtig ausspreche, was ihnen aber kaum je gelang. Oft musste er ein Lachen unterdrücken, wenn sie die ungewohnten Lautfolgen nachsprechen wollten und sich darin verhedderten. Ebenso lustig fand er die knielangen Pluderhosen, die die Männer beim Curling Spielen anzogen. Kurze Hosen trugen in Nalda nur die Knaben.

Manchmal bekam er etwas Kopfschmerzen von den süßlichen Parfums der Damen. Und manchmal überlegte er sich, was die Leute in Nalda über eine junge Frau aus ihrer Mitte sagen würden, die Farbe auf die Augenlider legte und sich die Lippen rot anmalte. Sie würde als flatterhaft angesehen und der Pfarrer würde von der Kanzel herab über die verdorbene Jugend klagen.

Im Hotel Seeblick gab es Betten mit weichen Matratzen, Toiletten mit Wasserspülung und Badewannen in jedem Zimmer. Am schönsten fand Florentin den Kristalllüster mit den elektrischen Kerzen in der Eingangshalle. Er war fast so groß wie ein neugeborenes Kalb und funkelte, als ob hundert Sterne in ihm gefangen wären.

In St. Moritz war es so ganz anders als in Nalda. Es gab dort viele Hotels, die gut besucht waren. Vor allem von Engländern, obwohl der zweite schlimme Krieg in diesem Jahrhundert erst zwei Jahre zurücklag. Eigentlich hatte sich Florentin aus seinem Heimatdorf verabschiedet. Er kam nur noch alle zwei Monate nach Nalda, um seine Schwester und ihre Familie zu besuchen. Teresia, Alindas Tochter, war sein Patenkind. Er freute sich jedesmal, wenn sie ihn mit 'Padroin' ansprach, dem in Nalda gebräuchlichen Wort für Pate.

Alinda hatte ihm sein Zimmer im Elternhaus immer freigehalten. Sie behauptete, dass sie ihm ihr Leben verdanke. Er habe sie gesund gemacht, als sie mit dreizehn Jahren an Kinderlähmung erkrankt war. Den ganzen Winter war sie damals ans Bett gefesselt gewesen und hatte fast das ganze Schuljahr verpasst. Ihre Beine waren kraftlos und knickten ein, wenn sie aufstehen wollte, als ob sie aus Pudding bestünden. Immer seltener versuchte sie es und versank in ihren Schmerzen in den Beinen und im Rücken. Florentin trieb sie an, es doch zu versuchen, streckte ihre Beine im Bett vor und zurück, wie es der Arzt gezeigt hatte, der das 'Gymnastik' nannte. Doch Alinda hatte ihn nur traurig angeblickt und den Kopf geschüttelt.

«Ich werde ein Krüppel bleiben, immer ans Haus gefesselt sein und anderen zur Last fallen. Alle werden mich hassen als unnütze Esserin», sagte sie mit brüchiger Stimme. Die Traurigkeit verdüsterte ihr kleines schmales Gesicht.

«Komm schon, probiere noch mal. Du kannst es.»

Mit zuckenden Schultern hatte sie den Kopf abgewandt und Florentin war traurig aus dem Zimmer geschlichen. Die Tränen flossen ihm über die Wangen. Doch eines Tages, die Sonne wärmte schon stark und der Schnee war größtenteils von den Wiesen verschwunden, ließ er sich nicht mehr abwimmeln. Die Mutter war im Backhaus und Alinda und er waren alleine zuhause.

«Jetzt versuchst du es nochmals.»

Florentin packte Alinda und zog sie aus dem Bett. Sie wehrte sich und schlug ihn mit den Fäusten, doch sie war so schwach und dünn, dass sie Florentin nicht davon abhalten konnte, sie auf den Flur zu tragen. Dort ließ er sie am Boden liegen.

«So, und nun steh auf. Sieh her, du kannst dich am Geländer hochziehen. Und ich stütze dich auf der anderen Seite. Versuch es, Alinda, bitte versuch es.»

Das Mädchen mit den abgemagerten Beinen lag am Boden, ein schluchzendes Bündel.

«Bring mich wieder ins Bett, ich friere.»

Er rührte sich nicht. Alinda kroch zur Schlafzimmertür wie ein lahmer Käfer, doch Florentin versperrte ihr den Weg.

«Du bist so gemein, ich werde es Mama erzählen.»

Minutenlang blieb sie am Boden sitzen, still weinend. Es schnürte Florentin die Kehle zu und er musste sich zwingen, sie nicht in die Arme zu nehmen und sich zu entschuldigen für seine Hartherzigkeit. Doch er blieb standhaft. Endlich packte Alinda das Geländer und versuchte, sich hochzuziehen. Doch es gelang ihr nicht einmal, ein Bein aufzustellen. Es sackte gleich wieder weg.

«Siehst du, es geht nicht. Bring mich ins Bett, bitte.»

Ihr flehentlicher Ton schnitt Florentin ins Herz und er kniff fest den Mund zu, um nicht zu weinen. Was machte er hier nur? Lieber Gott, betete er still, bitte hilf Alinda. Ich werde nie mehr etwas Schlechtes tun, wenn du machst, dass sie wieder laufen kann. Er wandte den Blick ab, um Alindas brennende Augen nicht sehen zu müssen. Als sie sah, dass Florentin sie nicht ins Schlafzimmer hineinkriechen lassen würde, packte sie wieder das Geländer und versuchte, hochzukommen. Wieder scheiterte sie.

«Es geht nicht. Alleine geht es nicht. Du musst mir helfen.»

Florentin war mit einem Satz bei ihr.

«Halte dich mit einer Hand am Geländer fest und ich stütze dich von der anderen Seite.»

Immer und immer wieder versuchten sie es. Alindas Nachthemd war nass, Schweißperlen liefen ihr über das Gesicht. Stets aufs Neue ermunterte Florentin sie, nicht aufzugeben. Er hoffte, dass die Mutter nicht gerade jetzt nach Hause kam. Sie würde ihn sicher ausschimpfen, was er hier mache, ob er wolle, dass sich Alinda den Tod hole.

«Ich schaffe es nicht, Florentin», sagte Alinda und sank schluchzend zu Boden. Er setzte sich neben sie und ließ seinen Tränen freien Lauf. Alinda legte die Hand auf seinen Arm, als ob sie ihn trösten oder sich für ihre Unfähigkeit entschuldigen wollte. Lange saßen sie so da, beiden zog die Kälte in die Knochen, Alinda zitterte wie ein dürres Blatt im Herbstwind.

«Komm, wir probieren es noch einmal. Nur noch einmal. Stell dir vor, du könntest wieder Schmetterlinge fangen.»

Er stand auf und zerrte Alinda am Arm. Hoffnung und Hoffnungslosigkeit kämpften in ihrem Gesicht. Sie zog sich nochmals am Geländer hoch, mit fest geschlossenen Augen, wie wenn sie sich tatsächlich eine Blumenwiese mit Schmetterlingen vorstellte, denen sie nachjagte. Der Schweiß schoss ihr sofort wieder aus den Poren. Dann knickte sie wieder ein und erschlaffte.

Doch Florentin jubelte.

«Du hast es geschafft», rief er und ließ sie langsam auf den Bretterboden gleiten. Alinda blickte ihn verwirrt an und schüttelte den Kopf.

«Doch, ich habe es gesehen, du bist einen Moment lang stehen geblieben.»

Seine Stimme hüpfte auf und ab wie ein Gummiball.

«Meinst du wirklich?» fragte Alinda flüsternd. «Du hast dir das sicher nur eingebildet.»

«Nein, ich schwöre es dir. Es war so. Du bist einen winzigen Moment lang stehen geblieben. Ich habe es wirklich gesehen. Glaub mir. Komm, wir versuchen es gleich noch einmal.»

Er packte Alinda, ohne ihr Zeit zum Überlegen zu lassen und bevor ihm selbst Zweifel kommen konnten, ob es tatsächlich so gewesen war, wie er gesagt hatte.

Zögernd zog sich Alinda wieder hoch. Ihr Zittern übertrug sich auf Florentin. Was war, wenn es jetzt nicht klappte? Wenn er sich das nur eingebildet hatte? Dann hatte er ihr falsche Hoffnungen gemacht, die ihr Elend noch vergrößern würden. Er ließ sie kurz los, umfasste sie aber sofort wieder, als sie die Augen verdrehte und zusammensank. Alinda war ohnmächtig geworden. Doch sie hatte es noch einmal geschafft. Da war er sich ganz sicher. Trotzdem überkam ihn Angst. Hoffentlich hatte er nichts Falsches gemacht. Hoffentlich bekam sie keine Lungenentzündung von der Kälte und der Anstrengung. Er hob sie rasch auf und trug sie ins Bett. Er spürte jeden Knochen des dünnen Mädchenkörpers. Liebevoll deckte er sie bis zum Hals zu, setzte sich auf die Bettkante und beobachtete sie ängstlich.

«Alinda, wach auf», flehte er und betete das Avemaria und dann noch eines und noch eines. Er versprach der Gottesmutter, dass er sie sein Leben lang ehren würde, wenn Alinda gesund werde. Endlich schlug sie die Augen auf. Sie brauchte einen Moment, bis sie sich an das Geschehene erinnerte. Florentins Mund zitterte.

«Wie geht es dir?»

Er drückte ihr die Hand, so fest, dass sie aufschrie und er sie schnell losließ. Doch dann lächelte seine Schwester, das erste Mal seit Wochen. Florentin versprach der heiligen Maria, ihr das Geld, dass er vielleicht von seinem Paten zu Weihnachten bekam, zu spenden und ganz viele Kerzen anzuzünden.

Als kurz darauf die Mutter mit dem frisch gebackenen Brot heimkam, erzählte ihr Florentin stockend und mit schlechtem Gewissen, was er getan hatte. Sicher würde sie ihm nicht glauben, dass Alinda stehen konnte, und mit ihm schimpfen. Sie befühlte Alindas Glieder und ihre Stirn.

«Mama, ich kann wieder laufen. Florentin hat es gesehen.»

«Das liegt in Gottes Hand», sagte die Mutter und zog ihr ein frisches Nachthemd an. Kein Wort des Tadels kam über ihre Lippen, als sie Alinda wieder zudeckte und ihr befahl, zu schlafen. Als sie mit Florentin das Zimmer verließ, strich sie ihm über den Kopf. Florentin erschauerte. Das hatte sie noch nie gemacht.

Alinda übte in den nächsten Tagen und Wochen das Gehen mit der Hartnäckigkeit eines Schneeglöckchens, das sich im Frühjahr aus der harten Erde kämpfte. Ein leichtes Hinken blieb, weil das linke Bein einfach nicht mehr die alte Kraft bekam, vor allem, wenn Alinda sehr müde war. Doch es war kaum wahrzunehmen, so dass die Dörfler keinen Grund hatten, sie als 'die Hinkende' zu bezeichnen.

Jetzt, fast dreißig Jahre später, brauchte Alinda wieder seine Unterstützung. Auch wenn sie ihm das noch nicht gesagt hatte. Doch in welcher Form sollte er helfen? Mit Geld? Mit seiner eigenen Arbeitskraft? Aber was würde dann mit England? Seufzend legte Florentin Susannes Brief in die Schublade des Tisches. Er musste ihr schreiben, dass sein Schwager gestorben war und sich die Situation verändert hatte. Doch zuerst musste er sich selber klar werden, wie es weitergehen sollte. Und zwar in den nächsten Tagen. Er schaute auf die Kirchenuhr. Es war fast sechs Uhr, Zeit, loszulaufen, wenn er den Zug nach St. Moritz um sieben Uhr erreichen wollte. Fast zwei Stunden dauerte die Fahrt. Um zehn Uhr begann seine Nachtschicht im Hotel. Er packte den Hut und die Geldbörse, ging zur Tür, nahm mit dem Mittelfinger ein wenig Weihwasser aus dem kleinen muschelförmigen Gefäß an der Wand, bekreuzigte sich und verließ das Haus.

Alinda saß auf der Bank neben der Treppe, den Besen an die Wand gelehnt. Die letzten Sonnenstrahlen erhellten die Hauswand und ließen die schwarzgekleidete Gestalt von Alinda wie einen Schatten erscheinen.

«Ich komme nächsten Sonntag wieder», sagte er und wandte sich zum Gehen.

Alinda erhob sich rasch, als ob sie ein schlechtes Gewissen hätte, weil sie einfach auf der Bank saß und nichts tat.

«Warte», sagte sie und ging ins Haus. Florentin sah unruhig auf die Kirchenuhr. Es war schon zehn nach sechs.

Der Fußmarsch zum Bahnhof dauerte fast eine Stunde. Er würde sich sehr beeilen müssen. Da kam Alinda zurück, ein mit Zeitungspapier umhülltes Paket in der Hand.

«Du wirst unterwegs Hunger haben. Ich habe dir Brot und Käse eingepackt.»

Ohne seinen Dank abzuwarten, ergriff sie den Besen und ging zum Stall. Florentin blickte ihr kurz nach. Dann drehte er sich um und eilte davon.

3

Es war sechs Uhr früh und immer noch dunkel. Hin und wieder ertönte ein Muhen oder Meckern aus den Ställen. Aus einigen Fenstern schien ein fahles gelbes Licht, das kaum kräftig genug war, um bis zur Straße zu gelangen. Ein Hahn krähte. In der Nacht hatte es ein wenig geschneit, der Schnee bedeckte die Wiesen hauchdünn, so dass das Grün durchschimmerte. Auf den Straßen war er bereits von der harten Erde verschluckt worden.

Der Weg zum Backhaus war kurz, etwa hundert Meter, aber steil. Schon zum zweiten Mal stieg Alinda heute hinauf. Beim ersten Mal hatte Florentin ihr geholfen, den schweren Holzzuber mit dem Brotteig hinaufzubringen. Jetzt trug sie in einem Korb Holz für den Ofen und zwei Tischtücher hinauf. Sie war heute die Erste, die buk. Deshalb benötigte sie mehr Holz, denn der Ofen war über Nacht vollkommen erkaltet, und sie konnte nicht von der Restwärme einer Vorgängerin profitieren.

Als Bertram noch gesund gewesen war, hatte er ihr beim Hochtragen geholfen. Doch im Backhaus hatte er es nie lange ausgehalten. Das feine Mehl in der Luft engte ihm die Luftröhre ein und ließ ihn keuchend atmen, genauso wie das frisch gemähte Heu im Sommer. Niemals wären sie auf die Idee gekommen, dass das Asthma so schlimm werden und zu seinem Tod führen würde. Alinda wurden die Arme schwer, doch sie ließ den Korb keinen Zentimeter sinken. Am nächsten Sonntag war erster Advent und gleichzeitig der dreißigste Tag nach Bertrams Tod. In der Messe würde der Pfarrer seinen Namen erwähnen. Alinda überkam ein Zittern, nicht nur wegen der morgendlichen Kälte. Nie mehr würde sie Bertrams feines Lächeln sehen, seine Stimme hören, die sie umfasst hatte wie eine Decke, die auf dem Ofen aufgewärmt worden war, nie mehr seine Lippen auf ihrem Körper spüren, so sanft und rücksichtsvoll, dass sie sich nie dafür geschämt hatte. In ihrem Kopf schien alles dunkel, als ob jemand die Sterne vom Himmel genommen, in einen Sack getan und vergraben hätte. Sie konnte sich nicht vorstellen, dass sie jemals wieder auftauchen würden.

Plötzlich hörte Alinda ein Knirschen hinter sich. Der Geruch von Tabak drang ihr in die Nase und Xaver Bergmann erschien an ihrer Seite.

«Warte, Alinda, ich helfe dir», sagte er undeutlich. Er bewegte nur die rechte Hälfte des Mundes, mit der anderen hielt er die dicke, glänzende Pfeife. Bevor sie protestieren konnte, entriss er ihr den Korb mit den Holzscheiten. Alinda blieb stehen. Es war ihr nicht recht, dass Xaver ihr half. Doch er ging einfach weiter.

«Ich kann den Korb selbst tragen, Xaver», sagte sie und starrte auf seinen kurzen Rücken, als könnte sie ihn dadurch zum Anhalten bewegen. Der Hut mit dem samtenen Band bedeckte das blonde kurzgeschnittene Haar fast vollständig. Wie ein hautfarbener Schal legte sich die

Nackenfalte auf den Kragen der Jacke. Sein ausladender Hintern erinnerte sie an ein gut genährtes Schwein.

«Das weiß ich, Alinda. Du bist eine starke Frau. Aber lass dir doch helfen in deiner Situation. Das ist keine Schande.»

Er ging weiter, mit kurzen schnellen Schritten, ohne sich umzudrehen. Alinda folgte ihm mit verkniffenem Mund. Am liebsten hätte sie Xaver am Kragen zurückgehalten. Doch wenn jemand sie dabei beobachtet hätte, gäbe diese lächerliche Situation nur Gesprächsstoff für den Stammtisch.

Vor dem Backhaus legte Xaver den Korb auf den Boden.

«So, den Rest überlasse ich dir. Brotbacken ist schließlich Frauenarbeit, nicht wahr?»

Sein volles Lachen hätte besser zu einem großen, gutgebauten Mann gepasst als zu Xavers gedrungener Gestalt.

«Wie geht es dir denn so, Alinda?» fragte er und schob mit der Schuhspitze Kieselsteine zusammen.

«Gut.»

Sie schloss das Backhaus auf und hob den Korb hoch.

«Du weißt, du kannst immer mit meiner Hilfe rechnen.»

«Danke.»

«Es ist nicht einfach für eine alleinstehende Frau, ohne Mann im Haus, mit zwei Kindern. Da kann man jede Unterstützung brauchen. Der einfachste Weg ist oft auch der beste, nicht wahr?»

Er zog an der Pfeife und stieß mit gesenktem Blick den Rauch aus, ohne zu bemerken, dass er ihn direkt in

Alindas Gesicht blies. Sie rührte sich nicht.

Xaver machte sich also Hoffnungen, dass sie ihn heiraten, seinem Jungen eine gute Mutter und ihm eine gute Hausfrau werden würde. Fast hätte sie ihn angeschrien, ob er sich nicht schäme, nur einen Monat nach Bertrams Tod so zu reden. Als ob sie ihren Ehemann schon vergessen hätte wie einen alten kaputten Stuhl, der verfeuert wurde.

«Die Kinder sind nicht mehr klein. Teresia ist schon bald fünfzehn. Und außerdem ...», sie holte tief Luft, «... bleibt Florentin bei uns.»

Wie froh war sie in diesem Moment, ihm Florentins Entscheidung mitteilen zu können. Ihr Bruder hatte ihr am letzten Sonntag angeboten, bei ihr zu bleiben, um ihr bei der Bewirtschaftung des Hofes zu helfen. Alinda hatte gezögert, ob sie das Angebot annehmen sollte. Florentin hatte schon als junger Mann davon geträumt, Nalda zu verlassen und in die Welt zu ziehen, wo es Fortschritt gab und fremde Sprachen. Doch er war nach der Schulzeit bei seiner Schwester und bei seiner Mutter geblieben, die Witwe geworden war, als er und Alinda noch klein gewesen waren, ein- und dreijährig. Bis zu Alindas Hochzeit hatte er geholfen, den Hof zu bewirtschaften. Als Alinda dann – endlich – geheiratet hatte, war dies für Florentin die Gelegenheit gewesen, den Hof mit gutem Gewissen zu verlassen. Und jetzt, sechzehn Jahre später, bot er an zurückzukommen.

Alinda hatte zuerst abgelehnt, zu groß schien ihr das Opfer. Doch als Florentin ergänzte, dass dies vorerst für ein Jahr gelte, hatte sie zugestimmt, und das Atmen war ihr schlagartig leichter gefallen.

«Was?» Xaver schnaubte überrascht. «Florentin? Der hatte doch keine Ahnung von Landwirtschaft und Angst vor jeder Kuh. Da hast du dir eine feine Hilfe ausgesucht.»

Die Beleidigung ihres Bruders traf Alinda wie der Tritt einer Geiß und verschlug ihr sekundenlang die Sprache.

«Du wirst schon sehen, dass wir es schaffen werden. Gemeinsam, Florentin und ich und die Kinder. Wir brauchen deine Hilfe nicht, Xaver.»

Sie hatte seinen Namen herausgespien wie saure Milch. Xaver trat einen Schritt zurück. Seine braunen Augen wurden noch kleiner, als sie es schon waren. Alinda bereute, dass sie so heftig reagiert hatte.

«Denk daran, Alinda, dass ich als Gemeindepräsident dafür verantwortlich bin, dass die Kinder in der Gemeinde gesund und wohlversorgt aufwachsen. Du wärst nicht die erste, die Hilfe benötigt, einen Beistand oder sogar einen Vormund. Einen Hof zu führen ist nicht einfach. Da sammeln sich schnell mal Schulden an.»

Alinda schien es, wie wenn Xaver ihr eine Kröte in den Hals gestopft hätte, die sich nun in der Kehle festklammerte und sich nicht ausspucken ließ. Sein Einfluss in der Gemeinde war groß, nicht nur, weil er der Mastral war, wie man in Nalda den Gemeindepräsidenten bezeichnete, sondern auch, weil er der reichste Mann im Dorf war. Die größte Angst hatte Alinda vor der Armengenössigkeit. Wenn die Gemeinde sie finanziell unterstützen müsste, könnte sie die Familie in Bertrams Heimatdorf im Oberland abschieben. Dorthin, wo sie niemanden kannte, außer die Eltern und Geschwister von Bertram. Aber auch diese nur oberflächlich. Das Bürgerrecht von Nalda hatte sie mit der Heirat verloren. Eine Ungerechtigkeit, fand sie. Seit Generationen war ihre Familie hier ansässig, und nun, nur weil sie einen Auswärtigen geheiratet hatte, musste sie auf die Privilegien als Bürgerin verzichten, auf das kostenlose Losholz, auf die Möglichkeit, ihr Vieh auf der gemeindeeigenen Alp zu sömmern, auf den Kauf von Land – und eben auf die Unterstützung, wenn sie in die Armut fallen würde.

«Ja, Xaver, ich weiß das. Aber das wird nicht passieren. Du wirst sehen», sagte sie und blickte ihn fest an.

Nach einigen Sekunden wandte Xaver den Blick ab, nahm die Pfeife aus dem Mund und klopfte sie an der Schuhsohle aus. Alinda drehte sich wortlos um, trat ins Backhaus und schloss die Tür. Sie legte den Korb vor den Ofen, schob die Scheite hinein und entfachte das Feuer. Es war gutes Holz, ohne Astlöcher, und brannte schnell hinunter. Nach ein paar Minuten hörte sie knirschende Schritte. Xaver entfernte sich. Sie war wieder allein. Erst jetzt spürte sie, wie ihre Beine zitterten. Sie setzte sich auf den Schemel und schlug die Hände vors Gesicht. Sie waren eiskalt. Krampfhaft versuchte sie, ihr Schluchzen zu unterdrücken. Niemand durfte es hören, die Kinder nicht, Florentin nicht und am allerwenigsten Xaver.

«Reiß dich zusammen, Alinda», murmelte sie und

schnäuzte sich die Nase. Ihre Mutter hätte dies auch gesagt. Alinda raffte sich auf und zog den Mantel aus, obwohl es noch kalt war im Backhaus. Doch die Arbeit und das Feuer im Ofen würden ihr rasch warm geben. Sie breitete die Decken über die beiden langen Tische aus und bestäubte sie mit Mehl. Mit geübter Hand formte sie Brote und legte sie auf die Tische. Es waren fast dreißig Stück.

Nach einer knappen Stunde war das Feuer abgebrannt. Nur noch die Glut glimmte. Mit der Holzschaufel holte sie die Kohle und Asche heraus, reinigte die Fläche mit einem nassen, an einer Stange befestigten Lappen und ließ nur einen kleinen glimmenden Span in einer Ecke liegen, der den Ofen ausleuchtete. In jeden Teigling schnitt sie ein Kreuz ein. Sie fühlten sich kühl-klebrig an und rochen wie frisches Wasser. Es war für Alinda jedes Mal ein kleines Wunder, wenn aus diesen Dingern duftendes Brot wurde. Wie sie es von ihrer Mutter gelernt hatte, sprach sie ein kurzes Gebet für die armen Seelen, bevor sie die Teigkugeln in die steinerne Höhle schob. Das Gebet ließ ihre Augen wieder feucht werden. Mehl geriet ihr ins Auge, als sie mit der Hand die Tränen abwischen wollte. Blinzelnd versuchte sie, wieder klar zu sehen.

Mit den letzten Teigresten, die sie aus dem Holzzuber klaubte, formte Alinda noch einige faustgroße Ringbrötchen. Die Kinder liebten sie und nahmen sie gerne als Znüni, dem vormittäglichen Pausenbrot, in die Schule mit. Sie wurden schnell hart und eigneten sich nicht fürs lange Aufbewahren.

Alinda schloss den Ofen. Eine Stunde musste sie nun warten. Üblicherweise nutzte sie diese Zeit, um zu Hause noch rasch einige Arbeiten zu erledigen. Doch sie wollte auf keinen Fall Xaver nochmals begegnen und entschied sich, im Backhaus zu bleiben. Sie setzte sich an den Tisch. Die Stille und die Wärme machten sie schläfrig und sie legte ihren Kopf auf ihre Arme. Zu Hause würde sie sich das nie gestatten. Doch hier war niemand. Nur ihre Mutter sah ihr vielleicht vom Himmel her zu. Und Bertram. Aber beide hätten sie Verständnis.

Plötzlich schreckte sie auf. Stimmen waren zu hören. Hastig erhob sie sich und öffnete die Tür des Backhauses. Ein Blick auf die Kirchenuhr sagte ihr, dass sie mehr als eine dreiviertel Stunde geschlafen hatte. Von der oberen Straße näherten sich plappernd zwei Frauen. Sie trugen Körbe mit Holz. Alinda eilte zum Ofen und öffnete ihn. Die Brote sahen gut aus, braun und knusprig wie die Rinde eines alten Apfelbaumes, nur die Ringbrötchen waren etwas dunkel geworden. Sie zog einen der Laibe mit der Brotschaufel heraus, drehte ihn mit einem Tuch um und klopfte drauf. Der hohle Klang tönte wie die beruhigenden Schläge einer Kirchenglocke. Alinda seufzte erleichtert. Das Brot war gut geraten.

4

Vor einer Viertelstunde waren die letzten Sonnenstrahlen durch die Fenster ins Wohnzimmer gefallen, hatten die braun getäfelten Holzwände abgetastet und mit der dunklen Steinfläche des Ofens gespielt, in dem die brennenden Holzscheite brummten und knackten und wärmten.

Alinda saß am schmalen Tisch neben dem Fenster, zog den beigefarbenen Stoff unter dem Nähfuß durch und drückte rhythmisch das Pedal. Auf dem Fenstersims standen zwei mit rotem Stoff eingefasste Schachteln, die verschiedenfarbige Fäden, Spulen, Näh- und Stecknadeln enthielten. Das Summen der Nähmaschine vermischte sich mit dem Ticken der Wanduhr.

Da hörte Alinda, dass die Haustür geöffnet wurde. Fast gleichzeitig platzte Rätus hinein, als ob er über den Flur zur Stubentüre geflogen wäre. Die Bodenbretter knarrten unter den nagelbesetzten Schuhen. Auf Rätus' Mütze und seinen Schultern lagen Schneeflocken. Seine Wangen hatten rote Flecken von der Kälte. Er knallte den ledernen Schulranzen auf den Tisch in der Mitte der Stube.

«Heute war der Schulinspektor bei uns», stieß er atemlos hervor.

Alinda sah vorwurfsvoll auf.

«Was fällt dir ein, mit den Schuhen in die Stube zu treten? Du machst alles nass. Geh hinaus und zieh sie sofort aus. Und die Jacke auch», schimpfte sie und beugte sich wieder über die Nähmaschine. Die Nähte im dunklen Stoff waren kaum mehr zu erkennen.

«Entschuldigung», sagte Rätus. Aufgeregt weiterplappernd ging er zurück in den Flur, hockte sich auf den Boden, löste die doppelt verschnürten Schuhbändel und stellte die Schuhe ordentlich auf die Matte. Er schlüpfte in die Pantoffeln, hängte die Jacke auf und warf den Schal darüber, ohne zu bemerken, dass er wieder herunterfiel. Es sprudelte aus dem Jungen heraus wie die Milch aus einer übervollen Zitze.

«Er hat uns Sachen aus dem Rechenbuch gefragt. Clemens hat die falsche Antwort gegeben und erst beim dritten Versuch die richtige Lösung gewusst. Der Lehrer hat ihm dafür eine Kopfnuss gegeben und Clemens hat geheult wie ein Erstklässler. Blöd, dass der Inspektor ausgerechnet Clemens gefragt hat, das ist doch der Dümmste von allen.»

Teresia trat in die Stube und legte ihre Schultasche auf den Tisch.

«War er auch bei euch?» fragte Rätus.

«Wer?»

«Der Inspektor natürlich.»

«Nein, war er nicht.»

Alinda hörte dem Seufzen ihrer Tochter an, dass sie froh darüber war, dass der mürrische weißhaarige Mann mit dem Muttermal am Hals, das aussah wie ein Pilz, nicht in ihrer Klasse gewesen war.

«Aber dann kommt er sicher morgen. Er ist gemein.

Uns Mädchen stellt er immer schwierigere Fragen als euch Jungen. Das sagen alle, sogar unsere Lehrerin.»

«Mich hat er auch etwas gefragt», sagte Rätus, ohne Mitleid mit seiner Schwester zu zeigen. Er holte sein Rechenbuch hervor.

«Und? Was denn?» fragte Teresia.

«Ich musste nach vorne an die Tafel und diese Rechenaufgabe lösen ...» Er blätterte im Buch, bis er die gesuchte Seite gefunden hatte.

«Hört zu: 'Ein Schüler der fünften Klasse hat wöchentlich drei Stunden Religion, drei Stunden Geschichte, drei Stunden Geographie, zwei Stunden Naturkunde, sechs Stunden Rechnen, sieben Stunden Muttersprache, eine Stunde Formenlehre, drei Stunden Zeichnen, zwei Stunden Schönschreiben, zwei Stunden Singen, zwei Stunden Turnen. Berechne die Stundenzahl jeden Faches im gesamten Schuljahr von 24 Wochen.' Ich habe alles richtig gelöst!»

Der Stolz schien Rätus größer zu machen.

«Was bist du doch für ein gescheiter Bursche, mein kleiner Bruder. Aber das war doch gar nicht so schwer», sagte Teresia spöttisch und boxte ihn in die Seite. Er boxte zurück.

«Hört sofort auf damit», befahl Alinda.

«Der Lehrer hat gesagt, dass er morgen eine Rechenprüfung mache, weil Clemens so schlecht geantwortet habe. Für alle. Das ist nicht gerecht. Ich habe die Antworten schließlich gewusst.»

Er setzte sich an den Tisch, stützte seinen Kopf in die Hände und blickte zu seiner Mutter, als ob er von ihr Zustimmung erwarte. Doch diese nähte ungerührt weiter.

«Heute bin ich in der Kirche fast erfroren. Und die Strümpfe haben wie verrückt gekratzt. Es war kaum auszuhalten. Ich würde so gerne Hosen anziehen wie die Buben», sagte Teresia, während sie die Schulsachen auspackte. «Wenigstens hat die Lehrerin im Schulzimmer eingeheizt. Ursula hat sich fast die Hände am Ofen verbrannt, als sie sie nach dem Gottesdienst aufwärmen wollte.»

Sie betrachtete nachdenklich ihre Armschoner und legte sie dann wieder zurück in den Ranzen. «Warum müssen wir nur jeden Tag in die Messe? Die Erwachsenen müssen das ja auch nicht.»

«Ich will diese Frage nicht mehr hören», sagte Alinda, ohne aufzublicken. «Es ist nun mal so, um halb acht ist Schulmesse. Das hat noch keinem Christenkind geschadet. Und nun macht ihr eure Schulaufgaben. Teresia, du hilfst mir nachher beim Nachtessen. Und du Rätus, holst noch frisches Wasser für die Küche.»

Sie nahm keine Notiz von Rätus' Murren. Es kam jeden Abend, obwohl der Junge wusste, dass das Wasserholen zu seinen täglichen Pflichten gehörte. Teresia ging in ihr Zimmer, um die Schürze zu wechseln. Rätus kramte in seinem Tornister, als suchte er etwas. Dann zog er die geschlossene Hand heraus und steckte sie rasch in seine Hosentasche.

«Was hast du da?» fragte Alinda.

«Nichts.»

«Zeig her!», sagte Alinda mit scharfer Stimme.

Zögernd nahm er seine Hand aus der Tasche und öffnete sie. Ein Bonbon in Form und Farbe einer Himbeere kam zum Vorschein.

«Von wem hast du das?»

«Von Damian.»

«Warum hat er es dir gegeben?»

«Weiß ich nicht.»

Alinda betrachtete ihren Sohn, aus dessen braunen Augen Unsicherheit, aber auch Trotz sprach. Sollte sie ihm das Bonbon wegnehmen? Doch mit welcher Begründung? Dass sie nicht wollte, dass er etwas von Damian, Xavers Sohn, annehme? Doch dann müsste sie ihm erklären, weshalb sie das wolle, und das wäre eine lange und komplizierte Erklärung, die Rätus nur schwer verstehen würde. Damian war unbeliebt bei den Mitschülern. Er war hinterlistig, dick und rannte schlecht, so dass er bei den Pausenspielen immer als letzter in eine Mannschaft gewählt wurde. Mit den Süßigkeiten, die er sich im Laden kaufte, versuchte er offenbar, sich Freunde zu machen.

«Er gibt auch den anderen Bonbons, nicht nur mir. Er hat immer welche dabei», sagte Rätus mit weinerlich zusammengekniffenem Mund, als ob er befürchtete, dass ihm seine Mutter das Bonbon wegnehmen würde.

«Also gut, du darfst es behalten.»

«Danke, Mama», stieß Rätus erleichtert heraus und eilte nach draußen.

Alinda stand auf und schaltete das Licht ein. Die Glühlampe verbreitete mildes, gelbliches Licht. Wie angenehm das doch war. Einfach einen Lichtschalter kippen und dann wurde es hell in der Stube, ohne den dumpfen Geruch von Petroleum. Im Haus und im Stall hatten sie schon bald nach der Heirat elektrisches Licht eingezogen. Bertram hatte darauf gedrängt. Aber sie mussten es sparsam einsetzen, der Strom war teuer und eine neue Glühbirne kostete über einen Franken. In Zoina, dem Maiensäßweiler oberhalb von Nalda, wo sie den Sommer und frühen Herbst verbrachten, gab es noch keine Stromleitungen. Dort benutzten sie immer noch Petroleumlampen.

Allzu stark durfte man sich auf die Elektrizität sowieso nicht verlassen. Vielleicht kam bald wieder ein Informationsschreiben der Behörden, dass auch in diesem Winter Strom gespart werden müsse, weil es im Laufe des Jahres zu wenig Niederschläge gegeben hatte und der Wasserstand in den Stauseen zu tief war. Außerdem brauchten die vielen neuen Maschinen und Motoren, die in den Haushalten und in der Landwirtschaft aufkamen, immer mehr Strom. Die Zeitungen waren voll von Inseraten, die zum Kauf solcher Apparate animierten: Melkmaschinen, Waschautomaten, Bügeleisen, Kühlschränke. Sie hatten nichts davon, auch keinen elektrischen Ofen oder einen Warmwasserspeicher, deren Gebrauch bei der letzten Stromknappheit von den Behörden eingeschränkt worden war. Dass die Straßenbeleuchtung in solchen Zeiten nach Mitternacht abgestellt wurde, fand Alinda nicht so tragisch. Wer mit triftigem Grund und gutem Gewissen so spät unterwegs war, würde schon nach Hause finden. Da halfen die Schutzengel.

5

Es war früher Abend und bereits dunkel. Ein kalter Wind heulte durch die engen Straßen wie ein wütender Geist und vertrieb die letzten Erinnerungen an warme Herbsttage.

Florentin trat in den hinteren Stall, wo die beiden Kühe und die drei Rinder angebunden waren, eng nebeneinander. Die Tiere schnauften kräftig. In der Box auf der linken Seite quäkten die beiden Kälber. Florentin zog die Jacke aus. An den Geruch von Mist, staubigen Kühen, Urin und toten Insekten hatte er sich schon fast wieder gewöhnt. Hier roch es nicht nach Parfum, feinem Essen und polierten Autos. Es platschte und spritzte, als eines der Rinder seinen Kot fallen ließ und in einem dicken Strahl urinierte.

Florentin kippte den Lichtschalter. Die Glühlampe machte klebrige, schwarze Spinnweben in den Ecken sichtbar und warf einen schwachen Schein auf die hellgrauen Rücken der Kühe. Sie drehten die Köpfe zu ihm hin, so gut es ging mit dem Strick um den Hals. Ihre Unterkiefer bewegten sich in runden rhythmischen Bewegungen, die Ohren zuckten neugierig. Fliegen rasten brummend herum und wurden von den Kuhschwänzen vertrieben. Der Kuhmist war im Stall allgegenwärtig. Spritzer klebten an den Stiefeln, den Hosen, den Wänden. Kaum hatte man sie abgebürstet, kamen neue. Den Stall sauber zu halten, war eine endlose Arbeit.

Trilpa, die ältere Kuh, muhte leise. Florentin zog die Überhosen an, band die Schwänze der Kühe an das von der Decke hängende Seil, damit sie ihm nicht ins Gesicht schlugen, schnallte den Melkschemel um die Hüfte, setzte sich ans Euter von Trilpa und stellte den Eimer darunter. Sie war die ruhigere der beiden Kühe. Als Florentin seinen Kopf an ihren Körper lehnte, spürte er sie atmen und hörte glucksende Geräusche aus ihrem Bauch. Das Fell fühlte sich an seiner Stirn an wie weicher Leinenstoff. Mit sauberem Stroh reinigte er die Zitzen, umfasste sie fest mit Daumen und Zeigefinger und ließ dann die anderen Finger folgen, einen nach dem anderen, in einer gleichmäßig drückenden Bewegung. In den zwei Wochen, in denen er nun auf dem Hof lebte, war er sicherer geworden beim Melken, die Berührung des weichen Euters war nicht mehr so zaghaft wie am Anfang. Die Milch rauschte in einem kräftigen Strahl in den Eimer. Seine Hände, Arme und Schultern schmerzten von den ungewohnten Bewegungen. An den Fingern hatten sich Schwielen gebildet. Immer noch konnte er das Verhalten der Tiere nicht einschätzen. Manchmal waren sie sanft und man konnte ihr weiches, feuchtes Maul berühren und ihr Schnauben auf der Hand spüren. Doch manchmal warfen sie unerwartet den Kopf zur Seite, so dass man fast von den Hörnern getroffen wurde.

Florentin wechselte zu Trilma. Sie war unruhig, die Milch kam zögerlich. So würde es ewig dauern, bis er fertig war. Aus dem Nebenstall hörte er die Hühner leise gackern und die Schweine grunzen. Er drückte fester. Da schlug Trilma aus und traf ihn am Schienbein. Florentin entfuhr ein Schmerzensschrei. Das würde einen heftigen Bluterguss geben und noch tagelang schmerzen. Er rieb sich das Bein. Schon als Kind war er ungern im Stall gewesen. Andere Kinder waren sogar zum Spielen dorthin gegangen und hatten bei ihrem Vater darum gebettelt, eine Kuh melken zu dürfen oder auf dem Ross zu reiten. Ihm hatten die dunklen Winkel immer schon Unbehagen eingeflößt. Er hatte sich die vielen kleinen Tierchen vorgestellt, die dort hausten, dicke glänzende Käfer, Ohrwürmer, die ins Ohr krochen, wenn man am Boden lag, Spinnen, die riesig sein mussten, wenn sie fähig waren, diese großen Spinnweben zu bauen, in denen sich schillernde Schmeißfliegen verfangen hatten. Auch Mäuse huschten durch den Stall, vor allem nachts.

Als Kinder hatten sie ihre Notdurft noch im Stall verrichtet, in einem kleinen Bretterverschlag beim Misthaufen. Jetzt hatten sie ein Klo im Hause – 'Hüsli' nannten sie es – und Zeitungspapier. Im nächsten Jahr wurde im Dorf eine Kanalisation gebaut. Endlich, dachte Florentin.

Er atmete tief durch und holte die letzte Milch aus Trilmas Euter. Die beiden Kühe hatten knapp acht Liter gegeben. Er schüttete einen Teil davon in die Tränkeimer und hängte sie an die Box der beiden Kälber, die mit aufgerissenen Augen wild an den Zapfen saugten und dabei laut schmatzten.

Die Stalltüre quietschte. Rätus trat ein. Er blieb im

Eingang stehen, die Hände in den Hosentaschen, und kaute auf der Unterlippe.

«Soll ich dir helfen, Padroin?» fragte er. Obwohl sein Onkel Teresias Pate war, nannte auch Rätus ihn so. Erfreut blickte Florentin hoch. Sie hatten bisher nicht viel miteinander geredet, da beide nicht voneinander wussten, wie viel Worte der andere in der jetzigen Situation vertrug. Sie mussten sich erst aneinander gewöhnen.

«Gerne. Zieh dir Überhosen an.»

Hastig schlüpfte Rätus in die viel zu große Hose seines Vaters, die immer noch im Stall an einem Haken hing. Er zog den Gurt enger und rollte die Hosenbeine hoch. Florentin reichte ihm einen Stecken. Sie lösten Trilpa und Trilma und die Rinder von den Stricken und trieben sie aus dem Stall, ständig den Hörnern ausweichend. Aus den Fenstern der Stube fiel schwaches Licht auf den Vorplatz. Zum Glück hatten sie einen eigenen Brunnen am Haus und mussten nicht um einen Platz am Dorfbrunnen kämpfen. Während Rätus die saufenden Kühe überwachte und sie dann zurück in den Stall trieb, holte Florentin aus dem Nebenstall die drei Geißen, Frana, Tina und Sana, band ihnen einen Strick um den Hals und zog sie zum Brunnen. Die Tiere waren kaum zu halten, meckerten aufgeregt, wollten hüpfen und springen. Wären sie nicht angebunden, würden sie die Treppe zur Haustüre hochsteigen oder die Straße hinunterrennen. Florentin hatte alle Hände voll zu tun mit ihnen. Er hörte Rätus' Lachen hinter sich.

«Die sind heute wirklich lebhaft», sagte der Junge und

äffte die Laute der Ziegen nach.

Florentin nickte und versuchte, den gekrümmten Hörnern auszuweichen. Es gelang nicht immer. Eine Ziege stubste ihn von hinten und er verlor fast das Gleichgewicht, was Rätus zu weiterem Gelächter bewegte. Wenigstens kann der Bub wieder lachen, dachte Florentin.

«Jetzt ist es genug», sagte er und zog die Tiere mit einiger Mühe zurück in den Stall.

Als sie die Überhosen auszogen, erschien Xaver Bergmann und blieb breitbeinig in der Stalltür stehen, den Bauch vorgestreckt, die Daumen in den Achselausschnitten seiner Weste eingehakt. Florentin fand, dass er etwas lächerlich aussah. Seine Beine waren im Verhältnis zum Oberkörper zu klein. Doch keiner im Dorf würde es wagen, ihn deshalb auszulachen. Xaver hatte keine Hemmungen, sich über andere lustig zu machen, vertrug selbst jedoch keine Kritik. Cornelius, sein Cousin, hatte ihn als Jugendlichen einmal als großen Zwerg bezeichnet. Dafür hatte ihm Xaver zwei Zähne ausgeschlagen.

Jetzt zog er an seiner Pfeife und blies den Rauch in Florentins Richtung.

«Klappt's mit dem Melken? Oder muss dir der Kleine helfen?» Er machte eine Kopfbewegung zu Rätus. Florentin betrachtete die goldene Kette von Xavers Taschenuhr, die von einem Knopfloch zur kleinen Westentasche führte. Er wollte sich nicht provozieren lassen, erst recht nicht vor Rätus.

«Guten Abend, Xaver», sagte er. «Was führt dich her?»

«Nobel drückst du dich aus, Florentin. Kein simples 'Was willst du?', sondern ein vornehmes 'Was führt dich her?' Wie ein englischer Gentlemen.»

Sein tiefes Lachen dröhnte, das Gegacker der Hühner verstummte.

«Ich inspiziere die Kabelanschlüsse für das Licht», fuhr er fort und ging zum Lichtschalter.

«Seit wann machst du das selber? Das übernimmt doch sonst der bucklige Jakob?»

Xaver antwortete nicht. Florentin fühlte sich wie ein Schuljunge, der eine so dumme Frage gestellt hatte, dass es der Lehrer nicht nötig befand, sie zu beantworten. Er presste die Lippen zusammen und schaute zu Rätus. Der Junge hatte die Fäuste geballt und blickte Xaver mit gerunzelter Stirn an.

«Das sieht aber gar nicht gut aus», sagte Xaver. «Das muss unbedingt geflickt werden. Nicht dass du noch einen elektrischen Schlag bekommst, Florentin.»

Die Isolierung des Kabels war defekt, die dünnen farbigen Adern und die Kupferdrähte waren zu sehen. Doch so gefährlich, wie Xaver behauptete, war es nicht. Florentin hatte dem Elektriker des Hotels in St. Moritz oft bei der Arbeit zugeschaut und viel von diesem gelernt. Das Kabel konnte er selber flicken, das traute er sich zu. Aber das würde er Xaver nicht sagen. Sonst würde der noch eine Quittung von einem Fachmann verlangen, nur um ihnen eins auszuwischen.

«Bis in zwei Wochen muss das in Ordnung gebracht

werden», sagte Xaver, ohne Florentin anzuschauen. Er ging gemächlich durch den Stall, den Geruch von Tabak hinter sich herziehend, strich den Tieren über den Rücken und fingerte an ihren Eutern herum. Dabei achtete er darauf, dass seine glänzenden Schuhe nicht schmutzig wurden. Florentin wartete schweigend. Endlich ging Xaver zurück zur Türe.

«In zwei Wochen wird Jakob zur Kontrolle vorbeikommen», sagte er und verließ grußlos den Stall. Trilpa muhte, als ob sie sich über die kalte Luft, die hereinzog, beschweren wollte.

«Das Kabel flicken wir selber, gell?» sagte Florentin und lächelte Rätus zu. Dieser nickte eifrig und seine Erstarrung löste sich.

«Ja, gleich morgen nach der Schule.»

«Jetzt gehen wir essen. Das haben wir uns verdient. Ich glaube es gibt Polenta mit Kartoffeln.»

«Ja, wie fast immer», sagte Rätus, doch in seiner Stimme lag keine Bitterkeit.

6

Der Kaffee dampfte in den Tassen. Donat und Lavinia Cadal saßen auf der Couch mit der geschwungenen dunklen Holzfassung. Der weizenbraune Stoff war an den Armlehnen abgescheuert und dünn und drohte, bald einzureißen. Wochentags, wenn kein Besuch da war, legte Alinda eine Decke über das Sofa, um den Stoff zu schützen. Sie hatte das feine, von ihrer Mutter geerbte Geschirr hervorgeholt, wie es sich für Besuch geziemte und für hohe Feiertage. Es war dünnwandiger als das Alltagsgeschirr, mit einem rosaroten Blumenmuster verziert und war, bis auf ein paar kleine Sprünge, unversehrt.

Lavinia war seit ihrer Kindheit Alindas Freundin und trug fast immer schwarz. Nicht, weil sie ein trauriger Mensch war, ganz im Gegenteil. Doch immer wieder gab es einen Todesfall in ihrem Familienkreis. Kürzlich war ihr Vater verstorben, vor zwei Jahren ein Bruder, davor ihre Mutter.

Der Glaube an das Weiterleben im Paradies hatte Lavinia über viele Schicksalsschläge hinweggeholfen. Drei Kinder hatte sie verloren: zwei Knaben – die Zwillinge Donat und Anton im Alter von neun und elf Monaten – und die vier Monate alte Magdalena. Aber drei Mädchen und ein Junge – der inzwischen neunzehnjährige Adam – waren ihr geblieben und sie betrachtete sie als Geschenk Gottes. Lavinia war keine Schönheit, ihre Gesichtszüge waren klobig, ihre Nase zu lang. Doch sie lachte und scherzte gerne, machte sich manchmal über sich selbst und andere lustig, aber nicht beleidigend wie Xaver Bergmann, sondern mit großem Verständnis für menschliche Schwächen – auch der eigenen. Sie war nicht nur bei den Dörflern beliebt. Um ihren kleinen Hof strichen immer zehn bis fünfzehn Katzen herum, die andernorts vertrieben worden waren. Bei Lavinia bekamen sie Streicheleinheiten und verdünnte Milch, auch wenn dies von ihrem Ehemann Donat nicht gern gesehen wurde. Sie hätten selbst fast zu wenig, meinte er, worauf Lavinia erwiderte, dass die armen Katzen auch Teil von Gottes Schöpfung seien, zu der man Sorge tragen müsse.

Teresia hatte einen Apfelkuchen gebacken. Sie schnitt großzügige Stücke ab, legte sie auf die Teller und verteilte sie. Als sie vor Adam stand, wollte ihre Hand den Teller nicht loslassen, als er ihn ergriff, als würden die beiden ein Tauziehen veranstalten. Adams Augen huschten über ihr Gesicht, doch ihr Blick klammerte sich an das Stück Apfelkuchen.

Es war Sonntagnachmittag, zwei Wochen vor Weihnachten. Der Dezember war warm gewesen mit Temperaturen über null Grad und nur wenig Schnee. Draußen im Hof spielte Rätus mit den drei jüngeren Schwestern von Adam, die noch in die Primarschule gingen. 'Messe halten' hieß das Spiel. Rätus' an- und abschwellende Stimme drang in die Stube. Er hatte sich eine Schürze seiner Mutter umgebunden und ahmte die Gesten und lateinischen Worte des Pfarrers nach. Die drei Mädchen durften die Ministranten sein, was ihnen im realen Leben verwehrt war.

«Einige im Dorf haben mich gefragt, ob ich an der nächsten Wahl als Mastral gegen Xaver antreten will», sagte Donat. Er zupfte sich am rechten Ohrläppchen. Er hatte lange Ohrläppchen, als ob das ewige Zupfen sie verzogen hätten.

«Meine Stimme hast du», sagte Florentin.

Er saß im Sessel gegenüber dem Sofa. Die tief stehende Sonne beleuchtete seinen halbkahlen Hinterkopf und das weiße Deckchen, das auf dem Kopfpolster lag.

«Meine auch», rief Teresia und löste sich aus Adams Bannkreis. Donat lachte gutmütig über ihre Worte wie über einen Witz, den man schon mal gehört hatte.

«Warum auch nicht!» rief sie heftig und ihre Augen blitzten. Ihre geröteten Wangen, die sowohl von Adams Anwesenheit als auch von Donats Reaktion kommen konnten, ließen ihr schmales Gesicht noch zerbrechlicher erscheinen.

«In Zürich haben sie gerade wieder das Frauenstimmrecht abgelehnt», sagte Florentin. «Wie schon in Basel und im Tessin und in Genf. Dabei können die Frauen in England schon lange wählen und abstimmen. Schon seit 1928.»

«Es hat mich nicht überrascht, dass die Ablehnung so deutlich war, sogar in den sozialistisch geprägten Bezirken der Stadt. Man liest in jeder Zeitung von der Gefahr, dass die Frauen ihre Kinder und den Haushalt vernachlässigen, wenn sie Politik machen wollen. Sogar die Frauen selbst sind zu einem großen Teil – wenn nicht sogar mehrheitlich – gegen das Stimmrecht. Ich glaube, man sollte die Sache jetzt mal einige Jahre ruhen lassen. Entscheidend ist doch, dass die Frau die Seele der Familie ist und die schöne Verantwortung für den Haushalt und die christliche Kindererziehung hat.»

Donat spitzte die Lippen, so dass sein voluminöser Schnurrbart gegen die Nase drückte. Alinda mochte Donat gern. Sie konnte sich nicht erinnern, dass er je einmal ein böses Wort über jemanden gesagt hatte. Er war im Dorf beliebt wie eine warme Ofenbank. Doch in dieser Sache war sie nicht seiner Meinung. Es gab durchaus viele Frauen, die das Stimmrecht wollten. Alinda selbst auch. Es gab sogar ein katholisches Aktionskomitee für das partielle Frauenstimmrecht. Bertram hatte ihr davon erzählt und sie überzeugt, dass Frauen die gleichen Fähigkeiten zum Politisieren hätten wie die Männer. Sie überlegte, wie sie Donat sagen sollte – ohne ihm zu nahe zu treten – dass die Männer vielleicht einfach Angst vor politisch aktiven Frauen hätten. Doch bevor sie dazu kam, meldete sich Teresia, forsch und unbekümmert.

«Ich verstehe nicht, warum das bei uns nicht möglich ist. Wir sind doch nicht dümmer als die Engländerinnen. Oder was meinst du dazu, Adam?»

Überrascht von dieser direkten Frage verschluckte

sich Adam fast am Apfelkuchen. Er hustete und räusperte sich kräftig, bevor er antwortete.

«Ich hätte nichts dagegen, wenn Frauen das Stimm- und Wahlrecht hätten. Sie sind doch wirklich genauso klug wie Männer. Die beiden Mädchen, die mit mir das Seminar besuchen, müssen den gleichen Stoff lernen wie wir Männer. Manchmal haben sie sogar bessere Noten als ich.»

Er lächelte verlegen und trank hastig einen Schluck Kaffee. Es schepperte, als er die Tasse zurück auf den Unterteller legte.

«Noch größeres Unrecht ist doch, dass die Frauen ihr Bürgerrecht verlieren, wenn sie heiraten. Sogar wenn sie und ihre Familie seit Generationen im Dorf gelebt haben und Bürger waren. Man kann sie einfach abschieben, falls es ihnen finanziell mal schlecht geht. Und außerdem ist es ungerecht, dass man alleinstehenden Frauen viel zu oft einen Vormund gibt, weil man ihnen nicht zutraut, dass sie auch alleine den Hof führen und die Kinder gut erziehen können.»

Alindas Stimme war immer rauer geworden. Sie schaute zu Boden und hoffte, dass ihr jemand widersprechen würde. Sekundenlang blieb es ruhig in der Stube.

«Mach dir nicht so große Sorgen, Alinda», sagte Lavinia endlich. «Donat ist ja auch noch da und wird dir helfen, wenn es nötig ist.»

Alinda musterte ihre Freundin fast ein wenig bitter. Ihr würde nicht die Abschiebung in eine fremde Welt drohen, wenn Donat sterben würde – was Gott verhüte. Sie zögerte mit einer Antwort. Sollte sie erwähnen, dass ihr Xaver nachstellte? Florentin hatte es schon mitbekommen, ohne dass sie es ihm hatte sagen müssen. Ihr Blick fiel auf ihre Hände, die sich gegeneinander rieben. Das machten sie immer, wenn Alinda aufgeregt oder aufgewühlt war. Sie bemerkte es manchmal gar nicht.

Von draußen erschallte Rätus' Stimme. Er sang laut 'Großer Gott, wir loben dich'. Die Mädchen sangen fröhlich mit. Dass sie die hohen Töne nicht richtig trafen, tat ihrem Eifer keinen Abbruch.

«Danke, Lavinia. Donats Hilfe kann ich vielleicht bald gebrauchen. Xaver macht mir das Leben schwer.»

Jetzt war es raus. Die drei Cadals sahen sie an. Donat mit fragend erhobenen Augenbrauen, als sei er nicht sicher, ob sie sich das nur einbildete, Adam mit verlegener Miene und Lavinia blickte Alinda so mitleidig an, dass ihr fast die Tränen kamen. Schon bereute Alinda ihre Worte, die ein betretenes Schweigen verursacht hatten. Das hatte sie nicht gewollt. Rasch setzte sie ein Lächeln auf und erhob sich.

«Wollt ihr noch ein Stück Kuchen? Teresia, schenk noch Kaffee ein. Adam, erzähl uns von der Schule. Was lernst du so?»

Adam ließ sich nicht zweimal bitten, als ob auch er froh wäre, das Thema wechseln zu können. Ausführlich schilderte er die Marotten seiner Lehrer und seiner Schulkameraden, berichtete, dass die Seminaristen seit neuestem das Fach Psychologie hätten, da dieses für die Vermittlung von Schulstoff wichtig sei, beschrieb das Zimmer, das er mit einem anderen jungen Mann zusammen im Konvikt belegte. Alinda erkannte in seinen Gesten und in seiner Wortwahl immer wieder seinen Vater. Der Junge würde sicher auch mal Politik machen. Auch die blauen Augen hatte er von Donat, doch das hagere Gesicht und die Nase waren von seiner Mutter.

Als die Uhr halb vier schlug, mahnte Lavinia zum Aufbruch.

«Wie hast du dich nun entschieden wegen dem Gemeindepräsidium, Donat?» fragte Florentin, als sie vor der Haustür standen. «Stellst du dich zur Wahl?»

«Ich glaube nicht», sagte Donat. «Xaver macht die Arbeit ordentlich. Wir können ihm nichts vorwerfen. Es gäbe nur Unruhe und Zwist im Dorf, wenn ich gegen ihn antreten würde.»

Mit festem Griff umfasste er Alindas Hand und sah ihr ernst in die Augen, als ob er ihr Mut zusprechen wollte. Sie lächelte verkrampft. Es gäbe einiges, was sie Xaver vorwerfen könnte. Belästigung. Und Missbrauch seiner Macht. Doch sie schwieg. Donat war ein Mann. Und Männer sahen gewisse Dinge anders.

7

Es war Weihnachten. Auf den Wiesen lag eine dünne Schneedecke, die sich nur mit Mühe gegen die warmen Temperaturen, die von Westen kamen, behaupten konnte. Auf den Dächern und auf der Dorfstraße war der Schnee schon weggeschmolzen. Wie der Dezember, so war das ganze Jahr viel zu warm gewesen. Über siebenunddreißig Grad waren Ende Juli in Zürich gemessen worden, so viel wie noch nie, seit man die Wetterdaten aufzeichnete. Glücklicherweise war in Graubünden die Trockenheit nicht ganz so arg gewesen, so dass genügend Heu eingebracht werden konnte und das Korn recht gut gewachsen war.

Rätus raste mit gespreizten Armen über den Vorplatz des Hauses, brummend wie eine Hummel. Die genagelten Schuhe klackten auf der Erde. Seine Jacke hatte er ausgezogen und am Treppengeländer aufgehängt. Seit Florentin ihm aus der Zeitung vorgelesen hatte, dass in England ein Flugzeug entwickelt worden sei, das schneller als der Schall fliege, nutzte er jede Gelegenheit, sich als Flugzeug zu gebärden. Über tausendzweihundertachtzig Stundenkilometer sei es schnell. Rätus – und auch Florentin – konnten sich gar nicht vorstellen, wie schnell das war. Ein Zug fuhr etwa achtzig Stundenkilometer.

«Wie viel Mal schneller ist also das Flugzeug?» hatte

Florentin seinen Neffen gefragt. Dieser hatte kurz die Augen geschlossen, mit der Hand sein linkes, leicht abstehendes Ohr zusammengeklappt wie eine Muschel und dann mit stolzem Blick geantwortet:

«Sechzehn Mal schneller.»

«Das ist so schnell, dass man das Flugzeug am Himmel gar nicht sieht», hatte er in der Schule behauptet und die Arme verschränkt wie Lehrer Altmann, wenn er ein Gedicht vortrug. Seinen Klassenkameraden war der Mund offen stehen geblieben.

Florentin saß auf der Bank und schaute Rätus beim Herumsausen zu. Wie war doch das Leben in Nalda so ganz anders als in der Welt. Klar, Nalda gehörte auch zur Welt, doch manchmal kam es ihm vor, wie wenn das Dorf eine einsame Insel wäre, fernab jeder Zivilisation. Jeden Tag brachte das Tagblatt irgendeine Meldung über neuartige technische Erfindungen. Wie eben dieses neue Flugzeug. Oder die seltsame Atomtechnik, die im Krieg zwei japanische Städte zerstört hatte. Erst kürzlich hatte ein Physiker aus Chicago in Zürich einen Vortrag gehalten über die Möglichkeiten von Atomstrom. Florentin hatte den Zeitungsbericht zweimal gelesen, doch auch beim zweiten Mal nicht verstanden, wie das funktionierte. Da konnte er sich die Telefone in den Zügen besser vorstellen, die es in Amerika schon gab. Und sie hier in Nalda hatten nicht einmal eines im Haus. Dafür streikte bei ihnen keiner, wie das die Hafenarbeiter in England machten. Florentin hatte lange nicht einmal gewusst, was 'Streik' bedeutete, bis ihm einer der Rezeptionisten im Hotel Seeblick die Bedeutung erklärt hatte. Einfach nicht zur Arbeit gehen? Das kam ihm seltsam vor. Man musste doch froh sein, wenn man Arbeit hatte, auch wenn sie hart war. Die Bauern konnten auch nicht einfach aufhören, die Kühe zu melken, das Vieh zu tränken oder das reife Korn stehen lassen.

Wehmut überkam Florentin, als sein Blick über die Wiesen und Äcker ging, hinunter zur stattlichen Kirche und zum Schulhaus, und weiter zwischen den schroffen Bergen das Tal hinaus, dorthin, wo der Pass nach Süden ging. Xaver protzte im Dorf damit, dass er schon in Italien am Meer gewesen sei. Doch Florentin wollte nicht nach Süden, nicht nach Italien. Er träumte von England, von den Städten mit den riesigen Wolkenkratzern, den Burgen und Schlössern, von den höflichen und galanten Menschen. Denn höflich waren sie, die Engländer. Nicht einen hatte er im Hotel in St. Moritz kennengelernt, der nicht freundlich gegrüßt oder zumindest genickt hatte. Susanne hatte ihm geschrieben, dass sie schon einmal in London gewesen und in einem der roten Busse gefahren sei. Auch im Kino sei sie gewesen und habe einen Liebesfilm gesehen. 'Casablanca' hieß er, das hatte sich Florentin merken können, doch die Namen der Schauspieler hatte er vergessen, kaum dass er sie gelesen hatte. Er war noch nie im Kino gewesen.

Die Haustüre quietschte. Teresia trat heraus und kam die Treppe herunter. Sie lachte, als Rätus um sie herumschoss und «Achtung! Ein Schallflugzeug kommt!» rief. Sie setzte sich neben Florentin. Schweigend schauten sie dem Knaben zu, der sein Flugtempo nochmals erhöhte, mit flinken Beinen über den ganzen Vorplatz rannte und abrupt vor einem schlaksigen jungen Mann hielt, der die Straße hochkam. Es war Adam. Seine blonden Haare waren glatt nach hinten gekämmt.

«Hoppla», sagte er zu Rätus. «Was machst du denn für Kapriolen?»

«Ich bin ein Schallflugzeug», sagte dieser und rammte sich die Arme in die Seiten. «Weißt du, wie schnell ein Schallflugzeug fliegt?»

«Meinst du ein Überschallflugzeug? Nein, keine Ahnung.»

«Tausendzweihundertachtzig Kilometer in der Stunde. Das ist sechzehn Mal schneller als ein Zug. Nichts auf der Welt ist schneller.»

Adam verzog als Zeichen seines Erstaunens den Mund. Sein Blick ging an Rätus vorbei zur Bank. Er hob die Hand zum Gruß und Florentin nickte ihm zu. Donats Sohn war nett. Und gescheit. Adam machte keine Anstalten weiterzugehen, stand einfach da, die Hände in den Hosentaschen, und starrte zu ihnen herüber. Florentin wunderte sich und wollte Teresia leise fragen, was er wohl vorhabe, als er bemerkte, dass ihre Hand knapp über ihrem Schoss in der Luft schwebte und sich winkend hin und her bewegte. Ihre blauen Augen blickten in schnellem Wechsel mal zu Boden, mal zu Adam. Wie eine Sonnenblume, die sich in der ungewöhnlich warmen Wintersonne öffnete, strahlte ihr Gesicht. Da dämmerte es Florentin. Seine Patentochter war verliebt.

Florentin kannte sich nicht aus in Liebesdingen. Die Beziehung zu Susanne war nur freundschaftlicher Art, allein schon aufgrund des Altersunterschieds. Eine ernsthafte Liebschaft hatte er nie gehabt. Umso mehr mochte er es seiner Patentochter gönnen, doch ebenso rasch machte sich Sorge in ihm breit. Teresia war noch jung, erst vierzehn Jahre alt. In einem kleinen Bauerndorf wie Nalda, in dem Gerüchte schnell großes Leid bringen konnten, musste man vorsichtig sein mit diesen Dingen. Der Pfarrer befürchtete schnell mal unzüchtiges Verhalten, das jungen Mädchen das ganze Leben zerstören konnte.

Bevor Florentin Adam einladen konnte, sich zu ihnen zu setzen, wünschte dieser ihnen gesegnete Weihnachten und ging mit einem scheuen Winken weiter. Teresia ließ ihre Hand sinken und seufzte leise.

Rätus hatte genug vom Herumrennen. Er formte Schneebälle, warf sie mit ausladender Geste auf die Wiese und begleitete jeden Wurf mit lautem Hallo.

«Wie lange muss ich diese schwarzen Kleider tragen?» fragte Teresia unvermittelt mit klagender Stimme.

Florentin öffnete die Augen, die ihm kurz zugefallen waren.

«Ich sehe aus wie eine alte Frau.»

Sie fuhr mit dem Zeigefinger in den Halskragen, als ob sie zu wenig Luft bekäme, und sah ihren Patenonkel verzweifelt an.

«Du weißt es, Teresia. Die Trauerzeit beträgt ein Jahr.»

«Also bis ich fast mit der Schule fertig bin. Das ist nicht gerecht. Die anderen Mädchen haben schöne blaue Kleider an mit weißen Punkten drauf oder farbige Strickjacken und helle Strümpfe. Nur ich muss wie eine Nonne herumlaufen. Und das noch so lange.»

Ihre Stimme zitterte, Florentin sah eine Träne im linken Augenwinkel. Er fühlte sich hilflos und wusste nicht, was er sagen sollte. Es war nun mal so. Wenn ein Elternteil gestorben war, mussten die älteren Kinder auch Trauer tragen. Teresia hatte in ihrer Kindheit schon viel Leid erfahren und nun kam noch der Tod ihres Vaters hinzu, den sie vergöttert hatte. Sanft legte er seine Hand auf ihre dünnen Finger. Es sah seltsam aus, wie die Pranke eines Bären auf der Pfote eines jungen Kätzchens.

«Komm, Teresia», sagte er und stand auf. «Hilf deiner Mutter bei den Vorbereitungen fürs Nachtessen. Ich werde schon mal die Kühe melken. Dann können wir beizeiten essen und danach Weihnachten feiern und die Geschenke auspacken.»

Teresia nickte stumm und ging ins Haus.

Alinda hatte eine dickflüssige Gerstensuppe gekocht, mit vielen kleinen Schinkenstückchen drin. Danach gab es frittierte Apfelküchlein. Rätus hatte behauptet, mindestens acht Stück verschlingen zu können. Doch nach dem vierten hatte er genug.

Sie redeten wenig beim Essen. Am Tischende, wo vor

einem Jahr noch der Platz von Bertram gewesen war, saß nun Florentin. Wer war jetzt das Familienoberhaupt? ging es Alinda durch den Kopf. Sie? Oder Florentin, der Mann im Hause? Sie schüttelte unmerklich den Kopf. War diese Frage wichtig?

Von der Zwetschgenwähe nahm Alinda nur wenig. Sie hatte verschwenderisch viel Rahm dazu geschlagen, heute war schließlich Weihnachten, und da durfte man auch mal großzügig sein. Rätus und Florentin bedeckten ihr Stück mit einer zweifingerdicken Lage.

Den Kaffee tranken sie in der Stube. Teresia hatte die Fenstersimse mit Tannenzweigen belegt und den Weihnachtsschmuck, den schon ihre Großmutter gehabt hatte, daraufgelegt: drei grüne, violette und weiße Halbkugeln mit sternförmigen Vertiefungen an der flachen Seite, die vielfarbig und schrill glitzerten und glänzten, eine Kette mit matten Perlen und drei silberne Kugeln mit schlangenförmigen Linien, die aussahen, als wären sie von einem Kind aufgemalt worden, und schon etwas abblätterten. Rätus berührte die Kugeln sacht und lachte, als sich sein Kopf verzerrt in einer der Kugeln spiegelte. Am meisten Freude hatte er an dem fingergroßen Weihnachtsmann mit weißem Bart, der einen blauen Mantel und eine blaue spitze Mütze trug, und aufrecht auf einer Klemme stand, die an einem der Zweige befestigt war. Davor stand die hölzerne Krippe mit kleinen bunten Gipsfiguren: Maria, Josef, der kleine Jesus, die drei Könige und zwei Hirten mit ihren Schafen.

Den ganzen Dezember hindurch hatten Rätus und Teresia die Zeitung durchgeblättert und Inserate ausgeschnitten, die Geschenkideen anpriesen: Kugelschreiber, Eisenbahnen, Uhren, ein Spielflugzeug aus Holz, armlang, mit roten Flügeln und einem drehbaren Propeller an der Flugzeugnase. Alinda hatte zufällig mitgehört, als Rätus seiner Schwester sagte, dass er sich dieses Flugzeug zu Weihnachten wünschte.

«Das kannst du vergessen», hatte Teresia geantwortet. «Genau wie ich die Nylonstrumpfhosen.»

Jetzt musterten die beiden neugierig die zwei Pakete, die auf dem Tisch standen und mit blauem Papier umwickelt waren. Alinda ließ Rätus die kleinen Kerzen vor den Tannenzweigen anzünden. Ihr war schwer ums Herz. Vor einem Jahr noch hatte Bertram sie beim Singen der Weihnachtslieder auf dem Klavier begleitet, auch wenn er zu wenig Kraft gehabt hatte, um selbst mitzusingen. Als junger Lehrer hatte er das Instrument von seinem ersten Lohn gekauft. Sie sah ihn vor sich, wie er darauf 'herumklimperte', wie er es nannte, und dazu fröhliche Lieder sang.

Sie war so in Gedanken bei Bertram, dass sie erst nach einigen Minuten bemerkte, dass alle sie anschauten, als ob sie auf ein Zeichen von ihr warteten. Sie räusperte sich.

«Lasst uns singen», sagte sie und stimmte 'Stille Nacht' an. Die andern fielen mit ein. Florentin brummte mehr, als dass er sang. Rätus' helle Stimme gab dem Gesang zumindest einen Hauch von Freude darüber, dass heute Jesus geboren worden war, um sie alle zu erlösen und das Böse in der Welt zu besiegen. Alinda verdrängte den Gedanken an Xaver – es gab immer noch viele böse Menschen – und stimmte die zweite und dritte Strophe an, mit fester Stimme. Es hatte keinen Sinn, mit dem Schicksal zu hadern. Es nützte nichts zu weinen, das würde alles nur noch schlimmer machen. Sie musste stark sein, gegenüber ihrer Familie und gegenüber der Dorfgemeinschaft. Nachts im Stillen konnte sie trauern und Bertrams Tod beklagen. Aber nicht vor anderen.

Die letzten Töne verklangen. Alinda überlegte, ob sie noch 'O du fröhliche' singen sollten. Doch irgendetwas in ihrem Inneren wehrte sich dagegen. Sie war nicht fröhlich, nicht heute Abend, obwohl Weihnachten war. Nein, 'Stille Nacht' musste genügen. Sie erhob sich und wich Rätus' enttäuschtem Blick aus. Er sang gerne.

«Packt sorgfältig aus, so können wir das Geschenkpapier im nächsten Jahr wieder brauchen», mahnte sie und überreichte Teresia und Rätus ihre Geschenke.

Im ersten Moment zeigte Rätus' Miene Enttäuschung, als er das Kreiselspiel auspackte. Doch er bedankte sich artig, setzte sich auf den Boden und drehte den Kreisel, so dass die Kugeln auf dem Spielbrett hin und her flitzten. Teresia befühlte ihr weiches Päckchen, bevor sie die sorgsam zusammengelegten und mit einem blauen Band umschnürten schwarzen Strümpfe daraus hervorzog. Alinda strickte nicht gerne. Doch Teresias alte Strümpfe waren zu klein geworden. Sie war in den letzten beiden Monaten gewachsen. Ein Zeichen, dass sie sich von ihrer Krankheit erholt hatte. So hatte Alinda in den letzten Wochen spätabends für ihre Tochter neue Strümpfe gestrickt, damit Teresia dies nicht selber machen musste und weiter an ihrem hellbeigen Pullover mit dem komplizierten Zopfmuster arbeiten konnte, den sie sofort nach Ablauf der Trauerzeit tragen wollte.

Lächelnd schaute Florentin den Kindern zu. Nach einer Weile stand er auf, ging zum Wandschrank neben der Tür und holte aus einer Schublade zwei Tafeln Schokolade hervor. Wortlos reichte er sie Rätus und Teresia.

«Danke, Padroin», strahlten die beiden und gaben ihm die Hand. Florentin nickte, ein wenig verlegen.

«Geht sparsam damit um», murmelte er. «Esst höchstens ein Stück pro Tag. Dann habt ihr bis in den Frühling hinein etwas davon.»

Er setzte sich wieder in den Sessel und winkte die Kinder nochmals zu sich. Er kramte etwas aus seiner Westentasche.

«Hier», sagte er und gab jedem ein Zweifrankenstück.

«Vielen Dank, Padroin», rief Rätus und hielt sich die Münze mit beiden Händen vors Gesicht. Auch Teresias Augen leuchteten.

«Damit kann ich mir schon fast Nylonstrümpfe kaufen», sagte sie, hielt sich aber rasch die Hand vor den Mund und schaute zu ihrer Mutter.

«Wenn ich aus der Schule bin, meine ich natürlich», ergänzte sie leise.

Alinda seufzte. Sie drehte jeden Franken zweimal um, bevor sie ihn ausgab, und versuchte, auch die Kinder zur

Sparsamkeit zu erziehen. So sehr sie es ihnen gönnen mochte, zwei Franken waren viel Geld, verschwenderisch viel für ein Weihnachtsgeschenk. Doch als sie das stille Lächeln in Florentins breitem Gesicht mit den buschigen Augenbrauen sah, verkniff sie sich den Protest. Sie hatte ihm noch nie wirklich böse sein können. Es gab keinen liebenswürdigeren Menschen als ihn, niemanden, der das Wohl der anderen mehr vor das eigene stellte, keinen, dem man ein Geheimnis besser anvertrauen konnte als ihrem schweigsamen Bruder, der so sanft war, dass er mit der Hand über Brennnesseln fahren konnte, ohne dass diese ihn brannten. Vielleicht würde sie ihm auf dem Weg zur Mitternachtsmesse sagen, dass sein Weihnachtsgeschenk etwas zu großzügig ausgefallen sei. Aber vielleicht auch nicht.

8

Mit gerunzelter Stirn beäugte Rätus seine drei Mitschüler, die sich in ihrer Stube nebeneinander aufgestellt hatten. Den Knaben war die Mischung aus Stolz und Nervosität anzusehen. Sie trugen hüftlange weiße Ministrantengewänder über den schwarzen Hosen, mit einem breiten roten oder blauen Band um die Taille, und um den Hals drei, vier Ketten mit bunten Plastikperlen, die der häuslichen Weihnachtsdekoration entlehnt worden waren. Ihre zylinderartigen schwarzen Hüte waren mit allerlei buntem Firlefanz geschmückt, getrockneten Blumen, bunten Schleifen, Silberfäden, so dass sie wie märchenhafte Kronen aussahen. Ludwig trug einen Stock in der Hand, der einen metallenen Knauf hatte, Ferdinand den Spazierstock seines Großvaters und Damian ein Spielzeugschwert.

Alinda wusste, dass Rätus dieses ehrenvolle Amt auch gerne ausgeübt hätte. Singen konnte er besser als alle anderen. Vor allem besser als Damian, der eine krächzende Stimme hatte und oft den richtigen Ton nicht fand. Trotzdem war Damian nun schon zum zweiten Mal am Dreikönigstag als Sternsinger dabei. Das sei nur, weil sein Vater Xaver mit dem Pfarrer befreundet sei und der Kirche einen neuen Kelch gespendet habe, hatte Rätus seiner Mutter gegenüber behauptet. Was blieb ihr übrig, als ihn zu ermahnen, nicht neidisch zu sein, auch wenn er vielleicht recht hatte. Neid sei eine Sünde. Vielleicht klappe es nächstes Jahr. Er solle sich halt immer anständig benehmen und keinen Anlass zu Klagen geben. Rätus blickte drein, als ob er Damian am liebsten das Schwert weggerissen und ihm damit den Hut vom Kopf geschlagen hätte.

Ludwig stimmte den 'Stern von Bethlehem' an. Nach einem zittrigen Start wurden die Stimmen kräftiger. Die Münder öffneten sich weit, wie sie es in der Schule gelernt hatten, und forderten die Menschen auf, herbei zu kommen, dem Stern zu folgen und ihn anzubeten, bis er jeden Menschen in die Ewigkeit trage. Rätus flüsterte seiner Schwester zu, dass die drei aussähen wie quakende Frösche und es auch so klinge, obwohl sie nur einstimmig sangen. Wenn er dabei gewesen wäre, hätte er die zweite Stimme dazu gesungen, so dass es schöner und voller geklungen hätte. Sie blickte ihn schmunzelnd an und hielt den Finger vor den Mund.

Die letzte Strophe verklang, Ludwig blickte seine Mitsänger an und auf sein Kopfnicken hin sagten sie unisono, laut, aber so rasch, dass es fast nicht zu verstehen war:

«A guats nois Johr und guati Zit, und Glück und Seg' an alli Lüt.»

Dann schwiegen sie erwartungsvoll und musterten den Riemenboden. Alinda stand auf, nahm die Geldbörse aus der Schublade des Schrankes und ließ ein Zweifrankenstück in die kleine Kasse aus Metall fallen, die Ludwig ihr ohne aufzublicken hinstreckte.

«Vergelt's Gott», sagte er artig. Dann drehten sich die

Knaben rasch um und drängten zur Türe hinaus.

«Gelobt sei Jesus Christus», murmelten sie hastig. Sie mussten noch vor dem abendlichen Rosenkranzgebet in allen Häusern des Dorfes gesungen haben.

«In Ewigkeit Amen», antworteten Alinda und Florentin.

«Darf ich sie begleiten?» fragte Rätus, als die drei draußen waren. Alinda zögerte. War das angemessen nur drei Monate nach dem Tod seines Vaters? In der Trauerzeit musste man Vergnügungen unterlassen. Aber das Sternsingen war schließlich ein kirchlicher Brauch. Rätus blickte sie an wie ein durstiges Kälblein.

«Gut. Aber du bist um fünf Uhr wieder zu Hause.»

Überraschung machte sich auf seinem Gesicht breit, wie wenn er gar nicht mit der Erlaubnis gerechnet hätte. Blitzschnell eilte er zur Stube hinaus und zog sich Jacke und Mütze an. Die Haustür fiel knallend ins Schloss. Alinda begegnete Florentins Blick. Er lächelte. Schweigend setzte sie sich an die Nähmaschine und arbeitete weiter.

Es war kurz nach vier, als Rätus nach Hause kam, schniefend, mit verstrubbelten Haaren und einem roten Ohr. Seine Jacke war mit Erde verdreckt.

«Was ist passiert?» fragte Alinda.

«Ich habe mich mit Damian gestritten. Und der Pfarrer hat mich an den Ohren gezogen.»

Tränen kullerten ihm die Wangen herunter und er wischte sie mit dem Ärmel weg.

«Nimm dein Taschentuch und putz dir die Nase. Und

dann erzählst du mir alles.»

Prustend schnäuzte sich Rätus und setzte sich an den Tisch. Mit leiser Stimme berichtete er:

«Ich bin den Sternsingern hinterhergelaufen, wie die anderen Kinder auch. Vor den Häusern haben wir dann gewartet, bis sie drinnen fertig gesungen haben und wieder rausgekommen sind. Manchmal haben wir draußen leise mitgesungen, aber ohne, dass sie uns gehört haben. Nach dem letzten Haus sind wir alle zum Pfarrhaus zurückgegangen. Ich habe gesagt, dass ich nächstes Jahr auch Sternsinger werde. Damian hat geantwortet, dass das nicht möglich wäre, da ich nicht Bürger von Nalda sei. Ich sei nur ein Zugezogener, nur ein Fremder. Dann habe ich gesagt, dass ich hier aufgewachsen bin, genau wie er. Und dass mein Vater hier als Lehrer gearbeitet hat. Damian hat behauptet, dass wir trotzdem nicht von hier seien. Da habe ich ihn ein wenig gestoßen und gesagt, dass er lüge. Wir seien auch Einheimische. Er ist umgefallen wie ein Sack Kartoffeln, dieses dicke Schwein, und hat den Hut verloren. Da hat er geschrien, als ob er sterben würde, und ist auf mich losgegangen. Wir haben gerangelt und dann ist er wieder hingefallen und hat aus der Nase geblutet. Er blutet bei der kleinsten Berührung aus der Nase, auch beim Fußballspielen. Ich habe gesagt, dass er kein Theater machen soll deswegen. Aber da hatte es schon rote Flecken auf seinem weißen Gewand. Dann stand plötzlich der Pfarrer da und packte mich am Ohr. Damian hat gesagt, dass ich ihn verprügelt hätte und der Pfarrer hat ihm geglaubt und mir gar nicht zugehört, als ich alles erklären wollte. Dass Damian gesagt hat, wir seien nur Fremde, und dass er bei der kleinsten Berührung Nasenbluten bekommt und er mit dem Streit begonnen hat. Aber der Pfarrer hat mich nur noch fester am Ohr gezogen. Ich dachte, er reißt es mir ab. Dann hat er mich nach Hause geschickt und gesagt, dass er noch vorbeikommen werde, um mit dir zu reden.»

Rätus' Augen glänzten wie nasser Schiefer. Er knetete sein Taschentuch, als wollte er die ganze Ungerechtigkeit der Welt darin verknüllen.

Es war still geworden in der Stube. Nur die Uhr tickte. Florentin hatte die Zeitung auf die Knie gelegt und zugehört. Der mitleidsvolle Blick, mit dem er seinen Neffen bedachte, verärgerte Alinda. Dass sich Rätus so provozieren ließ, brachte ihnen nur Schwierigkeiten. Es war nicht gut, den Pfarrer zu verstimmen. Natürlich verstand sie Rätus' Wut über Damian und sein Unverständnis über diese unsinnige Abgrenzung von Bürgern und Nichtbürgern. Doch Xaver und der Pfarrer hatten viel Einfluss im Dorf. Sie musste diesen beiden gegenüber zeigen, dass sie ihre Kinder im Griff hatte. Rätus musste lernen, sich zu beherrschen. Sie packte den Jungen an den Schultern und schaute ihn streng an.

«Du musst dich mit Damian vertragen, hörst du? Und du darfst dich nicht mehr mit ihm prügeln. Sonst heißt es, dass du ein streitsüchtiger Junge bist und dass dir die väterliche Hand fehlt und deine Mutter mit dir überfordert ist. Das willst du doch nicht, oder? Du willst doch nicht, dass wir einen Vormund bekommen?»

Als Rätus wieder die Tränen über die Wangen liefen, bereute Alinda die Heftigkeit ihrer letzten Worte. Sie reichte Rätus ihr Taschentuch.

«In den nächsten beiden Wochen wirst du nach der Schule sofort nach Hause kommen und darfst nach dem Abendessen nicht mehr zum Spielen hinaus. Hast du verstanden?»

Rätus schluchzte und nickte.

«Wir gehen jetzt noch zum Rosenkranzgebet, Florentin und ich. Teresia bereitet das Nachtessen vor. Du hilfst ihr dabei, Rätus.»

Sie blickte zu Florentin. Er kratzte sich am Kopf, als ob er über etwas nachdachte. Fand er, dass sie zu streng war mit dem Jungen? Sie hätte Rätus ja gerne in die Arme genommen und getröstet. Doch das wäre ein falsches Signal gewesen, wie wenn sie sein Verhalten billigen würde. Als sie aufstand, legte sie kurz ihre Hand auf Rätus' Schulter. Dann ging sie hinaus. Florentin folgte ihr.

Das tägliche Rosenkranzgebet fand in der kleinen Kirche neben ihrem Haus statt. Sie war reich geschmückt mit blumenumrankten Bildern von Engeln und Heiligen in farbenfrohen Gewändern. Die wenigen Bänke waren zur Hälfte besetzt, hauptsächlich durch Frauen. Vorne auf dem Altar brannten zwei große Kerzen. Es roch nach abgestandenem Weihrauch und nassem Leder. Zu Alindas Verwunderung war auch Xaver anwesend.

'Mache ich alles falsch, Bertram?', fuhr es ihr durch den Kopf, während sie immer wieder das 'Vater unser' und das 'Ave Maria' sprach und eine Perle des Rosenkranzes nach der anderen durch ihre Finger gleiten ließ. Das ewig gleiche Ritual, das ihr als Kind langweilig und nie enden wollend vorgekommen war, linderte heute ihre Unruhe.

«Du musst mir helfen, heilige Maria», flüsterte sie zwischen den Anrufungen, ohne dass ihre Sitznachbarin dies bemerkte, und fiel wieder in das Gemurmel der Betenden ein, das an- und abschwoll wie ein Leintuch, das man mit großen Bewegungen auslüftete.

Vor der Kirche trat ihr Xaver in den Weg. Es schneite immer noch, still und gleichgültig gegenüber menschlichen Problemen. Die Temperaturen waren leicht gesunken.

«Dein Sohn hat heute meinen Damian angegriffen und verletzt. Einen Sternsinger! Hast du den Kleinen im Griff, Alinda? Er scheint mir doch recht jähzornig zu sein. Ein solches Verhalten verdient eine Tracht Prügel.»

Was sollte sie antworten? Dass Damian böse und verwöhnt war und ihren Sohn gereizt hatte? Doch wenn sie Damian als Schuldigen hinstellte, würde alles nur noch schlimmer.

Florentin trat hinzu. Er hatte in der Kirche eine Kerze vor der Muttergottes angezündet.

«Was meinst du denn dazu, Florentin? Du bist ja nun der Mann im Haus. Da muss man auch mal durchgreifen, nicht wahr?»

Xaver steckte sich die Pfeife in den Mund und holte

den ledernen Tabakbeutel hervor. Es war teurer Tabak aus Kuba. Das hatte er schon oft erzählt. Alinda wusste nicht genau, wo Kuba lag. Irgendwo in Amerika. Aber sie fragte nicht und beobachtete schweigend, wie Xaver mit dem Daumen den Tabak in den Pfeifenkopf drückte. Auch Florentin schwieg.

«Dem Jungen fehlt anscheinend die väterliche Hand.»

Alinda gab es einen Stich, als Xaver genau die Worte brauchte, die sie Rätus gesagt hatte.

«Er hat eine Strafe für sein Verhalten bekommen», sagte sie.

Fast hätte sie hinzugefügt, dass es zum Streiten immer zwei brauche. Doch es brachte nichts, die Situation noch mehr anzuheizen. Als Xaver ein Streichholz anzündete, ergriff sie den Arm ihres Bruders.

«Komm, Florentin. Teresia hat sicher das Nachtessen fertig. Gute Nacht, Xaver.»

Sie zog Florentin, der von der ungewohnten Nähe überrascht wurde, mit sich. Noch nie hatte sie sich bei ihm eingehakt, zumindest konnte sie sich nicht daran erinnern. Kein Wunder, dass es ihm die Sprache verschlagen hatte.

Alinda fühlte Xavers Blick im Rücken und kam sich vor wie ein Soldat, der das Feld kampflos dem Feind überließ, da er keine Munition für das Gewehr hatte. Sie ärgerte sich über sich selbst. Hätte sie doch nur eine schlagfertige Antwort gehabt. Doch sie war zu wenig geübt im Reden. Die richtigen Worte kamen ihr meist erst in den Sinn, wenn es zu spät war.

9

Sonnenstrahlen fielen auf die Nähmaschine, so dass die Nadel immer wieder aufblitzte, wenn sie aus dem Stoff hochfuhr. Das Rattern übertönte das Ticken der Wanduhr, das umso klarer erklang, wenn Alinda das Fußpedal losließ. Bertram hatte sie gebeten, die Auftragsarbeiten sein zu lassen. Sie hätten doch genug Geld für ihren Lebensunterhalt. Aber damals hatte er im Winterhalbjahr noch als Lehrer gearbeitet. Als er dann krank geworden war und immer öfter einen Stellvertreter benötigte, war seine Anstellung von der Schulbehörde nicht mehr verlängert worden und sie hatten – nebst einer Rente von jährlich hundert Franken aus der Hilfskasse der Volksschullehrer – nur noch das Einkommen aus der Landwirtschaft. Da war Alinda froh gewesen, dass sie doch immer weiter gemacht und für einige Familien im Dorf gegen ein bescheidenes Entgelt die Kleider, Hemden und Blusen genäht hatte, am Sonntagnachmittag oder abends, wenn die Kinder im Bett waren, oder im Winter, wenn es im Hof nicht so viel zu tun gab.

Über ihre Näharbeit hatte sie Bertram kennen gelernt. Er hatte in Nalda seine erste Stelle angetreten. Oft hatte sie ihn in der Kirche gesehen, wo er die Orgel spielte, oder hin und wieder im Dorfladen. Als erstes waren ihr seine abstehenden Ohren aufgefallen. Aber sonst sah er gut aus.

Manchmal fiel ihm eine braune Haarlocke in die Stirn, die er rasch mit der Hand zurückwarf. Er war groß und schlank und lächelte immer, wenn sie sich begegneten.

«Das wäre doch ein Mann für dich», hatte Lavinia sie aufgezogen.

Alinda hatte vehement den Kopf geschüttelt. Warum sollte sich der neue Lehrer für sie interessieren? Er hatte studiert und sie war nur eine unbedeutende Näherin und Bäuerin. Und schon sechsundzwanzig Jahre alt, fast vier Jahre älter als er.

Eines Tages – etwa ein Jahr nach Bertrams Stellenantritt – hatte es bei ihnen an der Haustür geklopft. Der junge Lehrer stand vor der Tür, ein blaues zerrissenes Hemd in der Hand. Er habe sich ein Klavier gekauft, erzählte er. Zu viert hätten sie es vom Leiterwagen hinuntergehievt und in sein Zimmer getragen, das er bei der Witwe Lanz gemietet hatte. Dabei sei er irgendwie an einem Nagel hängengeblieben und habe das Hemd kaputt gemacht. Ob sie ihm ein neues nähen könne?

Seine braunen Augen ließen eine seltsame Hitze in ihr aufsteigen. Sie hatte ihn in die Stube gebeten und mit dem Messband seine Arme, die Taille, die Schultern und den Rücken vermessen, während ihre Mutter ihm Kaffee brachte. Ihre Finger erbebten, wenn sie zufällig die Haut an seinem Hals berührte. Er erzählte von seinen Eltern und Geschwistern im Oberland, dass er sie vermisse, dass es ihm aber hier in Nalda sehr gut gefalle. Die Leute seien nett, die Schüler lernbegierig. Alinda brachte hin und wieder ein Nicken zustande und ein kurzes «schön». Sie musste sich konzentrieren, um seinen Worten folgen zu können. Die Farbe des neuen Hemdes war ihm nicht so wichtig. Sie könne irgendeinen Stoff nehmen, den sie gerade zur Hand habe, meinte er.

Als er ihre Hand zum Abschied ergriffen hatte, war sie sich vorgekommen wie eine Glocke, die von einem Klöppel angeschlagen wurde und ins Schwingen kam. Abends ließ sie die Milch anbrennen. In der Nacht musste sie die Bettdecke zurückschlagen, weil ihr warm war. Sein Lächeln und seine Augen schwirrten in ihrem Kopf umher.

Gleich am nächsten Tag lief sie nach Castell, um Stoff zu kaufen. Der braune, den sie noch zuhause hatte, schien ihr nicht passend. Selten war sie den fast zweistündigen Weg so beschwingt gegangen. Selbst durch den dunklen Tunnel lief sie wie in Trance. Auf dem Rückweg pflückte sie eine Margerite und steckte sie sich ins Haar. Doch kurz vor dem Dorf nahm sie sie wieder heraus, nicht dass jemand sie damit sah und sich über sie lustig machte.

Als Bertram nach zwei Wochen das fertige Hemd abholen kam, brachte er ihr eine Tafel Schokolade mit. Das hatte noch keiner der ledigen Männer aus dem Dorf, die sich um sie bemüht hatten, getan. Aber von denen hätte sie das Geschenk auch nicht angenommen. Die meisten waren zwar nett, aber langweilig. Sie wusste kaum, was sie mit ihnen reden sollte. Vor allem Xaver Bergmann war lästig. Er lauerte ihr immer wieder auf, auf der Straße, nach dem Kirchgang, beim Einkaufen im kleinen Dorfladen und kam ihr dabei so nah, dass sie seinen tabakhaltigen Atem spürte. Am Theaterabend forderte er sie jedes Mal zum Tanzen auf und sie lehnte jedes Mal ab.

Als Bertram ihr die Schokolade überreichte, war sie rot geworden wie eine vollreife Tomate. Seiner Einladung zu einem Spaziergang war sie nach kurzem Zögern nachgekommen, obwohl sie vor Aufregung gezittert hatte. Von da an gingen sie jeden Sonntag nach dem Mittagessen zusammen spazieren, nicht ohne dass Bertram sich vorher bei ihrer Mutter höflich nach deren Befinden erkundigte und ihr versprach, gut auf ihre Tochter aufzupassen.

Im Oktober bat er sie um ihre Hand. Sie weinte vor Freude und Stolz. Sie hatte sich schon damit abgefunden, eine alte Jungfer zu bleiben, aber nun wollte der schönste Mann im Dorf sie heiraten. Sie, die kleine Näherin, die manchmal, wenn sie sehr müde war, das linke Bein nachzog. Bertram hatte sie verlegen gemacht, als er ihr gesagt hatte, dass sie wunderschön sei. Mit den hohen Wangenknochen, den schmalen Lippen und den klaren hellblauen Augen sehe sie aus wie die Gottesmutter Maria auf dem Bild über dem Altar. Sie hatte ihm gesagt, dass er sich nicht versündigen und sie nicht hochmütig machen solle.

Am nächsten Theaterabend tanzte sie zum ersten Mal. Sie konnte es wirklich nicht, niemand hatte es ihr gezeigt. Ihr Vater war gestorben, als sie drei Jahre alt gewesen war und ihr Bruder hatte es selbst nie gelernt. Aber irgendwie schaffte es Bertram, dass ihre Füße seinen Schritten einigermaßen folgten, und schwieg lächelnd, wenn sie ihm doch mal auf die Schuhe trat. Sie war überglücklich. Da störte sie der grimmige Blick von Xaver wenig.

Alinda hatte nicht bemerkt, dass die Nähmaschine stillstand und sie zum Fenster hinausträumte. Sie schüttelte den Kopf, um sich zur Ordnung zu rufen, drehte am Schwungrad und trat ins Pedal. Da klopfte es an der Tür und Lavinia steckte den Kopf in die Stube.

«Arbeitest du am heiligen Sonntag?» fragte sie und nahm das Kopftuch ab.

Erfreut stand Alinda auf und holte Kaffee. Ihre Freundin war ihr immer willkommen.

«Ich muss etwas mit dir besprechen», sagte diese nach dem ersten Schluck und stellte die Tasse bedächtig auf den Unterteller. Alinda blickte erschreckt auf. Das tönte so ernst. War etwas passiert?

«Wir waren doch vor drei Wochen bei euch mit Adam und den Mädchen. Hast du da nichts bemerkt?»

Alinda blickte sie verwundert an.

«Was soll ich bemerkt haben?»

«Adam, mein lieber Sohn, hat mir gebeichtet, dass er ein Auge auf deine Teresia geworfen hat.»

Sie hielt kurz inne, als ob sie etwas überlegen müsste.

«Beichten ist nicht der richtige Ausdruck. Liebe ist ja nichts Schlimmes, keine Sünde, oder? Er hat gesagt, dass Teresia ihm auch zugetan sei. Ich habe mich darüber gefreut. Sie passen doch ganz gut zusammen, die beiden. Sie sind anständig, freundlich, hübsch und ...» ein spitzbübisches Lächeln erschien auf ihrem Gesicht, «... kommen aus guter Familie, nicht wahr, Alinda? Nicht, was das Geld betrifft, da gibt es andere, besser Gestellte. Aber wir beide haben unsere Kinder gut erzogen. Besser als manch andere.»

Sie hielt inne. Alinda starrte sie mit offenem Mund an. Ihre Tochter war verliebt? Sie hatte nichts davon bemerkt. Es war ihr zwar aufgefallen, dass Teresia manchmal verträumt auf ihre Schulaufgaben starrte und am Bleistift nagte, doch sie hatte das nicht weiter beachtet. Nie wäre es ihr in den Sinn gekommen, dass ihre Tochter an einen jungen Mann dachte. Sie war ja noch ein halbes Kind. Erst in der Oberstufe. Was würden die Leute sagen, wenn das bekannt würde? Und Xaver? Doch am meisten hatte Alinda Angst vor der Reaktion von Pfarrer Vitus. Lavinias Lächeln verschwand, als sie Alindas bedrückte Miene sah.

«Ich weiß, Teresia ist noch sehr jung. Aber Adam würde nie etwas tun, was ihr schaden könnte. Da musst du keine Angst haben, Alinda.»

Als Alinda immer noch nicht antwortete, fuhr Lavinia stockend weiter.

«Ich habe auch spät geheiratet, genau wie du. Aber es ist für eine Frau besser, jung zu heiraten, wenn sie noch kräftig ist. Die Geburten sind dann nicht so schwer und Schicksalsschläge sind einfacher zu verkraften.»

Einige Haarsträhnen hatten sich aus Lavinias Dutt gelöst, wie so oft. Manchmal wünschte sich Alinda etwas von der Unbeschwertheit ihrer Freundin. Diese hatte ihr schon oft gesagt, dass sie mehr lachen solle, um den Schutzengel zu erfreuen. Sie rieb sich langsam die Hände, die Innenseiten und die Handrücken, als ob sie sie eincremen wollte.

«Ich habe Angst, dass Xaver und der Pfarrer Teresia einen liederlichen Lebenswandel nachsagen, wenn sie mit Adam zusammen ist. Du weißt, was das bedeuten würde. Sie hätten einen Grund, meine Erziehungsfähigkeit anzuzweifeln. Wer weiß, was dann passiert.»

«Siehst du das nicht ein wenig zu schwarz? Die beiden werden sich nichts zuschulden kommen lassen. Es ist doch schön, dass sie sich gernhaben. Da kann auch Pfarrer Vitus nichts dagegen haben.»

Lavinias letzten Worten hatte die Überzeugungskraft gefehlt. Natürlich, die Liebe war ein Geschenk Gottes, doch der Pfarrer sah manchmal nur Sünden und Verfehlungen.

«Xaver bedrängt mich. Er will, dass ich ihn nach Ablauf der Trauerzeit heirate und droht mir mit Bevormundung, wenn ich ihn nicht erhöre.»

Alindas dunkle Stimme war brüchig geworden. Lavinia legte ihre Hand auf Alindas Arm.

«Für eine Bevormundung gibt es klare Vorschriften. Da kann auch Xaver nicht einfach machen, was er will. Donat wird dir helfen, glaub mir.»

Alinda stand auf, ging zum Klavier und nahm Bertrams Fotografie in die Hand.

«Ich weiß, dass Donat helfen wird, so gut es geht. Doch Xaver hat viel Macht und er kennt die Gesetze besser als du und ich. Und er ist der Freund von Pfarrer Vitus.»

Sie strich zärtlich mit dem Zeigefinger über Bertrams Bild wie über den Flaum eines frischgeschlüpften Kükens.

«Aber ich werde kämpfen, Lavinia. Ich werde alles tun, um selbständig zu bleiben und für meine Kinder sorgen zu können. Das schwöre ich dir.»

«Schwöre nicht, Alinda, das ist nicht gut.»

«Teresia darf nicht mit Adam alleine zusammen sein. Darauf bestehe ich. Das musst du ihm sagen, und er muss es dir versprechen. Tust du das?»

Bevor Lavinia antworten konnte, klopfte es kräftig an der Haustüre. Alinda verzog erstaunt den Mund und eilte hinaus.

«Du?» stieß sie gereizt hervor, als sie die Tür öffnete und Xaver erblickte. Die Abendsonne ließ seinen Schatten auf dem Boden des Flurs groß und breit erscheinen.

«Guten Abend, Alinda. Ich komme nochmals wegen Rätus. Ich habe mit Pfarrer Vitus gesprochen. Er hatte noch keine Zeit, bei dir vorbeizuschauen. Aber er ist genauso wie ich der Meinung, dass sich Rätus bei Damian entschuldigen soll, weil er ihn am Dreikönigstag verprügelt hat. Das schöne Ministrantenkleid ist voller Blutflecken. Ich glaube kaum, dass man es wieder sauber bekommt.»

Alinda blieb mit verschränkten Armen vor der Türe stehen, so dass Xaver nicht eintreten konnte, ohne sie zur Seite zu schieben. Sie wusste nicht, ob er es nur nicht tat, weil Lavinia hinter sie getreten war.

«Du kannst mir das Kleid bringen, ich werde es reinigen oder ein neues nähen.»

«Darum geht's gar nicht. Es geht darum, dass wir dir helfen wollen. Kinder brauchen klare Regeln, vor allem die Knaben. Ohne Vater verlieren sie schnell den Respekt vor der Mutter und machen Schwierigkeiten.»

Es kostete Alinda alle Kraft, das Zittern ihres Mundes zu unterdrücken. Xaver plumper Versuch, so zu tun, als wollte er ihr wie ein Freund zur Seite stehen, war so durchschaubar wie Glas. Doch Glas brach leicht, und zurück blieben kantige Scherben, die verletzten. Wenn sie von Rätus eine Entschuldigung verlangte, würde er sich ungerecht behandelt vorkommen, denn schließlich hatte Damian ihn provoziert. Aber lohnte es sich, auf sein Recht zu pochen? Am Ende hatte Xaver doch den längeren Atem. Wenn er Schwierigkeiten machen wollte, würden sie alle darunter leiden. Auch Rätus. Da war eine Entschuldigung das geringere Übel. Obwohl sie Magengrimmen verursachte und einen dicken Hals, wie eine schwere Erkältung und eine Grippe zusammen.

«Rätus wird sich morgen in der Schule bei Damian entschuldigen», sagte sie leise.

Xaver blickte sie überrascht an, als ob er sich die Diskussion ganz anders vorgestellt und gewünscht hatte. Er holte seine Pfeife hervor, klopfte sie am Türrahmen aus und steckte sie in den Mund. Eines Tages reiße ich sie dir aus dem Mund und werfe sie in die Gülle, dachte Alinda.

«Gut», sagte er und öffnete den Mund, als wenn er noch etwas hinzufügen wollte. Doch mit einem Blick auf Lavinia drehte er sich mit einem kurzen Nicken um und ging gemächlich die Treppe hinunter. Auf dem Vorhof klaubte er den Tabakbeutel aus der Hosentasche, nahm mit endlos langsamen Bewegungen einige Krümel heraus und stopfte sie in die Pfeife. Das Zündholz leuchtete in der Dämmerung hell auf, als er es an den Tabak hielt und mit paffenden Geräuschen an der Pfeife zog. Feiner Rauch stieg auf und vermengte sich mit dem Qualm aus Xavers Mund. Wieder ließ er sich viel Zeit, um den Beutel und die Zündhölzer zu versorgen. Alinda wusste nicht, warum sie jede seiner Bewegungen verfolgte, als ob sie sich nicht von ihm losreißen könnte. Erst als Lavinia leise ihren Namen rief, schloss sie die Haustür.

«Dieser dumme Mensch. Gott wird ihn eines Tages bestrafen», sagte Lavinia.

«Ja», sagte Alinda grimmig, «ich hoffe es.»

10

Florentin setzte sich an den Stammtisch zu Johannes und Rudolf. Die beiden hageren altledigen Brüder bewirtschafteten einen Hof oberhalb des Dorfes. Johannes wuchsen graue Haare aus den breiten Nasenflügeln. Rudolfs zerzauster Bart war gräulich und zog sich an den Wangen hoch, so dass fast das ganze Gesicht von ihm bedeckt war, und ihm den Ausdruck eines Waldkauzes gab.

«Schön, dass du mal vorbeikommst», sagte Johannes, der Gesprächigere der beiden. Das Glas verschwand fast in seiner prankenhaften Hand.

Maria brachte Florentin ein Bier. Sie war schon in den Vierzigern. Ihr rundes Gesicht wurde von einem Doppelkinn gestützt. Mit kräftiger Stimme wusste sie sich gegen die Zudringlichen und Betrunkenen zu wehren, die sie rechtzeitig vor der Polizeistunde auf den Heimweg schickte. Nur bei Bartolomeus, der sich in seinen trüben Gedanken über das Elend der Welt verloren hatte und Maria nicht verlassen wollte, war ihr das vor einigen Tagen nicht geglückt. Prompt hatte er eine Buße vom Dorfpolizisten bekommen, über die er sich auf seinem Heimweg lauthals schimpfend ausgelassen hatte, ohne Rücksicht auf die friedlich in ihren Häusern schlafenden Dorfbewohner.

Florentin hatte sich erst am Schluss des sonntäglichen Gottesdienstes entschlossen, ins Wirtshaus zu gehen. Immer noch fühlte er sich fehl am Platz zwischen den erfahrenen Bauern, wie ein Primarschüler, der in die Oberstufe gehen musste, weil es für seine Schulstufe keine Lehrer gab. Trotzdem wollte er am Dorfleben teilnehmen, zumindest hin und wieder. Er kannte sie alle, die Bauern, den Schmied, den Besitzer des Dorfladens, den Müller, den Schindelmacher, den Schreiner. Einige von ihnen waren mit ihm in die Schule gegangen. Die meisten waren keine schlechten Menschen, trotz ihrer knorrigen, spröden Art.

Kaum hatte er den ersten Schluck genommen, wurde die schwere Eichentür zum Lokal lautstark geöffnet. Xaver trat ein, Cornelius Beuter im Schlepptau. Er schmetterte einen Gruß in den Raum, der von einigen Anwesenden brummend beantwortet wurde, trat an den Stammtisch, zog rumpelnd einen Stuhl zurück und setzte sich neben Rudolf. Florentin seufzte innerlich. Er hatte damit rechnen müssen, dass Xaver auch kommen würde. Der Gemeindepräsident nutzte jede Gelegenheit, um sich zu zeigen. Cornelius hatte sich einen Stuhl von einem anderen Tisch geschnappt und sich neben Xaver gesetzt. Er war Xavers Cousin und arbeitete bei ihm als Knecht, seit er den Hof seiner Eltern kurz nach deren Tod wegen Überschuldung hatte verkaufen müssen. Das war vor fast zehn Jahren gewesen. Cornelius glich mit seiner spitzigen Nase und dem fliehenden Kinn einem Fuchs. Seine schwarzen Augen standen hervor, als ob sie herausfallen wollten. Meistens trug er ein rotes Halstuch. Florentin fragte sich, ob er damit seine Sympathie für die Kommunisten ausdrücken wollte, von denen man in der Zeitung las. Aber eigentlich traute er Cornelius nicht so viel Intelligenz zu, dass er sich in politischen Dingen auskannte. Xaver hätte ihn schon lange zum Teufel geschickt, wenn er Interesse an der kommunistischen Bewegung gezeigt hätte. Wahrscheinlich wollte sich Cornelius einfach wichtigmachen oder seinen schmutzigen Hals verstecken.

«Das gleiche wie immer, meine Hübsche», rief Xaver Maria zu und wandte sich an Florentin.

«Das ist ja schön, dass du auch mal da bist. Wie hat dir unser Gesang gefallen?»

Der Männerchor hatte in der Messe gesungen. Florentin verstand nicht viel von Musik, doch er erkannte, dass Xavers Tenorstimme eine wichtige Stütze im Chor war. Auch heute hatte er einen Solo-Part übernommen. Irgendwie war es für Florentin nicht ganz stimmig, dass ein schlechter Mensch schöne Musik machen konnte.

«Gut», sagte er.

«Du kennst dich wahrscheinlich mehr in der Landwirtschaft aus als im Singen, nicht wahr? Aber auch da nicht sehr gut.»

Xaver lachte schallend und boxte den grinsenden Cornelius in den Oberarm. Johannes und Rudolf schnaubten unbestimmt. Florentin schwieg.

Maria brachte zwei Bier und schlug Xaver auf die Hand, als er sie um die Hüfte fassen wollte.

«Komm schon, Maria, sei nicht so unfreundlich. Lass mir doch meine Freuden», sagte Xaver und versuchte es noch einmal.

«Lass das, Xaver», sagte Maria. «Ich mag das nicht.»

«Du weißt gar nicht, was du verpasst», rief er ihr zu, als sie zurück zum Buffet ging.

«Der würde ein Mann guttun», ließ sich Cornelius vernehmen. Seine Augen schienen sich an Marias breitem Hintern festgestarrt zu haben.

«Nun denn, was gibt es Neues im Stall, Florentin? Leben noch alle Viecher?»

Xavers Worte stachen Florentin wie die Spitzen einer Mistgabel. Er überlegte fieberhaft, was er antworten könnte. Dass er alles im Griff habe? Was nicht stimmte. Er näherte sich nur langsam den Tieren an. Aber dies konnte er Xaver nicht sagen. Der würde im Dorf und im Gemeindevorstand erzählen, dass er, Florentin, selbst zugegeben habe, dass er überfordert sei mit dem Bauernhof.

Doch Xaver schien gar keine Antwort zu erwarten. Er hatte sich schon an Johannes und Rudolf gewandt und sie gefragt, ob sie im April auch an den Viehmarkt nach Castell gingen. Sie bestätigten dies. Sie wollten ein Rind verkaufen.

«Das will ich auch», sagte Florentin leise. Mit dem Verkauf eines Tieres hätten sie wieder Bargeld für mehr als ein halbes Jahr. Sie mussten die Steuern begleichen, Polenta einkaufen, den Müller und die Allmend- und Alpgebühren bezahlen. Außerdem brauchten Rätus und Teresia neue Schuhe.

Xaver blickte ihn verwundert an. Seine Mundwinkel

verzogen sich zu einem spöttischen Grinsen. Er holte seine Pfeife hervor und stopfte mit einem kurzen Stab, der aussah wie ein schwarzer Bleistift, den Tabak hinein. Der würzige Geruch nach getrocknetem Heu war nicht unangenehm.

«Da bin ich gespannt, welchen Preis du erzielen kannst. Ich mache dir ein Angebot: Verkaufe mir das Rind für tausendvierhundert Franken. Mehr wirst du auf dem Markt nicht bekommen. Dann musst du gar nicht hingehen und kannst dir einen gemütlichen Tag machen, Zeitung lesen oder nette Briefe schreiben.»

Florentin verwünschte den Postboten, der seine Pflicht zur Geheimhaltung sehr großzügig auslegte. Ein Wunder, dass er die Briefe nicht auch noch öffnete und andern vorlas. Er überdachte Xavers Angebot. Das Rind war sicher mehr wert, Xaver hatte ihm kaum einen guten Preis genannt. Andererseits müsste er dann tatsächlich nicht an den Viehmarkt gehen. Er war seit vielen Jahren nicht mehr dort gewesen und hatte ein wenig Angst davor, mit den Viehhändlern aus dem Unterland, die skrupellos die Preise drückten, feilschen zu müssen. Doch wenn er Alinda helfen wollte, durfte er sich diesen Aufgaben nicht entziehen. Er musste da einfach durch.

«Ich überlege es mir. Aber wahrscheinlich gehe ich doch an den Markt.»

Xaver zog tiefatmend an seiner Pfeife und blies den Rauch zu Florentin hinüber.

«Ich mache dieses Angebot nur einmal, Florentin. Also

entscheide dich rasch.»

«Vielleicht bekommt er auf dem Markt mehr?» sagte Cornelius, der sich im Stuhl räkelte, breitbeinig, den rechten Arm hinter der Rückenlehne herabhängend. Er betrachtete den Stumpf neben dem Mittelfinger seiner linken Hand. Als Jugendlicher hatte er sich den Zeigefinger beim Holzspalten abgehackt. Den Finger bewahrte er in einer Holzschachtel auf. Florentin hatte ihn einmal gesehen. Er war verschrumpelt und von einem undefinierbaren lehmigen Schwarzbraun. Ohne den Nagel hätte man ihn kaum noch als Finger erkannt. Es hätte eine alte dünne Wurst sein können.

«Halt's Maul oder ich hacke dir noch etwas ganz anderes ab», fuhr ihn Xaver an. «Hast du eigentlich nichts zu tun im Stall?»

Cornelius' Grinsen erstarrte. Seine Augen verengten sich, als würde er durch die Kimme eines Gewehrs ein Ziel anvisieren. Er leerte das Bier in einem Zug, knallte das Glas auf den Tisch und verließ ohne einen Gruß das Lokal.

«Idiot», sagte Xaver.

Florentin beschloss, auch zu gehen. Doch bevor er Maria rufen konnte, um zu zahlen, trat Pfarrer Vitus ein. Er musste sich leicht bücken, um nicht mit dem Kopf am Türrahmen anzustoßen. Wenn Florentin jetzt ginge, würde es aussehen, als ob er dem Pfarrer nicht begegnen wolle, und dieser wäre sicher beleidigt. Es blieb ihm nichts anderes übrig, als noch eine Viertelstunde zu bleiben.

Der Priester setzte sich auf Cornelius' Stuhl und bestellte ein Glas Wein bei Maria.

«Schön habt ihr gesungen, Xaver», sagte er.

«Und du hast gut gepredigt», sagte Xaver. Der Pfarrer hatte über den Zerfall der Familie gesprochen, und darüber, dass es wichtig sei, die Kinder im katholischen Geist zur Bodenständigkeit und Bescheidenheit zu erziehen. Florentin hatte nur mit halbem Ohr zugehört. Pfarrer Vitus wetterte jeden Sonntag über die zunehmende religiöse Gleichgültigkeit und über die in seinen Augen gefährlichen modernen Strömungen in der Gesellschaft.

«Es gäbe noch so viel zu sagen. Doch die Predigt reicht einfach nicht aus, um auf die Probleme wirklich eingehen zu können.»

Der Pfarrer seufzte tief, als ob er einen tonnenschweren, mit Granit gefüllten Rucksack trage. Scharfe Falten durchfurchten seine Stirn und hatten sich um seinen blassen Mund gelegt.

«Sorgen bereitet mir auch dieser sportliche Ehrgeiz bei den jungen Leuten. Jeder will Rekorde aufstellen, besser und schneller sein als andere.»

Sicher bezog sich der Pfarrer auf die olympischen Winterspiele, die Ende Januar in St. Moritz begannen. Florentin wäre gerne dabei gewesen. Schade, dass er ausgerechnet bei diesem Ereignis nicht im Engadin war. Vielleicht hätte er ein Bobrennen besucht oder den Eisschnelllauf.

«Der Egoismus nimmt heute überhand zulasten des Gemeinschaftswohls. Kein Wunder, bei diesen neumodischen Erziehungstendenzen in der Schule. Wenn ich nur schon diese Wörter höre: 'spielerisches Selbsttun' oder 'Erlebnisunterricht'. Und jetzt sollen unsere Mädchen in der Schule Turnunterricht erhalten. Dann nehmen noch mehr von ihnen an Turnfesten und Sportveranstaltungen teil und stellen sich mit nackten Armen und Beinen den Zuschauern zur Schau. Es ist doch offensichtlich, wohin dies führt: zu schamlosem Körperkult, zum Zerfall der Sitten.»

Pfarrer Vitus' Augen wanderten von einem zum anderen. Florentin starrte auf sein Bierglas. Zum Glück hatte er nicht viel mit dem Priester zu tun. Er fühlte sich unwohl in seiner Anwesenheit. Sie erschwerte ihm das Atmen. Johannes murmelte etwas Unverständliches vor sich hin. Sein Bruder zupfte an seinem Bart. Nur Xaver blickte dem Pfarrer offen ins Gesicht.

«So ist's recht, Vitus. Lies deinen Schäfchen die Leviten, damit sie nicht vom rechten Weg abkommen», sagte er.

Florentin war sich nicht sicher, ob die Worte ironisch oder ernst gemeint waren. Doch der Pfarrer nickte bedächtig. Seine schmalen Lippen sahen aus wie Lineale, die er für die Züchtigung der Schüler benutzte, wenn sie den Katechismus nicht auswendig konnten.

«Wer will noch ein Bier?» fragte Xaver und winkte Maria herbei. «Ich gebe eine Runde aus.»

Johannes und Rudolf sagten, dass sie gerne noch eines nehmen würden. Der Pfarrer lehnte dankend ab und wies darauf hin, dass er selten trinke und dass ein kleines Glas Wein für die ganze Woche ausreiche. Florentin warf einen

Blick auf die Wanduhr. Es war Viertel vor Zwölf.

«Ich muss gehen, Alinda hat das Mittagessen sicher schon gemacht», sagte er und zog seine Geldbörse hervor.

Xaver lehnte sich zurück und verschränkte die Arme auf dem Bauch. Der wilde Ausdruck in seinen Augen erschreckte Florentin.

«Deine Schwester darfst du natürlich nicht warten lassen, nicht wahr? Sonst ist sie am Ende noch böse mit dir.»

Er schlug Maria, die schon das Bier brachte, auf den Hintern, so dass sie aufschrie und Xaver wütend als Flegel beschimpfte. Wenn er das noch einmal mache, könne er künftig sein Bier woanders trinken, sagte sie. Xaver lachte hämisch und musterte Florentin, der Maria die Münzen reichte und aufstand. Er kam sich unter Xavers Blick vor wie eine Maus in den Fängen einer Katze, die noch mit ihrer Beute spielen wollte. Rasch verließ Florentin das Lokal, nachdem er sich mit einem kurzen ‚gesegneten Sonntag' verabschiedet hatte. Draußen sog er tief die kühle Luft ein. Sein Verhalten war nicht sehr geschickt gewesen. Xaver hatte ihm in kurzer Zeit zwei Angebote gemacht: sein Rind zu kaufen und ihn zu einem Glas Bier einzuladen. Beides hatte er abgelehnt. Der Gemeindepräsident war ein Mann, der immer bekam, was er wollte, und Widerrede hasste. Nun hatte er, Florentin, ihn vor den anderen brüskiert. Damit hatte er sich keinen guten Dienst erwiesen. Xaver würde ihm das irgendwie heimzahlen. Am besten war es, wenn er Alinda nichts davon erzählte.

11

Die letzten Tage des Februars brachten Schnee und Kälte. Die Kinder hatten für den morgendlichen Schulweg den Schlitten hervorgeholt. Teresia jammerte, als der Fahrwind unter ihren Rock drang und ihre Oberschenkel dort, wo die Strümpfe handbreit unter dem Gesäß endeten und mit Knöpfen am Strumpfhalter festgemacht waren, kalt werden ließ. Rätus lachte nur und verbot ihr, deswegen die rasante Fahrt abzubremsen.

Wie oft habe ich in meinem Leben schon Polenta gekocht? fragte sich Alinda, während sie das Mittagessen zubereitete. Es gab fast jeden Tag Polenta, frische oder gebratene. Manchmal mit Käse, hin und wieder mit Speck oder Schinken, mit Spiegeleiern oder mit Zwetschgen- oder Birnenkompott. Um Brot zu sparen, hatte Bertram sie auch morgens zum Frühstück gegessen, am liebsten mit Kartoffeln. Die gehörten zu jeder Mahlzeit dazu, auch zu den Makkaroni, die sie im kleinen Dorfladen kaufte. Die kämen direkt aus Italien, behauptete der klein gewachsene Ladeninhaber mit der dünnen runden Brille, und erzählte den Kindern, die ihm mit offenem Mund zuhörten, vom Meer, dem riesigen dunklen Wasser, wo man kein Ende sehe und die Wellen bei Sturm hoch wie eine Scheune seien. Alle, die nicht schwimmen könnten, würden darin ertrinken. Niemand im Dorf hatte schwimmen gelernt, wozu auch. Also würden sie alle im Meer ertrinken, kombinierte Rätus, und hatte einen Alptraum, in dem eine riesige Wasserwoge vom Berg hinunter schwappte und das ganze Dorf zu verschlucken drohte. Er war gerade noch rechtzeitig aufgewacht.

Plötzlich hörte Alinda ein gequältes Wimmern. Sie horchte. Es kam von draußen. Rasch schob sie die Pfanne vom Herd und eilte hinaus. Was sie dort sah, ließ sie im ersten Moment auflachen. Rätus und Damian schienen ins Treppengeländer zu beißen. Nach ein paar Sekunden wurde Alinda klar, dass die beiden Knaben mit der Zunge an den Eisenstangen festgefroren waren. Vergeblich versuchten sie, ihr die Köpfe zuzuwenden. Damians Mütze und ein Handschuh lagen am Boden.

«Ihr Lausejungs, was habt ihr nur wieder gemacht», rief Alinda und eilte die Treppe hinunter. Den ersten Gedanken, aus der Küche heißes Wasser zu holen und über die Zungen zu gießen, verwarf sie rasch wieder.

«Bleibt ganz ruhig. Versucht nicht, euch loszureißen», sagte sie mit beherrschter Stimme. Sie trat zu Rätus, formte mit der Hand einen Trichter und blies ihren warmen Atem auf seine Zunge, die an der Spitze weiß geworden war. Würgende Klagelaute kamen aus seinem Hals. Endlich schien es, dass sich Rätus' Zunge millimeterweise vom Geländer löste. Der ängstliche Ausdruck in seinen Augen ließ nach. Sekunden später sank er erschöpft auf den Boden und atmete heftig.

Damians Jammern wurde panischer, als ob er Angst hätte, dass Alinda ihn kleben ließ. Sie ging zu ihm und umfasste mit der linken Hand beruhigend seinen Hinterkopf. Mit der anderen formte sie nochmals einen Trichter und hauchte ihren Atem auf seine Zunge. Sein nervöses Zappeln erschwerte ihre Bemühungen. Ein unangenehmer Geruch kam aus seinem Mund, und Alinda musste sich zusammenreißen, um nicht zurückzuweichen. Es schienen unendlich lange Minuten zu vergehen, bevor sich die Zunge endlich vom Metall löste und beide erleichtert aufatmeten. Unauffällig rieb sich Alinda mit dem Ärmel die Wange ab, die nass von Damians Tränen war. Kaum war der Junge frei, stürzte er sich auf Rätus und boxte auf ihn ein, heulend wie ein verirrter Jungwolf. Als Rätus sich zur Wehr setzte, rannte er laut weinend davon. Alinda seufzte. Damian würde seinem Vater alles brühwarm, aber kaum wahrheitsgetreu erzählen und Xaver würde schon bald bei ihr auftauchen und sich über Rätus beschweren.

«Was hast du dir dabei gedacht?» wandte sich Alinda an ihren Sohn. «Du weißt genau, wie schnell so etwas passieren kann.»

Er hielt sich die Hand vor den Mund und hustete. Aus seiner Nase lief Rotz.

«Ich weiß nicht», lallte er kaum verständlich hervor. Es dauerte eine ganze Weile, bis er erzählt hatte, dass es eine Mutprobe gewesen sei. Damian habe ihm Süßigkeiten versprochen, wenn er es wage, das Eisen abzulecken. Als er dann festgefroren sei, habe Damian ihm nicht glauben wollen, dass er nicht mehr loskomme und es selbst versucht. Der sei ja so dumm, sagte Rätus und tippte mit dem Zeigefinger an die Stirn. Strohdumm.

Alinda behielt den Gedanken, dass Rätus in diesem Fall nicht gescheiter gewesen war, für sich.

«Seid ihr öfter zusammen, du und Damian?» fragte sie. Nach dem Zwischenfall am Dreikönigstag war ihr nicht klar, weshalb sich Rätus mit Xavers Sohn abgab.

«Er läuft mir ständig nach. Ich werde ihn nicht los und verprügeln darf ich ihn ja nicht.»

Der leichte Vorwurf in Rätus Stimme ließ Alinda fast schmunzeln. Sie strich ihm die Tränen aus dem Gesicht. Von einer Strafe würde sie diesmal absehen.

Es war Rätus nicht recht, dass er das erheiternde Thema am Mittagessen war. Er streckte seine Zunge, die immer noch geschwollen war, ins Wasserglas, und ließ Florentins und Teresias Spott über sich ergehen. Seine Schwester äffte sein Nuscheln nach und zeigte wenig Mitleid, dass er nicht essen konnte. Alinda machte ihm ein Butterbrot zurecht, das er in den Nachmittagsunterricht mitnehmen konnte.

Nach dem Abwaschen schenkte sie sich einen Kaffee ein und setzte sich an den Küchentisch. Florentin machte auf der Ofenbank in der Stube ein Mittagsschläfchen. Aus dem Flur drangen die Stimmen von Teresia und Rätus, die sich die Schuhe schnürten und Jacke, Handschuhe und Mützen anzogen, zu ihr.

«Wehe, wenn du etwas in der Schule erzählst», hörte Alinda Rätus' Warnung an seine Schwester. Noch immer waren seine Worte undeutlich. «Dann erzähle ich allen, dass du Gedichte von Adam bekommst.»

Alinda horchte auf. Traf sich Teresia etwa doch mit Adam?

«Woher weißt du das? Sag sofort!» fragte Teresia.

«Aua, du tust mir weh. Lass mich los.»

«Zuerst sagst du, woher du das weißt. Sonst verhaue ich dich.»

«Ich habe neulich einen Zettel mit einem Gedicht unter dem Stubentisch gefunden. Du musst ihn verloren haben. Ich habe ihn dann wieder auf den Boden gelegt.»

Sekundenlang war nichts zu hören. Dann antwortete Teresia mit drohender Stimme:

«Wenn du jemandem davon erzählst, zeige ich dem Lehrer deine Karikaturen. Der wird kaum Freude daran haben.»

«Was sind Karikaturen?»

«Deine Zeichnungen. Von Lehrer Altmann mit den Froschaugen oder von Fräulein Petri, die aussieht wie eine verhungerte Grille. Sogar den Pfarrer hast du gemalt. Mit einer Nase, die über den Mund herabhängt, und Fingern, die bis zu den Knien reichen. Wenn der die sieht, verprügelt er dich, dass du eine Woche lang nicht mehr sitzen kannst. Oder steckt dich gleich in ein Heim.»

«Das darfst du nicht, niemals. Ich sage niemandem etwas von den Gedichten und du sagst niemandem etwas von den Zeichnungen. Versprochen?»

«Versprochen.»

Die Haustüre knarrte und schlug krachend ins Schloss. Alinda seufzte in die plötzliche Stille. Was hatte sie nur für Kinder? Teresia war in Adam verliebt, wofür sie viel zu jung war, und Rätus machte freche Zeichnungen der wichtigsten Personen des Dorfes. Beides konnte ihnen viel Ärger einbringen. Teresia hatte sie verboten, sich alleine mit Adam zu treffen. Und ihrem Sohn musste sie befehlen, mit dieser unschicklichen Zeichnerei aufzuhören. Aber manchmal hatte sie einfach genug von diesem ständigen Mahnen und Verbieten und Warnen und das Gefühl, dass jegliche Kraft aus ihr entweiche, wie Wasser aus einem Haselrutenkorb. Ihre Finger erspürten das Medaillon auf ihrer Brust, das Bertram ihr vor einigen Jahren geschenkt hatte. Sie öffnete die obersten beiden Knöpfe ihres Kleides und klaubte es hervor. Das Medaillon war rund und flach, hatte die Größe einer Walnuss und eine mit goldfarbenen, kleinen Kügelchen verzierte Einfassung. Es enthielt ein Foto von Teresia und Rätus aus der Zeit, als sie noch klein waren. Alinda betrachtete die beiden Gesichter. Teresia schaute ein wenig trotzig drein, Rätus strahlte. Ein Lächeln stieg in Alinda auf. Nein, ihre Kinder waren nicht schlimmer als andere. Im Gegenteil. Sie halfen ohne allzu viel Murren im Haushalt und im Hof mit, machten ihre Hausaufgaben ordentlich, waren anständig und manierlich. Rätus hatte viel Unfug im Kopf, aber das gehörte sich für einen Knaben. Und in beiden sah und spürte sie jeden Tag etwas von Bertram. Bei Teresia die dunklen Augen und das ovale Gesicht, bei Rätus die unbeschwerte Lebensfreude und das Talent zum Singen und Zeichnen. Alinda drückte einen Kuss auf das Foto. Für ihre Kinder würde sie alles tun.

12

Die nachmittäglichen Sonnenstrahlen sogen sich an den schwarzen Kleidern fest und die Wärme drang durch die Haut in die Blutbahnen, bis zu den Zehen und Fingerspitzen. Das Grab von Bertram war schneefrei. In einer alten Tasse, deren Henkel abgebrochen war, standen Krokusse, Huflattich und grüne Wacholderzweige. Teresia hatte die Blumen gestern hergebracht. Die gelben Staubblätter der Krokusse harmonierten mit den gleichfarbigen Teeblümchen. So nannten sie in Nalda den Huflattich. Das Violett der Krokusse hätte Bertram besonders gefallen. Es war seine Lieblingsfarbe gewesen.

Flüsternd las Alinda den Namen auf dem Holzkreuz. In einem Jahr würde es gegen das schmiedeeiserne Kreuz mit den Blumenranken eingetauscht werden, das schon das Grab ihres Vaters geschmückt hatte, der im Jahr ihrer Geburt gestorben war. Seit die Grabstätte vor fünfzehn Jahren aufgehoben worden war, um anderen Verstorbenen auf dem Friedhof Platz zu machen, wartete das Kreuz im Keller auf seinen nächsten Einsatz.

Alinda kam oft zu Bertrams Grab, das gehörte sich so als Witwe. Doch sie hatte nicht das Gefühl, dass er hier in dieser Grube war. Bertram war Zuhause bei seiner Familie, bei ihr und den Kindern. Wenn sie kochte, blickte er ihr über die Schulter und freute sich, wenn sie aus Mehl und

Eiern den Teig für Pizochels machte, dazu getrocknete Earvas schoras hineinrieb – diese ganz besondere Krauseminze, die nur in Nalda wuchs – und den Teig vom nassen Brett ins kochende Salzwasser schabte. Wenn sie in den Keller hinabstieg, um Käse oder Kartoffeln zu holen, kam er ihr nach und hänselte sie, wenn sie sich vor den Spinnweben ekelte. Wenn sie Socken stopfte, saß er neben ihr und zeichnete sie. Dabei ließ er auch den grimmigen Ausdruck um ihren Mund nicht weg, den sie hatte, wenn sie etwas erledigen musste, das sie nicht gerne machte. Wenn sie im Dorf einer Frau begegnete, die ein von ihr geschneidertes Kleid trug, neckte er sie wegen des Stolzes, der in ihr aufstieg, weil es so hübsch aussah. Nein, Bertram war nicht in diesem Grab. Vielmehr war er immer bei ihr, in ihrem Herzen. Er rauschte in ihren Ohren wie ein plätschernder Brunnen, blies an den Härchen ihrer Haut, streichelte ihr Herz. Manchmal war er aber auch weit weg, hoch oben in den Bergen, dort, wo er früher Kristalle gesucht hatte. Dorthin war sie ihm nie gefolgt. Was für einen Sinn hatte es, Kristalle aus dem Felsen zu schlagen, um sie zu bewundern und anderen zu zeigen? Gott hatte sie im Gebirge versteckt, weshalb sollte der Mensch sie suchen und von dort wegholen?

Alinda hätte gerne das schwarze Kopftuch abgelegt. Doch das wäre unschicklich und irgendjemand würde es sicher sehen. Da erklangen auch schon Schritte auf dem Kies. Sie hoffte, dass sie sich wieder entfernten, und wandte sich nicht um. Doch das Knirschen kam näher, sie hörte leises Atmen.

«Gelobt sei Jesus Christus», sagte Pfarrer Vitus.

«In Ewigkeit Amen.»

Sie musste sich umdrehen, es wäre unhöflich gewesen, dem Priester einfach den Rücken zu zeigen. Pfarrer Vitus sah aus, als ob er in der Nacht Geister gesehen hätte. Er hatte dunkle Augenringe. Die Soutane hing schlaff am mageren Körper hinunter. Sie müsste enger gemacht werden, fuhr es Alinda durch den Kopf. Aber dies würde sie dem Pfarrer nicht sagen. Er würde es vielleicht als Kritik an seiner Person oder – noch schlimmer – an seinem Amt auffassen.

«Wie geht es dir, Alinda?»

«Gut, Herr Pfarrer. Gott hilft mir. Und die Kinder sind artig und folgsam.»

Alinda würde ihm niemals sagen, dass es ihr miserabel ging, dass sie sich nachts in den Schlaf weinte, dass sie am liebsten das Klavier mit der Axt zerhacken und das Holz verfeuern würde.

Der Pfarrer nahm den Sprenger aus dem Weihwassergefäß und benetzte Bertrams Grab mit einem Kreuzzeichen.

«Ich habe Teresia schon öfter mit dem jungen Adam gesehen. Ich hoffe, du hast ein Auge auf die beiden, Alinda. Teresia ist noch ein Schulmädchen und zudem in Trauer.»

Sie erschrak. Hatte Teresia sich nicht an ihr Verbot gehalten, Adam zu treffen? Zerriss sich das Dorf schon das Maul über die beiden? Wie dumm war sie gewesen, dass sie nicht früher bemerkt hatte, wie es um Teresias Verliebtheit stand. Sogar der Pfarrer wusste schon davon.

«Junge Mädchen sind vielen Gefahren ausgesetzt. Es ist die Pflicht der Eltern, der Lehrer, der Geistlichen, über ihr körperliches und seelisches Wohl zu wachen. Kinder brauchen eine klare Führung, um sich zurecht zu finden, und strenge Regeln. Ich habe dies schon mit Bertram – Gott hab ihn selig – diskutiert, als er noch unterrichtete. Es ist nicht gut, Kinder einfach machen zu lassen, was ihnen gefällt. Das führt sie ins Verderben und die Dorfgemeinschaft gleich mit. Dieser falsch verstandene Humanismus verwirrt unsere Kinder und überfordert sie.»

Er hatte die Hände gehoben und die Fingerspitzen aneinandergedrückt. Alinda kam es vor, als wäre ein Pfeil auf sie gerichtet. Bertram hatte von seinen Diskussionen mit dem Pfarrer erzählt und ihr erklärt, was es mit dem Humanismus auf sich hatte. Jedes Kind solle nach seinen Fähigkeiten gefördert werden, und das mit viel Liebe und Verständnis. Etwas mehr Liebe und Verständnis – das hätte sich Alinda in ihrer Schulzeit auch gewünscht. Da sie eine gute Schülerin gewesen war, hatte sie keine großen Probleme gehabt. Doch sie hatte mitgelitten mit den schwächeren Kindern, die Kopfnüsse erhielten oder Schlimmeres, wenn sie die Antwort nicht wussten. Auch Lavinia war manchmal bestraft worden. Sie hatte ein schlechtes Gedächtnis und sich die Antworten im Katechismus oder die Gedichte von Goethe einfach nicht merken können. Trotzdem konnte sich Alinda nicht vorstellen, wie jedes Kind nach seinen Begabungen unterrichtet werden konnte. Jeder Mensch musste doch rechnen, lesen und schreiben können, den

Katechismus beherrschen und die Geschichte der Schweiz kennen. Natürlich, hatte Bertram auf ihren Einwand gesagt. Jedes Kind sei lernbegierig, doch nur in einem anregenden und entspannten Umfeld. Drohen und Bestrafen bringe nichts. Doch das wollten der Pfarrer und einige der älteren Lehrer nicht einsehen. Danach hatte sich Bertram ans Klavier gesetzt und ihr ein Lied aus der 'Merlotscha', ihrem romanischen Schulgesangbuch, vorgespielt. Seine Finger waren wie Schmetterlinge über die Tasten gehüpft und er hatte dazu gesungen. Manchmal war sie in seinen Gesang eingestimmt. Doch manchmal hatte sie Bertram auch vor zu viel Übermut gewarnt. Auf Lachen folgen Tränen, hatte schon ihre Mutter gesagt.

Der Pfarrer riss sie aus ihren Gedanken.

«Eltern müssen den Kindern ein Vorbild in Disziplin und gottgefälliger Lebensführung sein und sie so erziehen, dass sie ihren Platz in der Gemeinschaft finden. Es schadet ihnen, wenn man nachgiebig ist. Gerade alleinstehende Frauen scheuen sich oft, ihre Kinder mit der nötigen Härte zu erziehen. Da kann manchmal ein Vormund helfen, der die väterliche Hand ersetzt.»

Alinda erstarrte. Sie musste sich zwingen zu atmen. Die Drohung war unmissverständlich. Es drängte sie, sich nicht als unfähiges, schwaches Weib behandeln zu lassen. Da kam er wieder, ihr Widerspruchsgeist, ihr Stolz, sich nicht einfach etwas sagen zu lassen, auch nicht von den wichtigen Männern im Dorf. Doch der Pfarrer war ein geweihter Diener Gottes. Er sprach im Namen der Kirche.

So ruhig wie möglich sagte sie:

«Teresia ist ein gutes Mädchen, die nie etwas Falsches machen würde.»

«Ich hoffe es, Alinda. Gott hat mich beauftragt dafür zu sorgen, dass alle in der Gemeinde den Versuchungen der Sünde widerstehen. Ich werde ein Auge auf Teresia haben und dich in deiner Erziehungsaufgabe unterstützen. Gott behüte dich.»

Als die Soutane des Pfarrers hinter der Kirchentür verschwunden war, sank Alinda auf den hölzernen Knieschemel vor dem Grab nieder. Doch sie betete nicht. In ihrem Kopf wirbelten die Gesichter von Adam und Teresia und Pfarrer Vitus. Als sie spürte, dass sich ihr Oberkörper müde nach vorne neigte, stand Alinda hastig auf. Vielleicht war der Pfarrer ja noch in der Nähe und beobachtete sie. Er durfte sie nicht schwach sehen, auf keinen Fall. Schwäche war angreifbar.

13

«Bundesrat von Steiger hatte einen Autounfall», brummte Florentin hinter der Zeitung hervor. Alinda nähte Knöpfe an eine Bluse. Im Ofen knackten die Holzscheite.

«Ah ja?»

«Wegen Nebel und Glatteis ist das Auto, das ihn von einer Trauerfeier heimführte, mit einem anderen Motorfahrzeug kollidiert. Verletzt wurde niemand, doch es entstand bedeutender Sachschaden», las Florentin vor.

«Siehst du, Florentin, Automobile sind gefährlich. In Chur ist erst letzte Woche ein Fahrradfahrer von einem Automobil überfahren worden. Der Knabe war erst zehn Jahre alt. Stell dir vor, die armen Eltern. Der Vater ist ein einfacher Schumacher. So stand es auf jeden Fall in der Zeitung.»

Alinda biss dicht am Knopf den Faden ab. Bevor sie darauf hinweisen konnte, dass die Autos zudem Lärm machten und stanken, trat Teresia in die Stube. Verwundert schaute Alinda hoch. Jetzt, im März, waren die Kinder und Jugendlichen jeden Abend draußen, wenn es das Wetter zuließ. Die älteren Mädchen spazierten durchs Dorf, hockten sich auf eine Mauer, schwatzten und schauten den Kleinen zu, die Ringelreihen spielten, Himmel und Hölle oder Verstecken. Die Knaben spielten 'Palotta'. Ein Ball musste dabei mit einem kurzen, armdicken Schlagholz, das vorne abgeflacht war wie eine Rührkelle, in die Luft geschlagen werden. Wer den Ball auffangen konnte, durfte ihn als nächster schlagen. Tennisbälle waren am besten geeignet. Manchmal machten sich die Knaben sonntags auf den einstündigen Fußweg ins Nachbardorf Crapa, wo es Hotels gab und einen Tennisplatz. Dort fand sich hin und wieder ein Ball, der über das Gitter geflogen und von den Spielern vergessen oder nicht mehr gefunden worden war. Florentin hatte ihnen auch schon welche aus St. Moritz mitgebracht, solche, die den Ansprüchen der Tennisspieler nicht mehr genügten, da ihre Filzhülle abgewetzt war.

Teresia setzte sich an den Tisch und begann, mit dem Finger Kreise auf das Holz zu malen.

«Ist was passiert?», fragte Alinda. Schon spürte sie ein Ziehen im Bauch. Doch Teresia schüttelte den Kopf und schwieg. Alinda nähte weiter, aus den Augenwinkeln ihre Tochter beobachtend. Irgendetwas hatte sie auf dem Herzen.

«Darf ich nächsten Sonntag an die Theateraufführung gehen?»

Das war es also. Teresias Stimme klang wie das Piepsen eines jungen Vogels, der um Futter bettelte.

Die Jungmannschaft, der alle unverheirateten Männer des Dorfes angehörten, hatte seit dem Herbst geprobt und verkündete seit Wochen, dass es dieses Mal ein außerordentlich lustiges Stück sei. Man verliere fast den Überblick vor lauter Verwechslungen. Dass die Frauenrollen von Männern gespielt wurden, sorgte für zusätzliche Erheiterung. Der Eintritt kostete einen Franken fünfundsechzig

Rappen für die hinteren Plätze, zwei Franken zwanzig für die vorderen.

Alinda ließ die Bluse sinken und betrachtete Teresia, die an ihren braunen Zöpfen drehte und ihrem Blick auswich.

«Du weißt genau, dass das nicht schicklich ist so kurz nach dem Tod deines Vaters. Während der Trauerzeit nimmt man an keinen Unterhaltungsanlässen teil.»

Zornesfalten bildeten sich über Teresias Nase, ihre Lider senkten sich, so dass nur noch ein dunkles Blitzen zu sehen war. Alinda wusste von Bertram, dass sie selbst genauso grimmig dreinschaute, wenn sie wütend oder enttäuscht war. Vieles verband sie mit ihrer Tochter. Beide hatten sie den Vater früh verloren und beide hatten eine von Krankheit geprägte Kindheit gehabt. Ein aufgeschürftes Knie löste bei Teresia eine Knochenmarkentzündung aus, die die damals Neunjährige monatelang ans Spitalbett fesselte. Tapfer ertrug sie das schmerzvolle Entfernen des abgestorbenen Fleisches in der Hoffnung, dass das Bein nicht amputiert werden musste. In dieser Zeit entwickelte sie eine tiefe Beziehung zu ihrem Vater, der wegen seines Asthmas im gleichen Krankenhaus behandelt wurde. Er unterrichtete sie, so dass sie nach ihrer Genesung trotz der langen Abwesenheit in die nächsthöhere Klasse eintreten konnte. Bertram und Teresia schienen sich ohne Worte zu verstehen, ein Lächeln oder ein kurzer Blick genügte und sie wussten, was der andere dachte.

Als Teresia im Februar letzten Jahres auch noch an einer Brustfellentzündung erkrankte und wieder lange Wochen zu Hause ruhen musste, hatte Alinda Gott Vorwürfe gemacht und mit ihm gehadert, warum er ihre Tochter, ihre Familie so leiden lasse? Was hatte das für einen Sinn, dass Bertram und Teresia so krank waren? Eine Zeitlang hatte Alinda nicht mehr mit Gott gesprochen, nur noch mit der Muttergottes. Sie hatte sie angefleht, für ihre beiden Lieben bei ihrem allmächtigen Sohn Fürbitten einzulegen, damit beide gesund würden. Teresia war genesen, aber Bertram war gestorben. Alinda hatte es erst vor wenigen Wochen wieder geschafft, zu beten. Sie hatte Gott gedankt, dass Florentin zu ihr gekommen war.

«Es geht einfach nicht, Teresia. Versteh doch.»

Sie konnte ihre Tochter nicht zu der Theateraufführung gehen lassen, das würde das ganze Dorf kritisieren, vor allem der Pfarrer. Ihr hallten Pfarrer Vitus' Worte in den Ohren, dass sie nicht nachsichtig sein dürfe.

«Alle anderen werden hingehen», machte Teresia mit brüchiger Stimme einen letzten Versuch.

Alinda blickte sie nur stumm an. Eine Antwort war nicht nötig. Sie kam sich hart vor, so, wie es der Pfarrer erwartete. Doch das war schwer zu ertragen. Sie blickte zu Florentin, der von seinem Buch aufgeschaut und zugehört hatte. Er schwieg. Was sollte er auch sagen? Er hatte sein Leben auf den Kopf gestellt, um ihnen zu helfen. Sie durfte ihn jetzt nicht noch in die Erziehung der Kinder einbeziehen und ihn damit belasten. Er hatte genug zu tun, sich um die Tiere und den Hof zu kümmern. Mit einem leisen Seufzen nahm Alinda die Bluse wieder hoch und begann, den nächsten Knopf anzunähen.

Teresia stand auf. Unschlüssig blieb sie am Tisch stehen, als ob sie sich nicht entscheiden könnte, was sie nun machen sollte. Sie musterte sich im Spiegel, der ganz oben an der Wand, beim Übergang zur Decke, festgemacht war und schräg herabblickte. Sie zupfte am Kragen ihres schwarzen Kleides, deutete mit hochgezogenen Mundwinkeln ein Lächeln an und zog sich die Zöpfe nach vorne ins Gesicht. Sicher denkt sie an Adam, überlegte Alinda.

«Darf ich die Zöpfe abschneiden?», fragte Teresia unvermittelt, ohne den Blick von ihrem Spiegelbild zu lösen. Aus Florentins Sessel kam ein überraschtes Schnauben. Alinda stach sich in den Finger.

«Teresia, es reicht! Jetzt habe ich deinetwegen fast die Bluse für Ludmilla ruiniert. Hör jetzt mit diesen dummen Fragen auf.»

Sie betrachtete die Einstichstelle und drückte die Fingerspitze zusammen. Ein kleiner Blutstropfen trat hervor, den sie rasch wegschleckte. Der träumerische Ausdruck in Teresias Augen war schlagartig verschwunden. Sie schürzte ihre Lippen, drehte sich um, verließ die Stube und zog so heftig die Tür zu, dass das Holz knackte. Im ersten Moment wollte Alinda ihr nacheilen und sie für dieses Verhalten ausschimpfen, doch Florentins Blick hielt sie zurück. Ja, er hatte recht. Teresia war heute Abend schon genug enttäuscht worden.

«Sie hat wunderschöne Zöpfe», sagte sie, «voll und kräftig.»

«Ja, das hat sie.»

«Es wäre schade, wenn sie abgeschnitten würden.»

«Ja, das wäre es.»

«Nächstes Jahr, wenn sie die Schule beendet hat, kann sie selbst entscheiden, ob sie es wirklich machen will.»

«Vielleicht überlegt sie es sich bis dahin doch noch anders und will sie behalten», sagte Florentin halb fragend, mit wehmütiger Hoffnung in der Stimme.

«Ja, das wäre schön.»

Doch Alinda war sich sicher, dass ihre Tochter die Zöpfe abschneiden würde, sobald sie ihr dies erlaubte. Sie wollte so aussehen wie die Damen in den Modeinseraten, mit kurzen Haaren und Handtaschen über der Schulter. Da würde wahrscheinlich nicht mal Adam etwas dagegen tun können – sofern er es überhaupt wollte. Aber noch dauerte es mehr als ein Jahr bis zum Ende der Schulpflicht. Und in dieser Zeit mussten sie noch ganz andere Probleme bewältigen.

14

Die ultramarinblaue Briefmarke zeigte das Profil von Georg VI. Das linke Auge des Königs wurde von den schwarzen Wellenlinien des Poststempels überdeckt. Auf dem zweiten Stempel waren der Aufgabeort, das Datum und die Aufgabezeit vermerkt – Hastings 11 Feb 1947 11.30 AM. Zwei Wochen hatte der Brief für seine Reise gebraucht. Florentin strich mit dem Finger über die feinen Zacken der Briefmarke. Dann nahm er sein Taschenmesser aus der Hosentasche und schlitzte vorsichtig den Umschlag auf, legte ihn auf den Tisch und betrachtete nachdenklich die Adresse auf der Vorderseite. Was erwartete ihn in Susannes Brief? Gefiel es ihr immer noch in England? Erzählte sie von einer neuen technischen Erfindung? Eine Fliege summte herbei und landete neben dem Umschlag. Mit den vorderen Beinen strich sie sich ruckartig über die Augen. Als sie sich wieder in Bewegung setzte, schoss Florentin mit seiner rechten Hand über die Tischfläche und schnappte sie. Die Fliege brummte und zitterte im Hohlraum seiner Faust. Ihre Flügel kitzelten an den Fingern. Florentin stand auf, öffnete das Fenster und ließ sie frei. Regentropfen fielen auf seinen Arm. Er schloss rasch wieder das Fenster, setzte sich an den Tisch, nahm den Brief aus dem Umschlag und begann zu lesen.

Dear Florentin
How are you? I'm fine. Hastings is very nice and the people too. I like my work. Siehst du, Florentin, ich habe schon viel Englisch gelernt, seit ich hier bin. Ich kann mich schon gut unterhalten, wenn ich einkaufen gehe. Mr Wood, mein Chef, ist auch sehr zufrieden mit mir.
Hier in England suchen sie verzweifelt neue Arbeiter für die Industrie. Die Behörden wollen alle Arbeitslosen, Straßenhändler, Wandermusikanten und Leute, die in Vergnügungslokalen beschäftigt sind, zwingen, in den Fabriken zu arbeiten. Stell dir das vor. Sogar Blumenmädchen sind davon betroffen. Ist das nicht ungerecht?
Doch nun habe ich eine Überraschung für dich! Mr Wood kennt den Chef eines großen Hotels hier in Hastings. Dieser sucht einen Nachtportier. Ich habe ihm von dir erzählt, wie gut du schon englisch sprichst und wie nett du zu den Gästen bist. Er würde dich probeweise einstellen. Ist das nicht eine gute Neuigkeit? Endlich kannst du auch nach England kommen.

Florentin hielt den Atem an und presste die Hände vor den Mund. Wie lange hatte er auf ein solches Angebot gewartet. England. Das war Technik und Fortschritt. London mit den riesigen Wolkenkratzern und der berühmten Themse. Das Meer und die Häfen mit Schiffen und Menschen aus Amerika, vielleicht sogar aus Asien oder China. Aber jetzt Alinda und die Kinder verlassen? Nein, das war unmöglich. Seine Schwester würde zusammenbrechen. Er musste das Susanne schreiben. Vielleicht könnte der Bekannte von Mr Wood noch etwas warten, ein Jahr, oder zumindest ein halbes. Dann konnte er abschätzen, wie es hier in Nalda lief. In Florentins Bauch zwickte es. Er stand auf, ging zum Schrank und öffnete ihn. Der Sonntagsanzug, fünf Hemden – zwei davon weiß – zwei Krawatten und zwei Paar Hosen aus schwerem Stoff hingen auf den Bügeln. Am Boden lag eine Kiste, die mit einem Leinentuch bedeckt war. Er zog es weg und betrachtete den Inhalt. Ansichtskarten vom Engadin waren drin, die er bei einem Trödler billig gekauft hatte, ein deutsch-englisches Wörterbuch, der Roman von Robinson Crusoe in englischer Sprache. Dieses Buch hatte ihm die alte Lady Margret, die schon seit über zwanzig Jahren jeden Sommer im Hotel Seeblick verbrachte, zu Weihnachten geschenkt. Robinson Crusoe kannte Florentin von der Schulzeit her. So fiel es ihm etwas leichter, dem englischen Text bruchstückhaft zu folgen. Doch seit Bertrams Tod hatte er nicht mehr darin gelesen. Der Buchdeckel zeigte einen Mann an einem Strand, mit weiten Fellhosen, einem zerrissenen braunen Hemd und einem breitkrempigen Hut, ein Gewehr und einen eigenartigen Sonnenschirm in den Händen. Draußen im Meer, ganz klein, waren Masten eines halbversunkenen Schiffes zu erkennen, an denen Segelfetzen hingen. Eigenartigerweise war die Palme neben dem Mann dünn und rot gemalt. Florentin wusste, dass Palmen grüne Blätter und braune Stämme hatten, und verstand nicht, weshalb dies nicht so gemalt war. Er fuhr über die roten Buchstaben des Titels, die leicht in den Karton eingedruckt waren, und konnte die Vertiefungen spüren. Das Buch war abgegriffen, der rote Buchrücken am oberen Ende etwas eingerissen.

«Abendessen ist fertig!», hörte er Alinda rufen. Er legte die beiden Bücher und die Ansichtskarten zurück, deckte die Kiste zu und schloss den Schrank. Im Moment hatte er sowieso keine Zeit zum Lesen oder Lernen. Es war März. Jetzt begann die anstrengendste Zeit für die Bauern und auch für die Kinder, die mithelfen mussten. Es galt, Äcker und Wiesen von Steinen zu säubern, die Felder zu pflügen, das Getreide zu säen, die Kartoffeln zu setzen. Ein wenig graute ihm vor den ungewohnten Arbeiten und der Verantwortung. Sorgfältig steckte Florentin den Brief wieder in den Umschlag. Er würde den Rest nachher lesen. Oder vielleicht auch erst morgen früh. Doch an der Tür hielt er inne, drehte sich um und ging zurück zum Schrank. Er zog das Wörterbuch hervor und legte es auf den Nachttisch. Hin und wieder ein Wort lernen, das sollte trotz der abendlichen Müdigkeit, die ihn meistens in kürzester Zeit einschlafen ließ, drin liegen.

Zum Abendessen gab es Maluns, eine Mischung aus Mehl und Kartoffeln. Alinda hatte die Kartoffeln vor zwei Tagen vorgekocht. Maluns machen brauchte Zeit. Es dauerte mindestens eine halbe Stunde, bis die Kartoffeln geschält, geraffelt und mit dem Mehl und Salz zwischen den Handflächen verrieben waren, so dass kleine Klümpchen entstanden. Damit sie goldbraun wurden, brauchte es eine ordentliche Portion Schweinefett in der Bratpfanne und sie mussten ständig umgerührt werden. Florentin langte kräftig zu, auch beim Käse und dem Apfelmus, trotz dem leichten Bauchgrimmen, das noch nicht vergangen war. Maluns hatte es im Hotel in St. Moritz nie gegeben, weder für das Personal noch für die Gäste. Die Engländer würden diese Speise sicher auch nicht kennen.

Nach dem Abendessen blieben die Kinder zu Hause, da es in Strömen regnete. Rätus zeichnete auf seiner Schiefertafel einen Mann mit einem riesigen Bauch, der fast zu platzen schien und über dem die Westenknöpfe wegspickten. Er hatte einen breiten Mund, der fast bis zu den Ohren ging, und einen Buckel. Die Kreide quietschte wie ein quiekendes Schwein.

«Wer ist das?», fragte Florentin.

«Niemand», antwortete Rätus mit einem raschen Blick zu seiner Mutter und legte die Hand über die Tafel, als ob er die Zeichnung verstecken wollte.

«Wollen wir zusammen jassen?»

Alindas Frage kam unerwartet. Florentin wusste, dass sie und Bertram früher oft mit den Kindern Karten gespielt hatten. Seine Schwester liebte das Jassen und beherrschte das Spiel mit den rotfarbenen Ecken und Herzen und den schwarzen Schaufeln und Kreuzen hervorragend. Doch seit Bertrams Tod waren die Karten in der Schublade geblieben.

«Oh ja, gerne», rief Rätus, wischte mit dem Schwämmchen rasch die Zeichnung weg, zog in der Mitte der Tafel einen Strich und auf beiden Hälften ein großes Z. Teresia legte ihre Strickarbeit zur Seite, den hellbeigen Pullover mit dem Zopfmuster. Alinda hatte bereits die Karten aus dem Schrank geholt.

«Ich habe schon lange nicht mehr gespielt», sagte Florentin. «Schon ewig lange nicht mehr.»

«Das macht nichts. Ich zeige dir, wie es geht, wenn du etwas nicht mehr weißt», sagte Rätus eifrig, ließ alle drei eine Karte aus dem Stapel ziehen und nahm sich dann selbst eine.

«Padroin spielt mit mir, und Mama mit Teresia. Dann müssen Padroin und Mama die Plätze tauschen.»

Rätus mischte die Karten und pfiff leise vor sich hin. Um Alindas Mundwinkel zuckte ein Lächeln.

Florentin spielte schlecht, gab oft die falsche Karte. Sein Neffe erklärte ihm geduldig, dass es besser gewesen wäre, Kreuz As zu spielen anstelle des Kreuz Buben oder mit einem Trumpf zu stechen. Florentin störte sich nicht an den Belehrungen des Knaben, der nach jedem Spiel rasch die Punkte zusammenzählte und dabei wie zur Bestätigung Florentins Nicken einholte, wenn er das Resultat verkündete und die Hunderter-, Fünfziger- und Zwanzigerstriche machte.

Jasst man in England auch? fragte sich Florentin, während Teresia an ihren Zöpfen drehte und lange überlegte, welche Karte sie spielen wollte.

«Schlaf nicht ein», rief Rätus. «Wenn du jedes Mal so

lange brauchst, werden wir nie fertig.»

Teresia streckte ihm die Zunge heraus und stach mit einem Trumpf.

Ich werde nichts erzählen von dem Stellenangebot, dachte Florentin, während er die neu aufgenommenen Karten sortierte. Alinda würde darauf bestehen, dass er nach England ging, da es eine einmalige Gelegenheit sei. Sie würde nicht wollen, dass er seinen Lebenstraum wegen ihr und den Kindern aufgeben würde. Aber ich kann jetzt nicht weg. Noch nicht. Sie brauchen mich hier.

Als es halb neun Uhr schlug, hatten Florentin und Rätus beide Partien verloren. Rätus führte an, dass sie viel schlechtere Karten gehabt hätten und dass kein Mensch, nicht mal der Weltmeister im Jassen, damit hätte gewinnen können.

Nachdem die Kinder schlafen gegangen waren, blieb Florentin sitzen. Seine Gedanken kreisten um Susannes Brief. Er würde ihn morgen fertiglesen. Jetzt wollte er die Ruhe in der Stube genießen und die Fröhlichkeit der letzten Stunde, die noch in der ofengewärmten Luft zu hängen schien. Selbst das Ticken der Uhr kam ihm zufrieden vor. Alinda las in einem schmalen, mit braunem Leder eingebundenen und einem Schlösschen versehenen Psalmenbuch, das schon ihrer Mutter gehört hatte und dennoch wie neu aussah. Sie wusste, dass Florentin alle zwei, drei Monate Post aus England bekam. Er hatte ihr von Susanne erzählt. Doch sie fragte nie, was sie geschrieben hatte.

Florentin schlug die Zeitung auf. Sein Blick fiel auf ein viertelseitiges Inserat mit Bild, das einen viertürigen Peugeot zeigte. 'Unvergleichliche Straßenhaltung, hydraulische Bendix Lockheed-Bremsen, Getriebe mit synchronisiertem zweiten und dritten Gang, Hinterachse mit Schneckengetriebe' stand da. Das alles sagte ihm nichts. Doch das Automobil sah wunderschön aus mit der geschwungenen Form, der schnittigen, V-förmigen Kühlerhaube und den halb gedeckten Hinterrädern. Es schien schwarz zu sein, doch das konnte man nie genau wissen. Alles in der Zeitung war schwarz-weiß gedruckt. Vielleicht war der Wagen auch dunkelbraun oder rot. 7 900 Franken kostete er, die Warenumsatzsteuer kam dann noch dazu. Dafür würde sein Gespartes gerade reichen, doch dann hätte er nichts mehr für seine alten Tage. Er stellte sich Alindas Reaktion vor, wenn er ihr von seinem Traum erzählen würde, sogar wenn es ein günstiger Gebrauchtwagen wäre. Sie käme aus dem Kopfschütteln über diese Verschwendungssucht nicht mehr heraus. Nein, ein Auto würden sie sich nie anschaffen können, da machte er sich keine Illusionen.

Florentin blätterte weiter. Sein Blick blieb an einem Bericht über verbesserte Arbeitstechnik in der Landwirtschaft hängen.

«Xaver hat sich einen Traktor gekauft», kam es ihm über die Lippen, leise, als ob er es zu sich selbst gesagt hätte.

Doch Alinda blickte auf.

«Xaver hat viel Geld.»

«Ein Handmotormäher, mit dem man pflügen und Gras schneiden kann, würde die Arbeit erleichtern», sagte Florentin.

Ohne zu antworten starrte Alinda wieder in das Buch, wie wenn sie nicht darüber reden wollte. Natürlich war ein neuer Handmäher teuer. Doch ein gebrauchter würde auch reichen. Es ging nicht darum, mehr Zeit zum Müßiggang zu haben. Aber Florentin wollte nicht in ein paar Jahren mit schmerzhaft gebeugtem Rücken und verknöcherten Fingern herumlaufen wie die älteren Bauern im Dorf. Rudolf und Johannes machten sich auch solche Gedanken, das hatten sie ihm gesagt. Vielleicht könnten sie ja zusammen einen Handmäher kaufen und gemeinsam nutzen. Er würde seiner Schwester einen Kredit geben von seinem Ersparten, zinslos. Sogar schenken würde er ihr das Geld, doch das würde sie nicht wollen.

Unvermittelt brach Florentin seine Überlegungen zur technischen Aufrüstung des Hofes ab. Jetzt hatte er doch tatsächlich schon an die nächsten Jahre gedacht, obwohl er gar nicht sicher war, ob er in Nalda bleiben wollte. Seine Gedanken waren ungeordnet und purzelten übereinander wie frisch geschlüpfte Küken. Er musste diesem Durcheinander zuerst Herr werden. Aber unabhängig davon, ob er in Nalda bleiben würde oder nicht: Ein Motormäher musste her. Davon würde er seine Schwester überzeugen.

15

Alinda schaute zu den Küchenfenstern hinaus auf die bergseitige Dorfstraße. Die kleinen Fenster waren auf Kopfhöhe angebracht, man sah die Schuhe der Menschen, die vorbeigingen. Doch derzeit lagen Erdhaufen, Bretter und Schaufeln auf der aufgerissenen Straße. Die Leitungen für die Kanalisation wurden gelegt. Endlich, dachte Alinda. Sie ärgerte sich über die schmutzigen Fensterscheiben. Aber solange die Arbeiten nicht abgeschlossen waren, hatte es keinen Sinn, sie zu putzen.

Die Polenta und die Kartoffeln brutzelten in der Pfanne, als Rätus hineinschlurfte und sich an den Tisch setzte, ohne seine Mutter anzusehen.

«Ist was?» fragte Alinda.

Er räusperte sich.

«Der Pfarrer hat mir eine Ohrfeige gegeben.»

Alinda erstarrte.

«Warum?»

«Er hat eine Zeichnung von mir gefunden. Nein, eigentlich hat er sie nicht gefunden, er hat sie von Damian bekommen. Der hat sie mir gestohlen, dieser gemeine Kerl.»

«Eine Zeichnung?»

Rätus nickte mit gesenktem Blick.

«Wen hast du gemalt?»

«Die Haushaltslehrerin Fräulein Petri.»

Alinda pustete leise aus. Wenigstens nicht den Pfarrer oder einen der Lehrer. Bertram hätte seine Freude an Rätus' Zeichnungen gehabt. Doch dessen Karikaturen waren für die gezeichneten Personen wenig schmeichelhaft, der Ärger vorprogrammiert. Streng sah sie ihren Sohn an, der mit dem Zeigefinger der Maserung des Holztisches nachfuhr.

«Wie oft habe ich dir gesagt, dass du mit dieser Zeichnerei aufhören sollst? Sie beleidigen die Menschen.»

«Es kommt einfach so. Sobald ich einen Stift in der Hand habe, muss ich malen.»

Er räusperte sich.

«Das ist noch nicht alles», fuhr er kaum hörbar fort. «Der Pfarrer hat mich den Katechismus abgefragt, über den ersten Glaubensartikel. Er hat gefragt, was es bedeute, dass Gott allweise ist. Ich habe gesagt, dass es bedeutet, dass Gott alles weiß, das Vergangene, das Gegenwärtige und das Zukünftige, selbst unsere geheimsten Gedanken. Das ist aber die Antwort auf die Frage, was es heißt, dass Gott allwissend ist. Ich habe es sonst immer gewusst, immer. Aber der Pfarrer hat mich so böse angeblickt, dass in meinem Kopf alles durcheinander war.»

Tränen liefen ihm über die Wangen, er schniefte.

«Dann hat er mir eine schlechte Note gegeben und nochmals eine Ohrfeige.»

Erst jetzt fiel Alinda auf, dass seine rechte Backe geschwollen war.

«Ich kann die Antworten sonst alle auswendig. Das

weißt du, Mama. Das ist einfach gemein, wenn er mich jetzt wegen einem einzigen Fehler bestraft.»

Der Geruch von Angebranntem stieg Alinda in die Nase. Ihr Sohn hatte sie so abgelenkt, dass sie vergessen hatte, die Polenta und die Kartoffeln zu wenden. Sie zerkleinerte die dunkelbraunen Stellen und mischte sie unter, so dass sie kaum mehr zu sehen waren.

«Der Pfarrer hat gesagt, dass er vorbeikommen wird.»

Alinda atmete tief durch. Ihr Sohn hätte eine Tracht Prügel verdient. Nicht, weil er die Frage aus dem Katechismus falsch beantwortet hatte, das konnte rasch passieren, aber wegen seiner dummen Zeichnerei. Warum konnte er nicht einfach schöne Blumen oder Tiere malen?

Er strich sich mit dem Ärmel den Rotz von der Nase.

«Nimm dein Taschentuch!», fuhr ihn Alinda an und Rätus zog es hastig aus seiner Hosentasche. Es sah aus, als hätte er seine Schuhe damit gereinigt. Alinda setzte sich ihrem Sohn gegenüber, der sie ängstlich anblickte.

«Versprichst du mir, dass du keine solchen Zeichnungen mehr machst?»

Nach einigen langen Sekunden nickte Rätus.

«Gut. Aber zur Strafe darfst du die nächsten fünf Tage abends nicht mehr nach draußen zum Spielen gehen.»

Stumm blickte er seine Mutter an, als ob er die Strafe nicht angemessen fände. Doch Alinda blieb hart.

«Und jetzt geh und ruf Padroin und Teresia. Das Essen ist fertig.»

Kurz nach dem Nachtessen kam Pfarrer Vitus. Alinda bat ihn in die Stube und schickte Teresia und Rätus in ihr Zimmer. Der Priester setzte sich in den Sessel, mit kerzengeradem Rücken, und nippte an der Kaffeetasse.

«Hat Rätus erzählt, was heute passiert ist?»

«Ja, das hat er, Herr Pfarrer. Er hat eine große Begabung im Zeichnen. Das hat er von seinem Vater geerbt.»

«Eine Begabung ist ein Gottesgeschenk, Alinda. Doch wenn man sie bösartig einsetzt und Mitmenschen dadurch beleidigt, ist sie das Werk des Teufels.»

«Rätus ist ein guter Junge, manchmal ungestüm und unüberlegt. Doch er will sicher niemandem Böses tun», mischte sich Florentin unerwartet ins Gespräch.

Alinda hätte ihn umarmen mögen für seine Hilfe. Der Pfarrer blickte schweigend das Kruzifix und das Weihwassergefäß neben der Tür an. Alinda konnte sich nicht erinnern, dass sie ihn jemals hatte lachen sehen.

«Ich habe es dir schon mal gesagt, Alinda, nachlässige Erziehung dient keinem Kind. Es findet sich nicht zurecht, überschreitet gefährliche Grenzen.“

«Sie haben recht, Herr Pfarrer. Ich versuche, Teresia und Rätus im christlichen Sinn zu erziehen. Sie beten jeden Abend vor dem Zubettgehen, gehen jeden Tag in die Schulmesse, sonntags in den Gottesdienst. Rätus ist Ministrant. Die beiden kennen unsere wichtigsten Heiligen, lernen fleißig den Katechismus. Es tut mir leid, dass er heute die falsche Antwort gegeben hat. Fragen Sie ihn morgen nochmals ab. Sie werden sehen, dass er es wieder weiß.»

Sie bemerkte, dass sie sich die Hände rieb und hielt rasch inne.

«Ich werde diese Sache mit den Zeichnungen dem Schulrat melden müssen.»

Florentin bewegte die Lippen, als wollte er etwas sagen. Doch es war Alinda, die nach einigen Momenten die Sprache wiederfand.

«Rätus hat mir versprochen, dass er nie mehr solche Zeichnungen macht.»

«Ich hätte schon das mit den Sternsingern melden müssen, habe es aber nicht getan. Das war vielleicht ein Fehler.»

Der Pfarrer stand auf und stellte die halbleere Kaffeetasse auf den Tisch. Alinda und Florentin erhoben sich ebenfalls. An der Türe hielt der Pfarrer nochmals inne.

«Ich habe am letzten Sonntag Teresia gesehen. Sie saß bei der alten Kapelle am Weg nach Castell und trug einen Blumenkranz im Haar. Es schien mir, wie wenn sie auf jemanden warte. Leider hatte ich jedoch keine Zeit, mich darum zu kümmern, da ich zur alten Agatha gerufen worden war, die im Sterben lag. Gott sei ihrer Seele gnädig.»

«In Ewigkeit Amen», murmelten Alinda und Florentin und bekreuzigten sich.

«Hüte deine Tochter vor der Versuchung, Alinda. Auch Liebe kann Gottes Werk oder Teufels Werk sein.»

«Teresia hat auf mich gewartet, Herr Pfarrer. Wir sind zusammen spazieren gegangen», sagte Florentin.

Der Pfarrer starrte ihn ausdruckslos an, als glaubte er

ihm nicht, doch Florentin hielt seinem Blick stand. Nur seine buschigen Augenbrauen zitterten ein wenig.

«Nun gut. Ich habe meine Pflicht erfüllt und euch gewarnt.»

Als der Pfarrer sich verabschiedet hatte und außer Hörweite war, fragte Alinda ihren Bruder:

«Warst du tatsächlich mit Teresia spazieren? Ihr habt mir nichts davon erzählt.»

Florentin nickte. Es stimmte, zumindest fast. Er hatte Teresia bei der Kapelle gesehen und genau wie der Pfarrer das Gefühl gehabt, dass sie auf jemanden warte. Und das konnte nur Adam sein. Um zu verhindern, dass sie alleine mit dem jungen Mann sein würde, war er zu ihr hingegangen und hatte sie zu einem Spaziergang aufgefordert. Sie hatte ihn nicht gerade glücklich angesehen, war aber seiner Aufforderung nachgekommen, immer wieder nach hinten blickend. Florentin hatte getan, als ob er dies nicht bemerken würde.

Der Spaziergang mit Teresia war ihm nahe gegangen. Sie hatte geklagt, dass ihre Mutter manchmal so streng sei. Sie habe ja Verständnis dafür, es gebe so viel zu tun auf dem Hof und im Haushalt. Und diese ständige Angst vor der Bevormundung, die sei wirklich belastend. Manchmal habe sie das Gefühl, dass sie keinen Schritt machen dürfe, ohne sich hundertmal zu überlegen, ob er nicht falsch sei. Schweigend waren sie in Richtung Castell weitergegangen. Erst nach einiger Zeit sprach Teresia wieder.

«Papa konnte fast nicht mehr atmen und bekam blaue

Lippen. Er röchelte und sah verzweifelt um sich. Es war viel schlimmer als sonst. Ich wollte Hilfe holen, aber ihn auch nicht allein lassen. Er hat meine Hand umklammert, ganz fest, dass es fast weh getan hat. Dann hat er mich ganz seltsam angesehen. Und dann ist er aufs Kissen gesunken und hat die Augen geschlossen und war fort.»

Es war das erste Mal, dass Teresia ihm von Bertrams Tod erzählte. Sie wischte sich mit der Hand die Tränen weg. Auch Florentins Augen wurden feucht. Er wusste nicht, wann er das letzte Mal geweint hatte. Nicht einmal beim Tod seiner Mutter. Eine Amsel trillerte. Ihr fröhlicher Gesang kam Florentin fehl am Platz vor. Doch so war es nun mal. Die Natur kümmerte sich nicht um menschliche Probleme. Still spazierten sie weiter. Als der Weg in den Wald mündete, hielten sie an. Weit hinten waren die Häuser von Castell zu sehen.

«Komm, wir gehen zurück», sagte Florentin.

Auf dem Rückweg pflückte Teresia Blumen vom Rand der Wiesen, Margeriten, Akelei, Storchschnabel, Flockenblumen. Schon bald würde die Pracht unter der Sense verschwinden.

«Könnten wir nicht eine dieser neuen Waschmaschinen kaufen, um Mama den Haushalt zu erleichtern?», fragte Teresia.

Florentin zuckte mit den Achseln und meinte, dass es viel Überzeugungsarbeit brauchen werde, bis Alinda damit einverstanden wäre. Gott habe den Menschen zum Arbeiten geschaffen nicht zum Faulenzen, sage sie immer.

Dass er seiner Schwester einen Motormäher aufschwatzen wollte, behielt er für sich.

«Violett war Papas Lieblingsfarbe», sagte Teresia und hielt ihm den vielfarbigen Strauß hin, damit er daran riechen konnte. Der Duft erinnerte ihn an reife Äpfel und süße Kirschen.

Florentin schlief schlecht in dieser Nacht. Noch nie hatte er einen Geistlichen angelogen, eigentlich auch sonst niemanden. Er bat die Gottesmutter Maria um Verständnis. Es sei in diesem Moment einfach nötig gewesen. Aber er versprach ihr, die Verfehlung bei nächster Gelegenheit zu beichten.

16

Rätus führte Trilpa am dicken Seil, das am Nackenjoch befestigt war, über den Acker. Sein Hemd war schweißnass, wegen der warmen Aprilsonne und der Anstrengung. Die Kuh war gutmütig, musste aber immer wieder zum Weitergehen angetrieben werden. Er schimpfte mit ihr, wenn sie langsamer wurde oder nicht geradeaus lief. Manchmal schlug er ihr mit dem dünnen Stecken auf den Rücken. Rätus kam sich sehr erwachsen vor. Noch keine zwölf Jahre war er alt – er hatte im Mai Geburtstag – und durfte schon das Zugtier führen.

Hinter ihm lenkte Florentin den Pflug, etwas ungelenk und verkrampft. Manche Furchen berührten sich fast. Auch ihm lief der Schweiß über die Stirn, die Hände brannten an den Lenkstangen, seine Arme zitterten. Der Geruch der klumpigen, dunkelbraunen Erde, in der sich Regenwürmer wanden, stieg ihm in die Nase und erinnerte ihn an frisch gemahlenen Kaffee und alten Käse. Trotz der Anstrengung musste Florentin über Rätus' theatralisches Gezeter schmunzeln.

Die sechsmonatige Schulzeit war mit der zweiten Aprilwoche zu Ende gegangen. Seither halfen die Kinder ihren Eltern auf dem Feld. Sie hatten die Erdhaufen der Mäuse und Maulwürfe in den Wiesen entfernt und den Ampfer ausgerissen, der aussah wie übergroßer Rhabarber, und der mit heißem Wasser überbrüht und den Schweinen zum Fressen gegeben wurde. Heute las Teresia Steine vom Acker auf und legte sie am Rand auf einen Haufen. Florentin beobachtete aus den Augenwinkeln, wie sie den Rücken durchstreckte und wie beiläufig hinunter schaute zu Adam, der seinen Eltern beim Pflügen half.

Ein magerer junger Mann holperte über die Wiesen auf Teresia zu. Er umging die anderen Bauern in einem großen Bogen. Immer wieder blieb er stehen und schaute hektisch umher wie ein unruhiges Wiesel. Seine dünnen Haare waren so kurz geschnitten, dass die Haut hindurchschimmerte. Die graue, verwaschene Hose schlotterte um seine Beine, die Jacke wies Flicken auf. Es war Ignaz, der seit seiner Kindheit im Armenhaus wohnte. Er war neunzehn Jahre alt.

Einige Schritte vor Teresia blieb er stehen.

«Alinda?» fragte er mit rauer, das Reden nicht gewohnter Stimme, ohne Teresia anzublicken.

«Mama ist im Garten und sät Gemüse an», sagte sie.

Ignaz umfasste mit den Armen seinen Oberkörper und wiegte ihn auf und ab. Er schien zu überlegen.

«Du kannst mir helfen, Steine einzusammeln», sagte Teresia.

Ignaz war zwei Monate zu früh zur Welt gekommen. Niemand hatte damit gerechnet, dass das winzige Neugeborene überleben würde. Er hatte es geschafft, doch sein Geist blieb schwach. Als erst sein Vater, dann seine Mutter starb, kam er ins Armenhaus, wo er bis heute lebte und wahrscheinlich sein Leben lang bleiben würde. Alinda lud ihn hin und wieder zum Mittagessen ein, wenn er ihr bei einer einfachen Arbeit geholfen hatte, auch wenn er oft mittendrin davonlief oder sich auf den Boden setzte und mit dem Zeigefinger Ameisen zerdrückte. Die Fingerspitze war dunkel geworden und wurde auch mit heftigem Schrubben nicht wieder heller. Für Ignaz war Alinda Mutter und Schwester zugleich. Doch selbst von ihr ließ er sich die Manie mit den Ameisen nicht ausreden.

«Nein», sagte er plötzlich und rannte in großen Sprüngen über den Acker, hüpfte über die Furchen, ruderte mit den Armen und verlor doch fast das Gleichgewicht. Dabei stieß er eigenartige, spitze Töne aus.

«Armer Kerl», sagte Teresia und blickte ihm nach.

Der Gemüsegarten war mit mannshohem Maschendraht umzäunt. Er bot Platz für Rüben, Krauseminze, Bohnen, Kabis, Randen, Kohlrabi, Kopfsalat, Lauch, Zwiebeln, Erdbeeren und für Johannisbeersträucher. Als Alinda das Quietschen des Tores hörte, blickte sie auf. Ignaz stand unschlüssig da, seine schwarzen Augen flackerten, in seinem halb geöffneten Mund zeigten sich die braun verfärbten Zähne. Ein Schneidezahn fehlte.

«Guten Morgen, Ignaz. Wie geht es dir?»

Er murmelte etwas Unverständliches.

«Schau, du kannst dich auf die Bank setzen und einen der Äpfel essen, die dort liegen. Ich habe sie vorhin aus dem Keller geholt, um eine Wähe zu backen.»

Ruckartig drehte sich Ignaz um und eilte zur Bank. Hastig packte er den Apfel und biss hinein, ein ums andere Mal, ohne zu schlucken, bis nur noch das Kerngehäuse übrigblieb und seine Backen dick waren wie die eines Hamsters. Er verschluckte sich fast, als er alles hinunterwürgte. Kaum war sein Mund wieder frei, steckte er noch den Rest des Apfels hinein und behielt nur noch den Stiel in der Hand. Dann schaute er Alinda an, als ob er auf eine Anweisung warte.

«Nimm dir den Besen, dort bei der Treppe, und feg damit den Hof», sagte sie. So konnte sie in Ruhe weiterarbeiten.

Ignaz tat, was Alinda ihm gesagt hatte. Sie kniete sich wieder hin und fuhr fort, Setzlinge in die Erde zu setzen. Sie kaufte einige Jungpflanzen im Armenhaus, das sich mit dem Vorziehen von Setzlingen ein wenig Geld erwirtschaftete. Das wischende Geräusch des Besens ertönte einmal heftiger, einmal langsamer. Plötzlich verstummte es und Alinda hörte ein tiefes Brummen, das in ein hektisches Atmen überging. Sie schaute auf. Ignaz hielt sich krampfhaft am Besenstiel fest, sein Körper zitterte. Er starrte auf Xaver, der vor dem Garten stand, die Pfeife im Mund.

«Schön sieht dein Garten aus, Alinda.»

«Danke.»

Ohne Xaver zu beachten, arbeitete Alinda weiter. Doch als Ignaz' Keuchen heftiger wurde, schaute sie auf und sah gerade noch den bösen Blick, den Xaver dem jungen Mann zuwarf, bevor er sich an Alinda wandte.

«Ich komme gerade von der Vorstandssitzung», sagte der Mastral und blies den Rauch der Pfeife zum Himmel hinauf.

«Ach ja?»

Sie ahnte, um was es ging. Die Atzung, während der das Vieh auf allen Wiesen der Gemeinde frei weiden durfte, war vor einigen Tagen zu Ende gegangen. Auch sie hatte ihre Kühe, Rinder und Ziegen draußen fressen lassen, da der Heuvorrat rasch zur Neige ging. Es gehörte zu Rätus' Aufgaben, die Tiere abends zurück in den Stall zu treiben. Vor zwei Wochen hatte er ihr mit gesenktem Kopf gebeichtet, dass er eine Geiß nicht mehr gefunden hatte. Sie musste sich in einem Gestrüpp versteckt haben. Alinda hatte ihn heftig gescholten und gehofft, dass niemand das Tier entdeckte. Doch sie hatten anscheinend Pech gehabt.

Xaver griff in die Maschen des Zauns.

«Du wurdest angezeigt, weil du die Vorschriften zur Atzung nicht eingehalten hast. Eine Geiß von dir ist über Nacht draußen geblieben. Du weißt, dass das nicht erlaubt ist. Der Vorstand muss dir eine Buße von zwei Franken geben.»

«Wer hat mich angezeigt?»

«Ein aufmerksamer Dorfbewohner.»

Alinda schwieg. Es war das erste Mal in ihrem Leben, dass sie eine Buße erhielt. Das defekte Elektrokabel im Stall, das Xaver vor einigen Wochen bemängelt hatte, war von Florentin rechtzeitig in Ordnung gebracht worden. Und nun kam Xaver mit so einer lächerlichen Geschichte und überbrachte sogar selbst den Bescheid. Dabei war das die Aufgabe von Jakob, dem Dorfpolizisten. Aber so konnte er ihr wieder einmal seine Macht zeigen. Oder hoffte er, dass sie ihn bitten würde, die Buße zurückzunehmen? Darauf konnte er lange warten.

«Ich werde gleich morgen Jakob das Geld geben.»

«Du kannst es auch mir bringen.»

Alinda antwortete nicht. Das würde sie sicher nicht. Xaver klopfte seine Pfeife an einem Zaunpfosten aus.

«Warum machst du es uns so schwer, Alinda. Ein Wort von dir und alle deine Probleme wären gelöst.»

Sie blickten sich sekundenlang in die Augen, bis Alinda den Kopf senkte.

«Ich bin in Trauer, Xaver.»

«Ich weiß. Aber die Trauer hört einmal auf und das Leben geht weiter. Das war auch bei mir so, als meine Frau im Kindbett starb.»

«Die Kinder werden größer und können bald für sich selbst sorgen.»

«Das dauert noch einige Jahre und ihre Ausbildung kostet Geld. Und dann, wenn sie fort sind, bist du alleine, Alinda. Wie willst du dann den Hof führen? Wovon willst du leben, wenn du älter wirst?»

Alinda wollte sagen, dass es ja jetzt diese neue Altersversicherung gab, über die die Männer kürzlich abgestimmt hatten. Doch dann sah sie, wie Ignaz zögernd näherkam, als ob er Alindas Anspannung spürte und ihr beistehen wollte. Hinter Xaver blieb er unschlüssig stehen und ließ ein Stöhnen vernehmen. Der Mastral wandte sich rasch um.

«Was willst du hier, Blödian. Los hau ab, sonst setzt es was.»

Ignaz schrak zurück. Seine Augen huschten verzweifelt von Alinda zu Xaver und wieder zurück. Feiner Speichel rann aus dem rechten Mundwinkel.

«Geh nach Hause, Ignaz. Es gibt bald Abendessen im Armenhaus. Du hast sicher Hunger», sagte Alinda mit sanfter Stimme und lächelte ihn beruhigend an. Ignaz murmelte etwas Unverständliches und schlich davon, immer wieder einen Blick zurückwerfend.

Alinda wandte sich von Xaver ab, kniete nieder und fuhr fort, Setzlinge in die Erde zu stecken. Nach einigen Minuten hörte sie, dass sich Xaver entfernte. Nur der Pfeifengeruch blieb zurück.

17

«Fast wie bei einer Modenschau», flüsterte Lavinia und kicherte. Es war Ostersonntag. Das Dröhnen der Kirchenglocken verstummte und blieb wie ein inniger Gruß an den Frühling in der Luft hängen. Es war warm, der Himmel strahlte in tiefem Blau. Nur noch in den schattigsten Winkeln verharrten verlorene Schneeresten. In kleinen Gruppen standen die Naldenser auf dem Kirchplatz, in Sonntagskleidern, die Männer mit schwarzen Hüten und frisch rasiert, die Frauen mit gemusterten Kopftüchern und geschmückt mit geerbten Broschen und Ohrringen.

Mit zusammengekniffenem Mund musterte Teresia die Röcke ihrer Schulkameradinnen. Alinda konnte ihr nachfühlen, wie gerne sie ihr schwarzes Trauerkleid mit deren weißgepunkteten, blauen oder hellbraunen Kleidern und hellen Strümpfen getauscht hätte. Doch plötzlich lichtete sich die missmutige Miene ihrer Tochter und machte einem verlegenen Lächeln Platz. Adam kam auf sie zu. Er überragte die meisten Männer um einen halben Kopf. Höflich wünschte er Alinda frohe Ostern, bevor er Teresia die Hand zur Begrüßung gab. Die Berührung war so rasch und flüchtig, dass Alinda nicht dazu kam, zu protestieren, da die beiden ihre Hände schon wieder zurückgezogen hatten. Sie schaute sich um. Hatte sonst jemand den Händedruck der beiden gesehen? Gab es zwischen den fröhlich lachenden Gesichtern auch missbilligende Blicke? Sie begegnete Xavers Augen, der den Hut hob, um sie zu begrüßen, während er sich mit dem Pfarrer und anderen Männern unterhielt. Rasch wandte sie sich ab.

Rätus und Damian spielten fangen und rannten zwischen den Dörflern hindurch, immer so knapp, dass sie niemanden berührten. Warum gab sich ihr Sohn immer wieder mit Damian ab, obwohl dieser ihm nur Ärger einbrachte? Hatte er Mitleid mit dem unbeliebten Jungen? Das wäre ihm durchaus zuzutrauen. Vom Schulrat hatte Alinda wegen der Zeichnungen nichts gehört. Vielleicht hatte der Pfarrer doch geschwiegen, oder Donat, Lavinias Mann, hatte seinen Einfluss im Rat nutzen können und Rätus geschützt. Sie würde nicht nachfragen und einfach darauf hoffen, dass es kein Nachspiel gab.

«Ich habe jetzt Ferien», sagte Adam. «In einem Jahr bin ich mit der Ausbildung als Primarlehrer fertig. Vielleicht besuche ich danach die Universität. Ich möchte Sekundarlehrer werden.»

«Dann wirst du am Wochenende nicht mehr nach Hause kommen?»

Alinda sah die Angst in den Augen ihrer Tochter, dass er sie vielleicht vergessen würde im fernen Zürich oder im noch ferneren Freiburg. Dort würde er neue Leute kennenlernen, auch Studentinnen.

«Nein, das ist dann nicht mehr möglich. Die Zugfahrten sind teuer», sagte Adam.

«Ihr könnt einander schreiben», lächelte Lavinia. «Und

in den Sommerferien ist er ja hier, nicht wahr, Adam? Da muss er uns auf dem Feld helfen.»

Adam nickte mit einer Miene, die ausdrückte, dass er seine Eltern unterstützen werde, wo immer möglich, dass er aber eigentlich lieber studierte als beim Heuen half.

Alinda sah, dass sich Xaver näherte. Immer wieder hielt er inne, um mit dem einen oder anderen Dorfbewohner ein paar Worte zu wechseln. Die Pfeife schien im Mundwinkel festgeklebt. Seine goldene Uhr glitzerte im Sonnenlicht.

«Komm, Teresia, wir müssen gehen, um das Mittagessen zu kochen», sagte Alinda und wandte sich rasch zum Gehen.

«Ja, du hast recht. Ich muss auch los», sagte Lavinia und hakte sich bei ihr ein.

Als sie den Kirchhof verließen, sah Alinda, dass ihre Tochter immer noch bei Adam stand und er ihr etwas in die Hand drückte. Sie seufzte.

«Lass sie doch. Etwas Freude tut deiner Tochter gut. Sie ist viel zu ernst», sagte Lavinia, die Adams Bewegung auch mitbekommen hatte.

«Du hast gut reden», entfuhr es Alinda, schroffer, als sie es gewollt hatte. Doch Lavinia tat so, als ob sie die Heftigkeit nicht bemerkt hätte und zog sie weiter. Teresia folgte ihnen langsam.

Das Gitzi war zart gewesen wie frische Erdbeeren. In die Sauce hatte Alinda zur Feier des Tages Veltliner eingekocht, was einen kräftig erdigen Geschmack ergab. Nicht das kleinste Stückchen der Jungziege war übriggeblieben, die Knöchelchen lagen sauber abgenagt in einer kleinen Schüssel. Rätus putzte mit dem Finger sogar den Teller aus und Alinda ließ ihn gewähren. Sie wollte die gelöste Stimmung am Mittagstisch nicht verderben. Es schien, als ob die verheißungsvolle österliche Freude die Kruste der Trauer aufgebrochen hätte und die Zuversicht des Frühlings eindringen ließe. Zum Nachtisch hatte Teresia handgroße Hefeküchlein gebacken.

«Dürfen wir nach Lanat hinauf mit den anderen?», fragte Rätus.

Alinda hatte die Frage erwartet. Seit Tagen freuten sich die Kinder und Jugendlichen des Dorfes darauf, hart gekochte Eier die Böschung oberhalb des Dorfes hinunterrollen zu lassen und zu wetteifern, welches am weitesten kam. Das konnte sie nicht verbieten, trotz Trauerzeit und der sicheren Anwesenheit von Adam oben auf dem Hügel. Sie nickte.

«Aber zuerst gebt ihr mir noch die Kommunionkärtchen ab. Nicht, dass diese verloren gehen.»

Im Ostergottesdienst hatte der Pfarrer jedem, der zur Kommunion ging, ein Heiligenbildchen mitgegeben. Diese verlangte er dann zu sehen, wenn er bei den Familien vorbeiging, um das Haus zu segnen. Es kam schlecht an, wenn nicht jedes Familienmitglied, das schon die erste Kommunion gefeiert hatte, eines vorweisen konnte. Als Entschuldigung für das Versäumen des Gottesdienstes galt nur Krankheit oder bei alten Leuten schwere Gebrechlichkeit.

Rätus und Teresia reichten ihrer Mutter die kleinen Bildchen, standen hastig auf, nahmen zwei Hefeküchlein und vier hartgekochte Eier und verabschiedeten sich. Während Rätus bereits durch den Flur nach draußen stürzte, hielt Alinda ihre Tochter am Arm zurück.

«Du bleibst bei den anderen, gell?» sagte sie.

Mit einem Strahlen, das keinen Zweifel ließ, dass sie Adam zu treffen hoffte, nickte Teresia. Alinda ließ sie gehen und setzte sich zu ihrem Bruder. Er hatte sein Kommunionbildchen auch auf den Tisch gelegt. Es zeigte die heilige Katarina. Ihr Gewand war senfgelb, der Mantel von einem friedlichen Rotorange. Sie trug eine Krone und einen Heiligenschein und in der linken Hand einen Palmzweig. In die Ränder des Bildchens war ein Blumenmuster eingestanzt.

«Sie ist die Beschützerin der Näherinnen und Schneiderinnen», sagte Florentin.

«Ich weiß.»

«Es passt besser zu dir. Ich schenke es dir.»

Alinda lächelte, legte die vier Bildchen auf das Fenstersims und schenkte Kaffee ein.

Am Nachmittag stieg das Thermometer auf achtzehn Grad. Die Sonne schien durchs Zimmerfenster in Florentins Gesicht und er zog den rot-weißen Vorhang etwas zu. Er wollte einen Brief an Susanne schreiben, doch er fand nicht die richtigen Worte. Schon zum dritten oder vierten Mal schrieb er die Sätze neu. Vorder- und Rückseite des Blattes waren schon fast voll mit Entwürfen und noch immer war er unzufrieden. Wie sollte er nur formulieren, dass er gerne nach England kommen würde, aber noch nicht jetzt. ‘Ich habe im Moment keine Zeit zu kommen’ schien ihm zu überheblich. ‘Darf ich bitten, erst in einem halben Jahr zu kommen?’ zu demütig. ‘Meine Familie braucht mich’: Klang das nicht zu theatralisch, auch wenn es wahr war?

Florentin spielte mit dem Bleistift und starrte aus dem Fenster. In letzter Zeit hatten sich unruhige Gedanken in seinem Kopf breitgemacht. Sie verharrten wie Mückenstiche, die man aufkratzte und die sich entzündeten und immer stärker juckten. Er fragte sich, warum sein Atem dick und schwer wurde, wenn er sich vorstellte, dass er seine Sachen packen und nach England gehen würde. Ein ähnliches Gefühl hatte er während des Militärdienstes in Basel gehabt, wo er bis vor drei Jahren – bis zum Ende dieses schrecklichen Krieges – viele Wochen als einfacher Soldat zur Verteidigung der Landesgrenze stationiert gewesen war. Sie hatten genug zu essen gehabt, warme Unterkünfte, gute Kleider. Doch er hatte gelitten unter den starren, hohlen Gesichtern der Flüchtlinge, die sie abweisen mussten, unter den ausgedörrten Augen der Frauen, wenn sie ihre stummen Kinder an sich zogen. Er sah die Flugzeuge, die den Tod brachten, und hörte die schrillen Detonationen. Tag und Nacht.

Doch es war nicht nur der furchtbare Krieg gewesen,

der ihn belastet hatte. Das erkannte er erst allmählich. Er vermisste die Geborgenheit der Täler, die Unverrückbarkeit der Berge, die dünne Luft, die schon seine Eltern und Großeltern und alle seine Verwandten geatmet hatten. Und doch lockte immer wieder die blaue Ferne hinter den Bergen wie ein undefinierbares Versprechen und löste ein Sehnen in ihm aus, fortzugehen und zu erkunden, wie das Leben dort war.

«Was soll ich nur machen?», fragte Florentin das Madonnenbild an der Wand. Unter dem Bild hing der Rosenkranz. Es war der einzige Schmuck in dem schlichten Zimmer, abgesehen von der unbeholfenen laubähnlichen Malerei auf der braunen Truhe aus dem Jahr 1882.

Florentin setzte noch einmal an. Der Brief musste heute fertig werden. Schon zu lange hatte er Susanne warten lassen.

Liebe Susanne. Ich danke dir für deine Bemühungen wegen der Stelle als Nachtportier. Im Moment muss ich Alinda auf dem Hof helfen. Sonst muss sie einen Knecht einstellen und ihm einen Lohn zahlen. Jetzt, im Frühling und im Sommer, haben wir am meisten Arbeit mit dem Pflügen, dem Säen, dem Heuen und so weiter. Außerdem gehen wir schon bald aufs Maiensäß.

Aber im Herbst oder gegen Ende Jahr glaube ich, dass es möglich ist zu kommen. Meinst du, dass die Stelle dann noch frei ist?

Dreimal las er die Sätze durch. Er war nicht ganz zufrieden, doch er fand keine bessere Formulierung. Susanne stammte nicht aus einer Bauernfamilie. Wahrscheinlich würde sie nicht verstehen, wie schwierig es war, jetzt im Frühling noch einen guten Knecht zu finden.

Er nahm ein neues Blatt Papier, tauchte den Füllfederhalter in das Tintenfass und begann, die Sätze abzuschreiben, langsam und bedächtig, darauf bedacht, keinen Klecks zu machen. Rechts unten schrieb er seinen Namen hin, Florentin Montesi. Minutenlang betrachtete er die Buchstaben, die manchmal etwas heller und manchmal etwas dunkler, aber in der Form gleichmäßig waren. Dann schrieb er Susannes Adresse auf den Umschlag. Beim Wort 'Hastings' zitterte die Feder und der i-Punkt geriet etwas dick. Er verschloss das Tintenfass, legte den Füllfederhalter in das schmale Kästchen, versorgte es in die Schublade und erhob sich. Die Tinte musste noch trocknen. Er würde den Brief am Abend einpacken und morgen dem Pöstler mitgeben. Doch jetzt wollte er nach draußen gehen, die Sonne genießen und Alinda, die auf der Bank an der Hauswand saß, Gesellschaft leisten. Schließlich war Ostern, da durfte man auch mal ausruhen und nichts tun.

18

Wie eine Decke aus durchlässiger Gaze hüllte das rege Treiben auf der frisch gemähten Wiese Castell ein. In langen Reihen waren die Tiere eng nebeneinander an den Latten angebunden. Kühe, Rinder, Kälber, die vor sich einen kleinen Haufen mit Heu hatten, an dem sie gelangweilt zupften, Schafe und Ziegen, die ungeduldig am Seil zogen und unwillig den Kopf schüttelten, weil sie nicht loskamen, Pferde mit dicken Beinen, ergeben den Kopf hängen lassend, aber aufmerksam mit den Ohren zuckend. Die Schweine waren in engen Pferchen untergebracht. Weit über zweihundert Tiere warteten auf einen neuen Besitzer. Zu zweit oder zu dritt gingen die Bauern durch die Reihen, befühlten Euter und Bäuche, fuhren mit den Händen über Rücken, tätschelten beruhigend Hinterteile, traten gemächlich zur Seite, wenn eine Kuh den Schwanz hob und urinierte, blickten den Pferden in die Mäuler, hoben zappelnde Ferkel an den Hinterbeinen in die Höhe, um ihr Gewicht abzuschätzen.

Die letzten Tage hatte es geregnet, der Boden war aufgeweicht, die Erde blieb an den Schuhen kleben. Florentin streifte die Klumpen an einem Pfosten ab. Er war mit Donat, der hin und wieder auf ein Tier mit besonders guten Eigenschaften aufmerksam gemacht hatte, durch die Tierreihen geschlendert. Jetzt wartete er nervös auf seiner

Unterlippe kauend bei seinem Rind auf einen Händler und streichelte den Kopf des Tieres, das ihn treuherzig anblickte. Er fühlte sich unwohl, nicht wegen des Geruchs nach urin- und mistgetränktem Boden, eingesuhlten Schweinen und muffigen Schafen, sondern weil er Angst hatte. Angst vor den Händlern, Angst vor den kritischen Blicken anderer Bauern und ihrem Spott, wenn er keinen Erfolg beim Verkauf des Rindes haben würde.

Ein dicker Mann in einem blauen Überkleid und schwarzen Stiefeln näherte sich, ein kleines Buch und einen kurzen Stift in der Hand. Florentin kannte den Glatzköpfigen nicht, aber er schien ohne Zweifel ein Händler. Er trat ihm in den Weg.

«Ich möchte mein Rind verkaufen. Was gibst du mir dafür?» fragte er ohne Umschweife.

Der Händler musterte Florentin, als ob er zum Verkauf stünde und nicht sein Rind.

«Bist du neu? Ich habe dich noch nie hier gesehen», fragte er.

«Ich bin aus Nalda und helfe meiner Schwester, den Hof zu führen. Ihr Mann ist gestorben. Sie braucht Unterstützung, vorläufig zumindest, bis sich alles wieder eingependelt hat», sagte Florentin, immer leiser und undeutlicher werdend. Doch den Händler schien seine Geschichte nicht zu interessieren. Er befühlte bereits das Rind mit geübten Handbewegungen.

«Tausendvierhundertfünfzig Franken», sagte er und ließ seine Hand auf dem Rücken des Tieres liegen, wie wenn es schon ihm gehören würde.

Das war fünfzig Franken mehr, als Xaver geboten hatte. Florentin verkniff sich ein Lächeln. Er sah, dass Xaver ihn aus einiger Entfernung beobachtete, die Pfeife im Mund, den linken Daumen in den Hosengurt gesteckt, Cornelius neben sich, der heftig auf ihn einredete.

«Hm, ich weiß nicht. Das Tier ist sehr schön und stark. Ich frage vielleicht noch bei den anderen Händlern nach.»

Kaum hatte er gesprochen, lief es ihm siedend heiß den Rücken hinab und er bereute seine Worte. Vielleicht hatte er sich jetzt alles verscherzt und den Händler vergrault. Vielleicht ging er heute mit dem Tier wieder den zweistündigen Weg zurück nach Hause, ärgerte sich über seine Überheblichkeit und musste Alinda mit leeren Händen von seinem dummen Übermut berichten. Verzweifelt hielt er dem Blick des Händlers stand.

«Also gut, dreißig Franken mehr. Das ist aber mein letztes Angebot. Nimm es oder lass es.»

Ohne eine Sekunde zu zögern ergriff Florentin die ausgestreckte Hand und schüttelte sie heftig. Als ihm der Händler die Geldscheine auf die Hand zählte, warf er Xaver einen raschen Blick zu, versuchte aber, seinen Stolz nicht zu zeigen, um den Mastral nicht zu provozieren. Doch dieser wandte sich ab und fuhr Cornelius an, der erschrocken zurückzuckte und in einen Kuhfladen trat.

Schon lange hatte sich Florentin nicht mehr so gut gefühlt. Er musste Alinda von seinem Erfolg erzählen. Sie war mitgekommen nach Castell, nicht, weil sie auf dem

Viehmarkt dabei sein wollte, das war Männersache. Sie wollte im Dorf Stoff einkaufen. Einen dunklen festen für neue Hosen, die sie Florentin machen wollte, obwohl er gesagt hatte, dass die alten noch gut genug seien, und einen himmelblauen für eine Bluse, die eine Nachbarin bei ihr bestellt hatte. Mit erhobenem Haupt schlenderte Florentin durch die Tierreihen und an den diskutierenden Bauern vorbei. Er trat zu Donat und einem Händler hinzu, die eifrig wegen eines Jungrindes verhandelten, und vereinbarte mit Donat, dass sie sich in einer halben Stunde im Restaurant treffen würden. Dann ging er ins Dorf zum Tuchhändler. Vor dem Laden wartete er und beobachtete durchs Schaufenster, wie Alinda Stoffe prüfte und Fadenspulen aussuchte. Kaum konnte er es erwarten, ihr von seinem Verkauf zu erzählen. Da sah er, wie Xaver in Begleitung von Cornelius mit schnellen Schritten die Straße hochkam. Immer noch schimpfte er heftig auf seinen Cousin ein. Als er Florentin sah, verdüsterte sich seine Miene noch mehr. Auch nachdem er und Cornelius im Restaurant verschwunden waren, war sein Poltern zu hören.

Als Florentin seiner Schwester vom Verkauf des Rindes erzählte, strahlte sie. Das Geld würde für mindestens acht Monate ihre Barauslagen decken.

«Ich gehe jetzt zurück nach Nalda. Kommst du auch?» fragte sie.

Florentin zögerte. Er wollte Donat zu einem Glas Wein einladen, vielleicht mit ihm zusammen etwas essen. Heute gab es ja einiges zu feiern. Außerdem wollte er hören, wie gut die anderen Bauern ihre Tiere verkaufen konnten. Aber er nahm sich vor, nicht zu hadern, wenn sie höhere Preise erzielt hatten.

«Bleib doch noch ein wenig hier», sagte Alinda, als sie sein Zögern bemerkte.

Er nickte und fragte, ob er ihr den Stoff nach Hause tragen solle.

«Nein, es geht schon. Es ist ja nicht so schwer.»

Florentin war froh über ihre Antwort. So konnte sich Xaver nicht über ihn lustig machen und ihn als Packesel seiner Schwester bezeichnen. Er verabschiedete sich und ging ins Restaurant. Ein wenig freute er sich auf die Begegnung mit den anderen Bauern.

Die Sonne brannte an den steilen Hang. Zeitweilig spendete der Wald Schatten auf dem rasch ansteigenden Fußweg. Der Rucksack mit dem Stoff wog schwer. Alinda nahm das Kopftuch ab und krempelte die Ärmel hoch. Unten im schmalen Talkessel war das weißblaue Band des Flusses zu sehen. Er führte viel Schmelzwasser mit sich.

Alinda dachte an Florentins strahlende Augen, als er ihr vom Verkauf erzählt hatte. Sie war froh über seine Leistung, auch wenn ein gewiefterer Bauer noch mehr herausgeschlagen hätte. Doch das würde sie Florentin auf keinen Fall sagen. Es war gut, mit ihm zusammenzuarbeiten. Ihr Bruder war ein stiller, sorgfältiger Arbeiter, auch wenn er manchmal mit seinen Gedanken weit weg war.

Der Wald endete vor den bedrohlich schroffen Felswänden, in die wilde Fratzen eingemeißelt schienen. Der Weg wurde schmaler und führte in den Tunnel, der vor Jahrzehnten herausgesprengt worden war, um die Reisenden vor Steinschlag zu schützen. Er war über hundert Meter lang. Nach einigen Schritten, als fast kein Tageslicht mehr in die Dunkelheit drang, hielt Alinda inne und tastete mit zusammengekniffenen Augen die scharfkantigen Wände ab. Behutsam ging sie weiter, jeden Schritt sorgfältig vor den anderen setzend, um nicht auszurutschen oder über eine Unebenheit zu stolpern. Mit der Hand glitt sie der moosig-glitschigen Wand entlang. Von überall her hörte sie ein Glucksen und Gurgeln. Sie sah kaum die Hand vor den Augen und fühlte sich seltsam unwirklich. Der Tunnel bereitete ihr immer noch das gleiche Unbehagen wie früher als Kind und sie bereute ihre Entscheidung, dass sie nicht die breitere Straße im Tal genommen hatte, wie am Morgen, als sie das Rind dabeigehabt hatten. Aber die Straße kostete auch mehr Zeit, mindestens eine Stunde. Wenn sie wenigstens eine Kerze mitgenommen hätte. Doch die hatte sie vergessen. Ihr kam die Geschichte in den Sinn, die heute noch von den Alten im Dorf erzählt wurde – obwohl es angeblich schon über hundert Jahre her war – dass auf diesem Weg drei Männer von Wegelagerern erstochen und ausgeraubt worden seien. Ein Wassertropfen fiel von der Decke herab mitten auf ihren Kopf und ließ sie erschauern. Endlich sah sie das helle Halbrund des Ausgangs, ihre Schritte wurden schneller. Sie stürzte fast, als ihr Fuß heftig gegen einen kopfgroßen Steinbrocken stieß, den sie übersehen hatte. Der Schmerz fuhr in den großen Zeh. Ächzend schüttelte sie den Fuß und ging weiter, wieder langsamer und vorsichtiger. Tief atmete sie die sonnengewärmte Luft ein, als sie aus dem Tunnel trat, ging weiter bis zur nächsten Wegbiegung, so dass der Tunnel nicht mehr zu sehen war. Dort legte sie den Rucksack ab und setzte sich auf einen großen Stein am Wegrand. Sie zog den Schuh und die Socke aus, um den surrenden Zeh zu begutachten. Es war keine Verletzung zu sehen. Sie rieb ihn kräftig und schlüpfte wieder in den Schuh.

Ihre Gedanken wanderten zurück zu Florentin. Sie war unendlich froh über seine Hilfe. Bis Ende Jahr werde er sicher bleiben, hatte er gesagt. Danach müssten sie weitersehen. Ein halbes Jahr war schon verstrichen. Sie wusste nicht, wie gut Florentin das neue Leben gefiel. Sie wagte nicht zu fragen aus Angst vor seiner Antwort.

Quer über den Weg hatten Ameisen eine Straße gezogen. Emsig liefen sie hin und her, immer knapp einem Zusammenstoß ausweichend. Einige trugen winzige Stücke eines Blattes, andere schleppten eine tote Fliege über den Boden. Ignaz, der Armenhäusler, hätte seine helle Freude an den Tierchen und würde eines nach dem anderen zerdrücken. Der arme Mensch, dachte Alinda. Was war das für ein Leben? Keine Familie, keine Geborgenheit, zu dumm, um sich selbst versorgen zu können, immer voller Furcht vor den Menschen, die er nicht verstand.

Plötzlich hörte Alinda ein unflätiges Fluchen. Sie erschrak. Diese Stimme kannte sie. Hastig stand sie auf.

Doch bevor sie den Rucksack aufsetzen und davoneilen konnte, erschien Xaver, keuchend und leicht torkelnd. Als er Alinda sah, verzerrte sich sein Gesicht zu einer Grimasse, die flehentliches Verlangen und die Erregung über eine lang erhoffte Gelegenheit widerspiegelte.

«Alinda», sagte er. Die Sanftheit in seiner Stimme wirkte falsch. Am liebsten wäre sie davongelaufen, doch sie wollte ihm nicht zeigen, dass sie Angst hatte.

«Alinda», wiederholte er und trat auf sie zu, so nahe, dass er sie mit seinem Bauch berührte. Seine Augen waren gerötet, auch seine Wangen. Er stank nach Bier.

«Meine kleine Alinda», sagte er zum dritten Mal und fasste sie am Arm. Sie wollte ihn zurückziehen, doch Xavers Griff war kräftig und tat ihr weh.

«Lass mich los, Xaver. Du bist betrunken.»

«Warum lehnst du mich ab, Alinda? Ich bin reich, ich kann dir ein gutes Leben bieten. Was willst du mehr?»

«Ich bin in Trauer, Xaver.»

«Ich kann warten. Gib mir nur einen kleinen Kuss, als Versprechen für die Zukunft. Dann wird alles gut. Ich werde für dich sorgen. Du kannst Florentin wieder zurück in sein Hotel schicken.»

Er ergriff ihren anderen Arm und drängte sie an die Felswand. Das spitzige Gestein stach ihr in den Rücken. Gierig suchte sein feuchter Mund ihre Lippen. Alinda versuchte, das Gesicht abzuwenden und ihn zurückzudrängen. Doch ihre Gegenwehr schien ihn noch mehr anzustacheln. Plötzlich packte er mit einer unerwartet raschen

Bewegung ihren Dutt, so fest, dass sie aufschrie, und zwang sie so, ihm das Gesicht zuzuwenden. Sein übelriechender Atem drang ihr in die Nase und den Mund, selbst in die Augen. Seine Lippen pressten sich heftig auf ihren Mund, so hart, dass sie seine Zähne spüren konnte. Sonnenstrahlen blitzten in den weißen Härchen, die aus Xavers linken Ohr wuchsen und voller kleiner Schmalzkügelchen waren. Ekel erfüllte sie. Mit der freien Hand schlug sie ihm auf den Kopf und den Rücken, doch er ließ nicht nach. Als seine Zunge in ihren Mund drängte, wurde der Ekel so stark, dass sie daran zu ersticken drohte. Panisches Würgen stieg in ihr hoch. Als Xaver die seltsamen Geräusche aus ihrem Inneren hörte, lockerte er seinen Griff. Diesen Moment nutzte sie und rammte ihm ihr Knie zwischen die Beine. Mit einem Aufschrei ließ er sie los und ging auf die Knie, die Hände im Schritt zusammengepresst. Wie ein wütender Stier starrte er Alinda an, mit verkniffenen Augen und verzerrtem Mund.

«Das wirst du mir büßen», keuchte er.

Alinda ergriff den Rucksack und wollte davonlaufen, doch Xaver packte sie am Rock, sie stolperte und fiel bäuchlings zu Boden. Mit einer Behändigkeit, die sie Xaver nicht zugetraut hätte, warf er sich auf sie und umklammerte ihren Hals. Er will mich erwürgen, fuhr es Alinda durch den Kopf und sie versuchte verzweifelt, ihn abzuschütteln. Sie bekam fast keine Luft mehr. Unerwartet ließ Xavers Griff etwas nach. Seine rechte Hand, die sie kurz zuvor noch gewürgt hatte, streichelte ihren Hals, er küsste sie auf den Nacken.

«Alinda, ich liebe dich», flüsterte er. «Ich will dir nichts Böses tun. Sei ein braves Mädchen.»

Keuchend holte sie Luft. Es gelang ihr, sich ein wenig wegzudrehen. Als Xavers Hand von hinten in den Kragen ihrer Bluse drängte, schlug sie ihm mit voller Wucht ihren Ellenbogen ins Gesicht. Sie spürte ein Ziehen am Hals, als sich seine Hände lösten und sein Körper zur Seite glitt, und hörte das Reißen von Stoff, das in Xavers wütendem Brüllen fast unterging. Das Brüllen wurde zu einem langgezogenen Schrei, der sich mit dem Lärm abbröckelnder Steine und knickender Äste vermischte und in einem dumpfen Aufprall abrupt endete. Dann war Stille. Nur ihr eigenes Keuchen dröhnte in Alindas Kopf. Langsam rappelte sie sich auf die Knie. Xaver war verschwunden. Sie kroch an den Rand des Weges und blickte die steile, mit einzelnen Tannen bewachsene Böschung herunter. Auf einem kleinen Vorsprung, wenige Meter unter der Straße, lag Xaver dicht neben einem Baum auf dem Rücken, ein Bein seltsam angewinkelt, die Arme ausgestreckt. Alinda starrte schwer atmend hinunter.

«Bitte, lieber Gott, mach, dass er nicht tot ist», flüsterte sie und bekreuzigte sich. «Bitte, bitte, bitte.»

Als sie ein Stöhnen hörte, hätte sie Schreien können vor Erleichterung. Xaver bewegte sich. Langsam richtete er seinen Oberkörper auf und betrachtete sein linkes Bein, das in einem unnatürlichen Winkel abstand. Vorsichtig berührte er es und jaulte auf.

«Du Hexe», rief er mit sich überschlagender Stimme. «Ich habe mir das Bein gebrochen. Das wird dir noch leidtun. Du kannst dich von diesem Dorf endgültig verabschieden. Und deine Kinder kommen in ein Heim. Dafür sorge ich.»

«Das habe ich nicht gewollt, Xaver.»

«Hol sofort Hilfe. Verdammt noch mal.»

Alindas Gedanken rasten. Ja, er hatte recht. Sie musste Hilfe holen. Alleine würde sie es nicht schaffen, ihn auf den Weg hochzuziehen. Aber Xaver würde den Unfall ganz anders darstellen und ihr allein die Schuld geben. Er würde sie als hysterisches Weib hinstellen und sie bevormunden lassen. Er selbst würde dieser Vormund sein, davon war sie überzeugt. Vielleicht musste sie ins Gefängnis. Wegen Körperverletzung. Und was geschah mit ihren Kindern? Vormund, Armenhaus, Verachtung, Verbannung, vielleicht sogar Gefängnis: die Wörter und Gedanken jagten sich in ihrem Kopf wie wildgewordene Wespen. Sie wurden immer lauter, schriller, verdrängten Xavers Schreien. Alinda hielt sich die Ohren zu. Als sie Xavers Faust sah, die er ihr entgegenstreckte, sprang sie auf die Füße, packte den Rucksack und rannte davon, nach Hause, nach Nalda. Sie sah nichts von den blühenden Wiesen, hörte nicht die Grillen, Bienen und Fliegen. Der Weg verschwamm unter ihren Tränen.

Wie durch ein Wunder traf sie niemanden im Dorf an und gelangte ungesehen ins Haus. Sie stürzte in ihr Zimmer und warf sich aufs Bett. Noch nie war sie so verzweifelt gewesen, nicht einmal, als sie an Kinderlähmung erkrankt oder Bertram gestorben war. Was sollte sie tun? Zu Donat gehen und ihm alles erzählen, bevor Xaver, der sicher schon bald gefunden wurde bei seinem Geschrei, ihm seine eigene Version ausführen konnte? Es war falsch, keine Hilfe zu holen, aber sie hatte einfach nicht die Kraft dazu. Hilf mir, Bertram!, schluchzte sie, nahm das Foto, das in einem schmalen, mit einem schwarzen Band umflorten Rahmen auf ihrem Nachttisch stand, und presste es an ihre Brust. Langsam zog sie die Bettdecke über den Kopf und rollte sich darunter zusammen wie ein Igel. In ihrem Kopf schien alles kalt und unbeweglich zu werden und dunkel. Ihre Gedanken erstarrten. Sogar das Zittern ihres Körpers gefror.

Fast eine Stunde später, als die Kirchenuhr fünf Mal schlug, löste sie sich aus ihrer Starre. Zögernd setzte das Denken wieder ein. Sie musste sich zurecht machen. Die Kinder durften sie so nicht sehen. Wie eine lebensmüde Greisin kroch sie unter der Decke hervor, setzte ein Bein nach dem anderen auf den Boden, erhob sich, schlurfte zur Kommode mit der Wasserschüssel und dem Spiegel. Ihr Gesicht war schmutzig, ein kleiner Kieselstein klebte an der Wange, der Dutt war aufgelöst, die Klammern hingen wirr im Haar, an der Bluse fehlten die obersten beiden Knöpfe, ein Knopfloch war eingerissen. Sie zog die Bluse aus und betrachtete ihren Hals, an dem Xavers Fingerabdrücke immer noch zu erkennen waren. Plötzlich bemerkte sie, dass etwas fehlte. Ihr lief es siedend heiß den Rücken hinunter. Das Medaillon mit dem Foto von Teresia und Rätus, das sie immer um ihren Hals trug, war fort. Xaver musste es ihr weggerissen haben. Lag es bei der Absturzstelle? Sollte sie zurückrennen und es suchen? Aber vielleicht war das gar nicht so schlimm, wenn es jemand finden würde. So konnte sie beweisen, dass Xaver sie gepackt und gewürgt hatte, und ihm widersprechen, wenn er seine Geschichte erzählte. Freiwillig würde sie ja niemals ihr Medaillon liegen lassen, das leuchtete sicher allen ein. Bestimmt hätte die Polizei oder der Richter dann mehr Verständnis dafür, dass sie in Panik geraten war und es deshalb unterlassen hatte, Hilfe zu holen. Alinda fasste einen Entschluss. Florentin und Donat kamen bald nach Hause. Dann würde sie ihnen alles erzählen. Und wenn es so schlimm würde, dass es keine andere Möglichkeit gäbe, um bei ihren Kindern bleiben zu können, würde sie … – Alinda wagte den Gedanken kaum zu denken – … dann würde sie Xaver heiraten.

Da hörte sie die Haustüre. Kamen die Kinder nach Hause? Oder war es der Polizist, der sie holen kam? Doch der würde anklopfen, nicht einfach eintreten.

«Alinda?»

Es war Florentin.

«Ich komme», rief sie mit krächzender Stimme.

Rasch warf sie sich Wasser ins Gesicht, atmete tief in das Handtuch ein, um Kraft zu sammeln, zog eine andere Bluse an und ging die Treppe hinunter. Ihr Bruder stand im Flur und lächelte fröhlich. Es schien, dass er ein Glas

Wein zu viel getrunken hatte. Seine Wangen waren leicht gerötet, die Augen glänzten. Nichts in seinem Gesicht ließ vermuten, dass er auf dem Heimweg etwas Schrecklichem begegnet wäre. Er streckte ihr die Banknoten hin.

«Hier, Alinda. Unsere Barschaft für die nächsten Monate. Ich habe mit Donat noch etwas getrunken und gegessen. Er hat zwei Tiere verkauft.»

Zögernd ergriff sie die Banknoten.

«Und sonst ist alles gut gelaufen? War etwas Besonderes?» fragte sie.

«Etwas Besonderes? Was meinst du damit? Nein, nicht dass ich wüsste. Donat ist auch zufrieden mit dem Preis für seine Kälber. Er meinte aber, dass es auch schon mehr Bauern am Markt gegeben habe. Vielleicht gebe es fast zu viele Viehmärkte.»

Er ging in die Stube. Alinda blickte ihm verblüfft nach. Hatte Xaver es geschafft, alleine hochzukommen? Oder hatte ihm jemand geholfen? Da hörte sie das Gelächter von Teresia und Rätus vor dem Haus. Hastig ging sie in die Küche, heizte den Herd ein und begann, Kartoffeln zu schälen. Mit jeder Schale, die sich löste, wartete sie auf das Klopfen der Polizei. Doch nichts geschah. Es wurde halb sechs, Florentin ging in den Stall zum Melken und die Kinder nach draußen zum Spielen. Es wurde sieben, alle drei kamen in die Küche und setzten sich an den Tisch. Die Bratkartoffeln waren angebrannt, die Karotten verkocht, doch niemand beschwerte sich. Florentin erzählte den Kindern zum dritten Mal, wie er dem Viehhändler das Rind angepriesen hatte. Er konnte den Stolz in seiner Stimme kaum verbergen und bemerkte Alindas Unruhe und Wortkargheit nicht. Müde vom ungewohnten Weingenuss ging er gleich nach den Kindern zu Bett. Alinda hielt ihn nicht davon ab. Fast war sie froh darüber. Sie wusste nicht, wie sie ihm alles erzählen sollte. Morgen früh würde sie die richtigen Worte finden.

Erst weit nach Mitternacht fand Alinda Schlaf. Erschöpft vom Weinen, vom Nachdenken und von der Sehnsucht nach Bertram.

19

Durch die Ritzen der geschlossenen Fensterläden drängten sich die ersten Sonnstrahlen. Endlich Tag, dachte Alinda. Sie hatte kaum geschlafen, und wenn, war sie von schlimmen Träumen geplagt worden, von schreienden Bäumen, von Schnecken, die ihr über das Gesicht fuhren und eine schleimige Spur auf der Haut hinterließen, von rotgeäderten gierigen Augen, die sie von den Felsen herab anstarrten. Das Kissen war nass von Tränen.

Heute war der Tag, an dem ihr Leben eine Wende nehmen würde, eine Wende zum Schlechten. Sie fühlte sich krank, als ob eine schwere Grippe im Anzug wäre. Mit einem Ächzen wälzte sie sich aus dem Bett, schob die Füße langsam, Zentimeter um Zentimeter, in die Pantoffeln und stemmte sich mit den Armen hoch. Gebeugt schlurfte sie zur Kommode, setzte sich, nahm die Bürste in die Hand und begann, ihr Haar zu kämmen, dass ihr bis zur Taille reichte. Strich um Strich zog sie, während sie sich im Spiegel betrachtete. Tiefliegende Augen über dunklen Ringen, Furchen an den Mundwinkeln, kalkweiße Haut und blutleere Lippen ließen ihr Gesicht erscheinen wie das einer Sterbenden.

Sie legte die Bürste hin und blickte sich lange an. Was bist du für ein Mensch, Alinda? Lässt jemanden hilflos liegen. Ist das christlich? Du sollst niemanden in der Not alleine lassen, auch Xaver nicht, auch nicht, nachdem er dir weh getan hat. Du sollst deinen Mitmenschen lieben wie dich selbst. Aber Xaver würde sie niemals lieben können. Das konnte Gott von ihr nicht verlangen. Und sich selbst? Liebte sie sich selbst?

Sie kämmte ihr Haar noch einmal nach hinten, packte es mit der linken Hand und schob mit der rechten ein Gummiband darüber, so dass es eng am Kopf anlag. Mit dem Finger drehte sie die Haare zusammen und formte einen Dutt, den sie mit schwarzen Haarklammern festmachte, so geschickt, dass die Klammern nicht zu sehen waren und ein gleichmäßiger Kreis entstand. Wie konnte man sich selbst lieben, ohne zu sündigen? Wenn man sich schön und klug fand, galt dies als eitel. Wenn man für sich selbst einmal eine Tafel Schokolade kaufte, ohne mit jemandem zu teilen, war dies egoistisch und verschwenderisch. Wenn man das intime Beisammensein mit dem Ehemann genoss, war das unkeusch. Wenn man abends nicht noch Socken stopfte, sondern einfach nur dasaß und ein Buch las, galt dies als Faulheit. Sie hatten die Quellen der Sünden schon als Kinder auswendig lernen müssen. Sieben waren es, die Hoffart, der Geiz, die Unkeuschheit, der Neid, die Unmäßigkeit, der Zorn, die Trägheit. Sich zu lange im Spiegel zu betrachten, war sicher auch eine Sünde. Sie schloss die Augen. Ihr Hals schmerzte, dort, wo Xaver zugepackt hatte. Sie tastete nach der Stelle, die immer noch rot war. Ihre Finger suchten vergebens die Halskette mit dem Medaillon. Langsam stand sie auf und zog sich an. Nach dem Frühstück würde sie Florentin alles erzählen und mit ihm zu Donat gehen. Und dann würde Gott entscheiden, was mit ihr passierte.

Sie ging hinunter. Florentin war in der Stube und zog wie jeden Morgen die Uhr auf. Aus der Küche kam der Duft nach frischem Kaffee. Teresia hatte ihn schon aufgekocht. Alinda nickte ihrer Tochter dankbar zu, goss sich mit zittriger Hand eine Tasse ein und nippte daran. Er war heiß.

«Ist dir nicht gut, Mama?» fragte Teresia, als sich Alinda schwer auf einen Hocker setzte.

«Ich habe schlecht geschlafen», sagte sie mit heiserer Stimme.

Sie spürte die besorgten Blicke ihrer Tochter und musste sich zwingen, die Tränen zurückzuhalten. Teresia fragte nicht weiter und stellte Butter, Konfitüre, Brot und Käse auf den Tisch.

Das Frühstück verlief still. Selbst Rätus sprach kaum, als würde er spüren, dass es seiner Mutter nicht gut ging. Er warf ihr scheue Blicke zu und schaute seine Schwester fragend an. Diese zuckte unmerklich die Schultern. Da hörten sie ein wildes Klopfen an der Haustür. Alinda erstarrte.

«Wer mag das sein so früh am Morgen?», fragte Florentin mit hochgezogenen Augenbrauen.

«Das kann nichts Gutes bedeuten», murmelte Alinda. «Teresia, schau bitte nach.»

Teresia legte ihr Brot auf den Teller zurück, erhob sich

und ging hinaus. Sekunden später folgte ihr Alinda. Sie konnte nicht sitzen bleiben.

Cornelius Beuter stand in der Tür. Schwer atmend, als ob er gerannt wäre, lehnte er sich an den Türpfosten. Mit der linken Hand lockerte er das rote Halstuch. Teresia verschränkte die Arme und blickte ihn abweisend an.

«Was ist denn?», fragte sie unfreundlich.

Alinda wusste, dass ihre Tochter Cornelius verabscheute. Sie hatte ihr erzählt, dass er manchmal auf dem Schulweg auf sie und ihre Schulkameradinnen warte und sie bis kurz vor das Schulhaus begleite. Er frage, wie es ihnen ginge und wie alt sie denn jetzt seien und mache ihnen Komplimente, die sie in Verlegenheit brachten. Kürzlich habe er Teresia gefragt, ob sie seinen abgeschnittenen Finger sehen wolle.

«Xaver ist tot. Man hat ihn gestern Abend gefunden. Er ist abgestürzt», presste Cornelius hervor.

Ein eisiger Schauer erfasste Alinda. Mit offenem Mund starrte sie Cornelius an und hörte wie durch einen Schleier die Worte ihrer Tochter.

«Was? Der Mastral ist tot? Verunfallt? Das ist ja schrecklich.»

Teresia bekreuzigte sich. Das hatte sie von den Alten abgeschaut.

«Was ist los?», hörte sie hinter sich Florentins Stimme.

«Xaver ist tot», wiederholte Cornelius, jetzt wieder bei Atem. «Er ist die Böschung hinuntergestürzt, etwa auf halbem Weg nach Castell, und hat sich das Bein gebrochen.

Aber daran ist er nicht gestorben. Sondern an einem Loch im Kopf. Sein Gesicht war voller Blut, haben Rudolf und Johannes gesagt. Sie haben ihn gefunden.»

«Das ist ja schrecklich», wiederholte Florentin die Worte seiner Nichte.

«Tot?», flüsterte Alinda endlich. Ihr Körper zitterte wie letzte vertrocknete Birkenblätter im Herbststurm, die sich nicht mehr lange halten konnten. «Das ist doch nicht möglich.»

«Der Weg ist nicht ungefährlich, vor allem nicht, wenn man betrunken ist. Ich muss weiter, es den anderen erzählen. Die wollen das natürlich auch erfahren. Wir werden einen neuen Mastral brauchen, jetzt, da mein Cousin nicht mehr unter uns weilt.»

Cornelius' Mundwinkel zuckten. Es war unklar, ob aus Schadenfreude oder Betroffenheit. Er stieß sich vom Türpfosten ab und wollte die Treppe hinuntereilen, als Alinda rasch fragte:

«Als man ihn gefunden hat, war er da schon tot?»

«Ich habe auf jeden Fall nichts anderes gehört. Habt einen schönen Tag. Es ist ja keine so üble Nachricht für euch. Jeder im Dorf weiß ja, wie Xaver hinter dir her war, Alinda.»

Er warf ihr einen seltsamen Blick zu. Sie wich ihm aus und hörte nur noch sein leises Auflachen, als er davoneilte. Durch die offene Haustür schien die Sonne auf den Flur und versprach einen schönen Frühlingstag.

«Gott sei seiner Seele gnädig», sagte Florentin und

ging wortlos zurück in die Küche. Die Kinder folgten ihm. Erst langsam realisierte Alinda Cornelius' Worte. Xaver war tot? An einer Kopfwunde gestorben? Sie hatte aber keine gesehen, auch kein Blut. Außerdem hätte er mit einer schweren Kopfverletzung niemals so schreien und schimpfen können. Was war bloß geschehen? Und wo war ihr Medaillon?

Rätus und Teresia kamen aus der Küche.

«Wir gehen schon mal vor aufs Feld und warten dort auf euch», sagte Teresia. Alinda nickte nur. Als die Haustür ins Schloss fiel und die Sonne aussperrte, ging sie in die Küche und setzte sich zu Florentin. Der Kaffee war längst kalt geworden, doch sie bemerkte es nicht, als sie die Tasse in ihren Händen drehte.

«Man darf nichts Schlechtes über Verstorbene sagen, aber er war ein böser Mensch. Auch wenn er der Kirche einen Kelch aus Gold geschenkt hat», sagte Florentin.

Ja, das war er, dachte Alinda. Doch hatte sie nicht auch Böses getan, weil sie keine Hilfe geholt hatte? Vielleicht würde Xaver dann noch leben. War sie schuld an seinem Tod?

«Was wird jetzt aus Damian? Er hat nun keine Eltern mehr.»

Warum machte sie sich jetzt Sorgen um den Jungen? Sie hatte ja selbst so viele, dass sie sie zu erdrücken schienen. Florentin zuckte die Schultern, als ob ihn Damians Probleme nichts angingen.

«Ins Armenhaus wird er jedenfalls nicht müssen. Geld

genug hat der Junge», sagte er.

Alinda schaute ihren Bruder überrascht an. Seine Worte klangen ungewohnt hart und mitleidlos. Als hätte Florentin dies auch bemerkt, sprach er weiter:

«Ich glaube, er hat noch einen Onkel mütterlicherseits in der Nähe von Castell. Vielleicht kann er zu ihm, bis er alt genug ist, um den Hof selbst führen zu können. Bis dahin können sie den Betrieb verpachten.»

«Vielleicht kann Cornelius den Hof übernehmen?»

«Cornelius? Dieser unzuverlässige Mensch? Kaum. Der hat ja schon den Hof seiner Eltern heruntergewirtschaftet.»

«Das war aber nicht nur seine Schuld. Das Haus und der Stall waren alt und seine Eltern haben nie etwas repariert. Da hätten auch andere Mühe gehabt. Und er war noch sehr jung damals.»

«Ja, da hast du recht. Und alleine einen Hof zu führen ist sowieso fast nicht möglich», ergänzte Florentin.

Alinda blickte ihn an. Waren seine Worte auch auf ihre Situation gemünzt? Wollte er ihr sagen, dass es auch für sie schwierig wäre, alleine zu wirtschaften? Sie konnte den Ausdruck in seinem Gesicht nicht deuten.

«Ja, das stimmt», sagte sie nach einer Weile. «Zu zweit ist es viel einfacher.»

Florentin trank den letzten Schluck Kaffee aus seiner Tasse und stand auf.

«Nun denn, das Leben geht weiter. Ich muss aufs Feld. Teresia und Rätus warten schon», sagte er.

Alinda nickte wortlos. Sie würde nachkommen, gleich nach dem Aufräumen der Küche. Doch als Florentin gegangen war, blieb sie am Tisch sitzen, den Kopf auf die Arme gelegt. Ihre Augen brannten. Ja, ihr Bruder hatte recht. Das Leben ging weiter. Aber wie? Xaver war tot. Unerklärlicherweise. Würden Donat und Florentin ihr glauben, dass er noch am Leben gewesen war, als sie ihn verlassen hatte, und dass er sicher keine lebensbedrohliche Kopfwunde gehabt hatte? Xaver wurde nicht wieder lebendig durch ihr Geständnis, aber ihr Leben konnte zerstört werden. Vielleicht würde ihr Totschlag vorgeworfen oder Mord. Alinda ballte die Fäuste und presste sie an den Kopf. Sogar jetzt, da Xaver tot war, konnte er ihr Leben ruinieren. Nein, das würde sie nicht zulassen. Es ging nicht nur um sie, sondern auch um die Kinder. Sie beschloss, zu schweigen – und zu hoffen, dass alles gut würde.

20

«Wüsstest du einen schönen Namen für mein neues Kätzchen? Es ist weiß wie Schnee und hat ein blaues und ein braunes Auge. Und ihm fehlt ein Stück vom linken Ohr.»

Alinda schüttelte den Kopf. Lavinia hatte viel mehr Fantasie und erfand Namen wie Lindulla, Caprimilla oder Miralinda für ihre Katzen. Alinda betrachtete ihre Hände, die verschrumpelt und rot waren. Sie wusste nicht, was ihnen mehr zusetzte: das heiße Wasser beim Kneten der Wäsche oder das kalte beim Ausspülen im Brunnen, das die Finger taub werden ließ.

Die große Frühlingswäsche war gemacht. Mit brennenden Armen und steifem Kreuz ruhten sich die beiden Frauen auf der Bank vor Alindas Haus aus. Die Kleider verschwitzt, die Haare nass vom Dampf im Waschhaus. In der Nacht zuvor hatten sie die Bettbezüge, Handtücher, Tischdecken und Leintücher einweichen lassen. Heute hatten sie den ganzen Tag auf dem Waschbrett geschrubbt, am Brunnen ausgewaschen und die schweren nassen Tücher zusammen ausgewrungen. In einem großen Bottich ließen sie die Wäsche danach in einer Lauge aus Baumharz und weißer Asche bleichen. Das Harz, das trocken sein musste und nicht tropfen durfte, gab ihr einen waldigen Duft. Jetzt hingen die kleinen und großen Tücher auf den Wiesen an der Wäscheleine, die zwischen x-förmig gekreuzten Stangen gespannt war.

Alinda betrachtete ihr Tageswerk. Die Leintücher strahlten die frühabendliche Sonne an und wehten lau im Abendwind. Zwei Laken lagen ausgebreitet im Gras, damit die Sonne die letzten hartnäckigen Flecken wegbleichen konnte. Der Waschtag war anstrengend, doch für Alinda ein Sinnbild des Frühlings. Der winterliche Mief wurde von wohlriechender Sauberkeit verdrängt.

Die kräfteraubende Arbeit und Lavinias harmloses Geplapper, die trotz den Anstrengungen immer etwas zu erzählen wusste, hatten ihre Gedanken an Xaver verdrängt. Es war nun zehn Tage her, seit er tot aufgefunden worden war. Zehn Tage und zehn Nächte. Die Alpträume waren nicht weniger geworden. Tagsüber schreckte Alinda bei jedem Geräusch auf, das ein polizeiliches Klopfen sein könnte. Doch bisher blieb es aus. Im Dorf und bei der Polizei ging man offensichtlich davon aus, dass Xaver abgestürzt und sich den Kopf an einem Stein gestoßen hatte. Die Gespräche am Stammtisch drehten sich zwar immer noch um den Unglücksfall und die Männer wurden nicht müde, zu betonen, welch große Lücke Xaver hinterlassen habe. Doch der Alltag im Dorf ging den gewohnten Gang. Unfälle gehörten zum Leben, auch tödliche. Das war Schicksal. Da brachte es nichts, lange zu hadern und zu zaudern. Mit Donat Cadal hatte man einen guten Nachfolger für Xaver an der Hand. Seine Wahl auf der außerordentlichen Gemeindeversammlung in drei Wochen war beschlossene Sache.

«So, dann gehe ich mal das Abendessen kochen und meine Katzen füttern. Ich komme dann nochmals vorbei, damit wir die Wäsche abhängen können», sagte Lavinia, erhob sich, stemmte die Hände in die Seiten und drückte den Rücken durch.

«Ist gut», antwortete Alinda und blickte ihrer Freundin nach. Gerne hätte sie sie zurückgehalten, um nicht wieder an Xaver zu denken. Doch welches Argument hätte sie vorbringen können?

In den letzten Tagen war sie sich vorgekommen wie Rätus' hölzerner Kreisel, der sich willenlos um die eigene Achse drehte, wenn er einmal angestoßen worden war, und die Murmeln willkürlich und unkontrolliert über das Spielfeld schnellen ließ. Die Bilder vom zeternden Xaver, der zu ihr hinaufschrie voller Wut und Schmerz, stiegen immer wieder in ihr hoch wie Luftblasen in kochendem Wasser. Manchmal, wenn sie im Laden oder in der Kirche abgestandenen Tabak roch, glaubte sie Xaver in der Nähe und schauderte. Erst langsam ließ sie die Erleichterung darüber, dass Xaver nicht mehr lebte, zu. Mit diesem Eingeständnis regte sich aber auch das schlechte Gewissen, dass dies ein unchristlicher Gedanke sei. Man durfte niemandem den Tod wünschen. Doch die Gewissensbisse hatten noch einen anderen Grund. Würde Xaver noch leben, wenn sie Hilfe geholt hätte? Vielleicht war sie ja doch schuld an seiner Kopfwunde. Zumindest indirekt. Vielleicht waren nachträglich noch Steine auf ihn hinuntergekollert, nachdem sie fortgewesen war. Oder vielleicht hatte Xaver versucht, alleine hochzukommen und war dann wieder unglücklich zurückgefallen.

In diesen Momenten fühlte sie sich einsam und schwer wie ein Findling. Sie musste mit jemandem reden. Doch mit wem? Lavinia würde ihr raten, alles zu berichten und beteuern, dass Donat ihr helfen und die Behörde sie sicher fair behandeln würde. Doch Lavinia war manchmal allzu gutgläubig in ihrem Vertrauen in die Obrigkeit. Alle wussten, dass Xaver Alinda immer wieder bedrängt und sie sich gegen seine Anträge gewehrt hatte. Wer würde ihr jetzt noch – fast zwei Wochen nach dem Unfall – glauben, dass er am Leben gewesen war, als sie ihn verlassen hatte? Nein, Lavinia kam nicht in Frage.

Und Florentin? Sie hatte es bisher nicht geschafft, ihm alles zu erzählen, obwohl sie sicher war, dass er ihr glauben und – wenn nötig – mit ihr zusammen alles verschweigen würde. Doch sie würde ihn enorm belasten mit ihrem Geständnis. Diese Last wollte sie ihm nicht aufbürden.

Blieb noch Gott übrig. Sie hatte es fast nicht gewagt, sich an ihn zu wenden, denn nach Bertrams Tod hatte sie lange Zeit nicht mehr mit ihm gesprochen. Erst als Florentin zu ihr gezogen war, hatte sie die täglichen Gebete wieder aufgenommen. Aber um was sollte sie ihn bitten? Sie hatte gesündigt. Nicht, weil sie sich gewehrt hatte gegen Xaver und er abgestürzt war. Nicht deswegen. Daran war Xaver selber schuld. Aber weil sie ihn im Stich gelassen hatte, verletzt, wie er war, unfähig, sich selbst zu helfen.

Dafür musste sie Gott um Verzeihung bitten, dann würde sie hoffentlich wieder leichter atmen können. Alinda beschloss zu beichten. Möglichst rasch.

Am nächsten Abend – eine knappe Viertelstunde vor dem Rosenkranzgebet – kniete Alinda im Beichtstuhl nieder. Sie hatte den Zeitpunkt bewusst gewählt in der Hoffnung, dass Pfarrer Vitus den Rosenkranz pünktlich beginnen wollte und deshalb bei ihrem Sündenbekenntnis nicht allzu viel nachfragen würde. Der dunkle Beichtstuhl roch nach nie gewaschenem, mottendurchdrungenem Vorhangstoff. Durch das Gitter zeichnete sich die kantige Silhouette des Pfarrers ab. Alinda bekreuzigte sich.

«Im Namen des Vaters und des Sohnes und des Heiligen Geistes. Amen. Ich bekenne Gott, dem Allmächtigen, und Euch, Priester an Gottes Statt, meine Sünden», flüsterte sie.

«Gott, der unser Herz erleuchtet, schenke dir wahre Erkenntnis deiner Sünden und seiner Barmherzigkeit», drang die tonlose Stimme des Pfarrers herüber.

«Amen.»

Alinda räusperte sich.

«Wann hast du zum letzten Mal gebeichtet?»

«Vor drei Monaten.»

«Was möchtest du beichten, meine Tochter?»

Den ganzen Tag über hatte Alinda Gott gebeten, ihr die richtigen Worte zu geben. Sie wollte den Priester nicht hinters Licht führen. Das wäre eine neue Sünde. Aber er durfte ihre Beichte nicht mit Xavers Tod in Verbindung bringen. Niemals würde er das Beichtgeheimnis brechen. Doch er würde sie auf Schritt und Tritt verfolgen wie eine arme Seele auf der Suche nach Erlösung, stumm und eindringlich, bis Alinda unter dem Druck zerbrechen und den Behörden alles erzählen würde.

Der Pfarrer atmete vernehmlich, als ob er Alinda zur Eile drängen wollte.

«Ich habe in den letzten Tagen das Beten vernachlässigt. Ich war launisch und gereizt. Ich habe einem Mitmenschen die Hilfe verweigert. Ich habe einmal nicht die Wahrheit gesagt», stieß sie hastig hervor und hoffte, dass der Pfarrer durch ihre vielen Verfehlungen nicht auf eine einzelne näher eingehen und nachfragen würde. Ihre Brust hob und senkte sich wild, doch ihr Atem fand kaum den Weg in die Lunge. Rasch fuhr sie fort:

«Diese und alle meine Sünden bereue ich aus Liebe zu Gott. Ich will mich ernstlich bessern und bitte um eine heilsame Buße und um die priesterliche Lossprechung. Erbarme dich meiner, oh Herr.»

Die Marienglocke begann zu läuten und den Rosenkranz anzukündigen. Vielleicht waren ihre letzten Worte im Gebimmel untergegangen.

«Gott ist traurig, wenn wir gegen seine Gebote verstoßen. Wenn du deine Verfehlungen jedoch bereust und dich zu bessern versprichst, wird er dir verzeihen. Gott, der barmherzige Vater, hat durch den Tod und die Auferstehung seines Sohnes die Welt mit sich versöhnt und den Heiligen Geist gesandt zur Vergebung der Sünden. Durch den Dienst der Kirche schenke er dir Verzeihung und Frieden. So spreche ich dich los von deinen Sünden. Im Namen des Vaters und des Sohnes und des Heiligen Geistes. Siehe, du bist gesund geworden, sündige nun nicht mehr, damit dir nicht etwas Schlimmeres widerfahre. Bete fünf Vaterunser und fünf Ave Maria, meine Tochter.»

Alindas 'Amen' war ein unterdrückter Jubelruf. Es war gut gegangen. Gott hatte ihre Beichte angenommen. Sie machte zitternd das Kreuzzeichen des Pfarrers nach. Als der Pfarrer sie mit einem 'Gelobt sei Jesus Christus' entließ, murmelte sie mit einem befreiten Lächeln:

«In Ewigkeit. Amen.»

Nach dem Rosenkranzgebet ging Alinda nach vorne zur Statue der Muttergottes und zündete für Xavers Seelenheil eine Kerze an.

21

«Die Krämerin kommt», rief Rätus in den Flur.

Es war kurz vor Mittag. Alinda hielt beim Kartoffelschälen inne, trocknete die Hände ab und ging nach draußen. Mit bedächtigen Schritten zog sich eine kleine Frau am Handlauf die Treppe hoch. Auf dem Rücken trug sie an dicken Ledergurten eine gewichtige Holzkiste, die ihr mehr als eine Elle über den Kopf ragte. Der wadenlange, dunkelblaue Mantel mit der ausladenden Kapuze schwankte leicht hin und her.

«Willkommen, Luisa», sagte Alinda und führte sie in die Stube. Ächzend drehte Luisa den Rücken zum Tisch, setzte die Holzkiste auf, schlüpfte aus den Trageriemen und zog den Mantel aus. Darunter kamen ein knielanger grüner Rock und eine beige Bluse zum Vorschein. Das bunt karierte Kopftuch, das das graue lockige Haar nur teilweise bedeckte, behielt Luisa auf.

Rätus versuchte, die Kiste anzuheben. Doch es gelang ihm nicht ansatzweise. Alinda staunte, wie die Frau, die einen halben Kopf kleiner war als sie, diese Bürde tragen konnte. Es waren sicher über zwanzig Kilo.

«Wie geht es dir, Luisa?» fragte sie.

Schwer atmend, als ob sie gerannt sei, stürzte Teresia in die Stube. Der Besuch der Krämerin war ein besonderes Ereignis. Sie brachte viele aufregende Dinge mit. Als Kind hatte sich Teresia gefürchtet vor der Frau mit den beiden Zahnlücken, den tiefen Einkerbungen um den Mund, der knolligen Nase und den schweren gelben Ohrringen, die bei jeder Kopfbewegung klimperten. Auch Alinda fühlte sich seltsam in ihrer Nähe, aber sie hätte nicht sagen können, weshalb. Waren es die dunklen Augen, die einen anblickten, wie wenn sie das Leid der ganzen Welt kennen würden und in den Menschen die Seele suchten? Oder der leichte Geruch nach Knoblauch?

«Bene, bene. Habe viele belle cose da», sagte Luisa mit heiserer Stimme. Ihr italienischer Dialekt, den sie mit deutschen und romanischen Wörtern mischte, reizte Rätus zum Lachen, doch er verkniff sich jede Regung seiner Mundwinkel. Die Alte konnte einen furchtbar böse anschauen.

Bedächtig, als ob nichts in der Welt sie zur Eile antreiben könnte, klappte Luisa die beiden metallenen Riegel auf der rechten Seite auf und öffnete die Kiste. Kleine Schubladen kamen zum Vorschein. Eine nach der anderen zog sie heraus und legte sie auf den Tisch. Sie enthielten Holz- und Metallknöpfe mit zwei und vier Löchern, Fadenspulen in verschiedenen Farben, Häkel- und Stricknadeln, Sicherheitsnadeln, Gummi- und Zierbänder, Taschentücher – großkarierte für die Männer, fein umsäumte weiße für die Frauen – und Handtücher. In einer größeren Schublade befanden sich Löffel, Gabeln und Messer. Die Gabeln hatten drei oder vier Zinken. Die dreizinkigen waren wenig gefragt und deshalb günstiger. Dann waren da noch braune und schwarze Schuhbändel und Schuhcreme. Seitlich an der Kiste baumelten Kopftücher, Milchsiebe und Hosenträger mit goldenen oder silbernen Schnallen. Auf der anderen Seite der Kiste war ein großer Schirm befestigt. Der gehörte der Krämerin. Zuletzt schüttete sie ein Säckchen auf dem Tisch aus. Kämme und Haarschleifen purzelten hervor, goldfarbene Fingerringe, Ohrringe mit farbigen Steinen und Broschen aus weißem Blech. Teresias Augen blitzten.

«Inverno in Valtellina era hart. Molta neve, freddo», beklagte sich Luisa über den schneereichen, kalten Winter im italienischen Veltlin, während sie Alinda und Teresia in den Waren stöbern liess. «Bin vecchia, alt, mi fa male la schiena, hier.» Sie deutete auf ihr Kreuz, um zu zeigen, wo der Rücken schmerze, und beugte sich leicht nach vorne. Als Rätus die Hosenträger befühlen wollte, knurrte sie unwirsch.

«Mano sauber?»

Er nickte heftig, zog seine Hand aber zurück.

Es war schwierig, das Alter der Krämerin zu schätzen. Sie sah aus wie sechzig, doch Alinda konnte sich nicht vorstellen, dass es möglich war, in diesem Alter die schwere Kiste wochenlang bei Wind und Wetter von einem Dorf zum anderen zu schleppen, auch wenn Luisa für die längeren Strecken manchmal den Zug nahm. Seit mehr als fünfundzwanzig Jahren kam sie ein- oder zweimal im Jahr vorbei. Wenn sie gut verkauft hatte, leistete sie sich auch mal ein Postauto. Alinda erzählte ihr, dass jetzt bald auch eines nach Nalda fahre.

«Bello, bello», sagte Luisa und lächelte spröde. Die Zunge drückte durch ihre Zahnlücke.

Alinda bewunderte Luisa wegen ihres Mutes, alleine durch die Gegend zu ziehen, einsamen Straßen entlang, bei Dämmerung oder sogar in der Dunkelheit, wenn sie das nächste Dorf noch nicht erreicht hatte. Manchmal durchnässt und frierend, manchmal unter der Hitze leidend, immer alleine und schutzlos.

«Ich möchte den Bleistift und den Radiergummi», sagte Rätus, als er beides etwas versteckt unter den Bändern entdeckte.

«Und ich ein Stück von diesem Band», sagte Teresia und zeigte auf eine Spule mit rotem, weiß gepunkteten Band.

«Wofür?», fragte Alinda.

«Nicht für mich, für meine alte Puppe. Ich brauche sie ja nicht mehr und dachte mir, dass ich sie den Kindern im Armenhaus geben könnte. Aber ich möchte sie noch etwas schön machen. Die Kleider flicken und ihr ein Haarband anlegen.»

«Das ist eine gute Idee, Teresia.»

«Ich hole die Puppe, dann sehe ich, wie viel ich benötige.» Teresia eilte ins obere Stockwerk.

«Und mein Bleistift und der Radiergummi?», fragte Rätus.

«Nein, Rätus. Du hast schon beides.»

Bevor Rätus sich beschweren konnte, dass sein Bleistift nur noch ganz kurz sei und höchstens noch drei Monate reichen würde, kam Teresia zurück.

«Ich finde die Puppe nicht mehr. Sie war immer auf der Kommode im Gang, in der die Bettwäsche versorgt ist. Rätus, hast du sie genommen?»

«Nein, sicher nicht. Was soll ich mit einer Puppe? Ich bin ein Mann! Der spielt nicht mit Puppen.»

Teresia musterte ihren Bruder zweifelnd.

«Wirklich nicht, ich schwöre es. Ich habe diese hässliche Puppe schon ewig nicht mehr gesehen.»

Er streckte drei Finger in die Höhe.

«Schwöre nicht, Rätus.»

Alinda hob tadelnd den rechten Zeigefinger.

«Aber es stimmt!»

«Vielleicht hast du sie ja woanders hingetan, Teresia.»

«Nein, das habe ich nicht. Ich habe gar nicht bemerkt, dass sie nicht mehr da ist.» Teresia verzog nachdenklich den Mund.

Alinda kaufte Socken für Florentin, Knöpfe und Nähfaden, das Band für die Puppe – die sicher irgendwo auftauchen würde – und nach Rätus heftigem Flehen einen Bleistift.

Die Krämerin blieb zum Mittagessen.

«Was gibt es Neues in der Welt», fragte Florentin.

«Il mondo cambia, aber Menschen sempre gleich», sagte Luisa mit vollem Mund. Die Welt verändere sich, nicht aber die Menschen. Sie nickte zu ihren Worten, als ob sie sich selbst zustimmen wollte. Sie schöpfte sich zweimal nach und nahm auch ein Glas Wein. Im Piemont habe es eine Maria-Erscheinung gegeben, erzählte sie mit einem seltsamen Seitenblick zu Teresia. Zwei junge Mädchen hätten die Muttergottes gesehen. Doch der Pfarrer glaube ihnen nicht, und der Bischof auch nicht, nicht einmal der Papst. Aber die Menschen kämen massenweise an den Ort der Erscheinung. Da müsse also was dran sein.

Nach dem Essen verabschiedete Alinda die Krämerin. «Gott schütze dich auf deinen Wegen», sagte sie und gab ihr noch etwas Brot und Käse mit. Nur widerwillig ergriffen Rätus und Teresia Luisas ausgestreckte Hand.

«Brava ragazza. Puppe wird wiederkommen, sicuramente», sagte sie zu Teresia und kniff die Augen zusammen, wie eine Wahrsagerin, die Glück und Unglück voraussehen konnte. Teresia starrte ihr nach, als sie mühsam die Treppe hinunterstieg und die Straße hinabging, gebeugt unter der schweren Last. Die Tücher an der Kiste schwangen hin und her, als ob sie winken würden.

22

Seit Tagen rasten die Dorfkinder durch die Gassen von Nalda, die Fäuste mit durchgestreckten Armen nach vorne gestreckt, als ob sie ein Lenkrad steuern würden. In engen Bahnen kurvten sie um die Häuserecken und den Dorfbrunnen herum und stießen brummende Motorengeräusche aus.

Dann endlich war der große Tag da, mit strahlend blauem Himmel, fröhlich zwitschernden Amseln und ersten Frühlingsblühern, als wollte er dem zukunftsträchtigen Ereignis einen schmucken Rahmen geben. Zum ersten Mal kam ein Postauto nach Nalda! Zwei Mal täglich verband es künftig das Dorf mit dem benachbarten Crapa, dem aufstrebenden Tourismusort. Nur zwanzig Minuten brauchte es dazu. Im Winter vielleicht etwas mehr, aber es war immer noch schneller, als zu Fuß zu laufen, und bequemer als der Pferdeleiterwagen.

Automobile waren schon öfter in Nalda aufgetaucht. Meistens gehörten sie Touristen aus Crapa, die einen Ausflug in die pittoreske bäuerliche Umgebung machten. Sie parkierten vor dem «Sternen», der Dorfbeiz, wo das Auto innerhalb von Minuten von Kindern umstellt und bewundert wurde, kehrten im Gasthaus ein und bestellten eine hausgemachte Gerstensuppe, versuchten, mit den Einheimischen ins Gespräch zu kommen, was daran scheiterte, dass sie kein Deutsch – und natürlich erst recht kein Romanisch – und die Naldenser kein Englisch konnten, so dass sich die Kommunikation auf kritisches oder neugieriges Mustern und schiefes Lächeln beschränkte, schlenderten durch die schmalen Gassen, schenkten den Kindern Bonbons, begutachteten die Gemüsegärten, ohne die Stängel der Rüben von den Blättern der Kohlraben unterscheiden zu können. Ganz Schamlose erdreisteten sich, durch die Fenster in die Stuben hineinzublicken und wichen überrascht und mit einem verlegenen Lächeln zurück, wenn ihnen eine knurrige Verwünschung entgegengeschleudert wurde.

Das Postauto brachte Mobilität – ein neues Wort, das Alinda erst kürzlich gelernt hatte. Der Weg nach Chur zum Zahnarzt, zum Bahnhof, zu Stoffläden oder ins Krankenhaus wurde einfacher. Doch es würden noch mehr Fremde nach Nalda kommen, noch mehr Damen mit eleganten Hüten, Nylonstrümpfen, feinen Schuhen und Handtaschen. Alinda waren die sehnsüchtigen Blicke ihrer Tochter nicht entgangen. Auch nicht die zusammengezogenen Augenbrauen über Rätus' trotzigem Blick, wenn er die englischsprechenden Kinder seines Alters betrachtete in ihren kurzen Hosen, die aus viel feinerem Stoff gemacht waren als seine und keine Flicken aufwiesen.

Für zwei Uhr war das Postauto angekündigt. Die Kinder hatten sich vor dem Dorfeingang versammelt. Ungeduldig schubsten sie sich, warfen ihre Mützen in die Luft, fingen sie wieder auf und äugten sehnsüchtig auf die Straße.

Als die Kirchenuhr endlich zwei Mal schlug, war noch nichts vom Postauto zu sehen.

«Es kommt nicht», jammerte der fünfjährige Clo. Mit der Zunge fing er die Tränen auf, die ihm über das Gesicht kullerten, und schniefte. Teresia strich ihm tröstend übers Haar und versicherte ihm, dass es bald eintreffen werde.

Dann endlich war aus dem Wald, durch den die Straße führte, Motorengeräusch zu hören.

«Ich seh' es! Dort!»

Rätus' Arm schoss nach vorne. Etwas Gelbes blinkte durch die letzten hohen Tannen. Er rannte los, dem Postauto entgegen, gefolgt von den anderen älteren Knaben. Sekunden später erschien es in voller Größe, hupend, die Motorhaube wie eine freche Schnauze vorgestreckt. Die Scheinwerfer gleißten in der Sonne, auf dem schwarzen Kühlergrill war ein riesiges Blumenbouquet in gelben Farbtönen festgemacht. Von den Rückspiegeln schwankte Efeu. Johlend fielen die Kinder in den Dreiklang des 'Tütato' ein. Der Fahrer winkte mit der steifen Schirmmütze in der Hand aus dem Fenster. Als er die ersten Kinder erreichte, verlangsamte er die Fahrt auf Schritttempo. Die Knöpfe seiner blauen Uniform blitzten, wie wenn sie aus echtem Silber wären. Rätus und seine Schulkameraden liefen neben dem Postauto her, so nah, dass sie es fast berühren konnten. Das Lachen des Fahrers wich einem ängstlichen Ausdruck, als ob er befürchtete, dass eines der Kinder unter die großen Räder kommen konnte. Vorsichtig beschleunigte er die Fahrt, um sie abzuhängen. Als die Knaben nicht mehr folgen konnten und nur noch den Geruch von Abgasen in der Nase hatten, bogen sie auf die Wiese ab und rannten mit großen Sprüngen den kleineren Kindern und den Mädchen nach, die schon von oben diese Abkürzung genommen hatten, hinunter zur Kirche, zur Endstation.

Mit einem letzten Hupen blieb das Postauto im Halbrund stehen, das die Erwachsenen gebildet hatten. Fast alle waren da. Die Frauen, die zur Feier des Tages ihre Sonntagskleider angezogen hatten, Alte mit skeptischen Mienen und Alte mit erwartungsvollen Mienen, der Ladenbesitzer, der ein Schild an die Ladentür gehängt hatte, dass er in zwei Stunden wieder zurück sei, der Schmied, der Müller, Pfarrer Vitus, die Mitglieder des Gemeindevorstandes, auch sie in der Sonntagstracht mit schwarzem Hut und schwarzer Krawatte. Es waren mehr Männer da als an den Gemeindeversammlungen. Nur Xaver fehlte.

«Der sieht fast aus wie ein Polizist», raunte Rätus seiner Schwester zu, als der Fahrer ausstieg, die Mütze hochgestreckt wie einen Siegerpokal. Donat schüttelte ihm herzlich die Hand, die übrigen Mitglieder des Vorstandes und einige andere Männer taten es ihm nach. Rätus schlenderte um das Postauto herum, befühlte das kühle Blech, das warme Gummi der Räder, die schwarzen Schmutzfänger hinter den Reifen und die dünne Leiste unter der Fensterfront, streichelte die Scheinwerfer und die schwarzen Stäbe am Kühler, aus dem immer noch Wärme entwich. Auf beiden Seiten des Autos war ein handgroßer viereckiger Kleber angebracht mit einem rot-weißen Schweizerkreuz und einem Jagdhorn, darunter die Buchstaben PTT. Das war die Abkürzung für Post, Telefon und Telegraf, hatte der Lehrer in der Schule erklärt.

«Heute ist ein historischer Tag für uns. Endlich sind wir angeschlossen an den öffentlichen Verkehr, an die Hauptstadt, ans Unterland. Der Fortschritt wird nun auch zu uns kommen und unser strenges Leben erleichtern.»

Donat las seine Rede vom Zettel ab. Noch war er nicht zum Mastral gewählt worden, doch die anderen Mitglieder des Gemeindevorstandes hatten ihn einhellig dazu überredet, die Ansprache zu halten, jetzt, da Xaver nicht mehr unter ihnen weilte.

«Das Leben von uns Bergbauern ist hart, hart und entbehrungsreich. Unsere jungen Männer verlassen uns. Sie verlassen den Hof ihrer Eltern, weil sie in der Stadt arbeiten wollen, wo das Leben einfacher ist. Doch nicht nur sie fehlen auf den Bauernhöfen. Auch gute Knechte und Mägde sind kaum noch zu finden. Wir stehen vor einem bedenklichen Mangel an Arbeitskräften.»

Donat wartete das beistimmende Gemurmel ab, bevor er fortfuhr.

«Was können wir dagegen tun? Ihr wisst es alle. Wir müssen die technischen Erleichterungen in unser Leben kommen lassen. Seien es Postautos, die die Erreichbarkeit unseres Dorfes verbessern, seien es Melkmaschinen, Mähmaschinen oder Traktoren, die unsere Arbeit erleichtern. Das, was viele Bauern im Flachland schon haben. Ich weiß, die Maschinen sind teuer, sehr teuer. Deshalb müssen wir uns zusammenschließen mit den Nachbarn und die Maschinen gemeinsam kaufen und nutzen.»

Die Männer nickten zustimmend. Doch auch Seufzer waren zu hören. Wer von ihnen hatte schon Geld auf der hohen Kante? Welche Bank gab einem Bauern schon Kredit? Noch dazu einem Bergbauern?

Die kleineren Kinder begannen zu zappeln und zu maulen und wieselten zwischen den Erwachsenen hindurch. Ihnen war eine Fahrt mit dem Postauto versprochen worden. Groß war ihre Erleichterung, als Donat seinen Zettel in der Jackentasche versorgte. Doch dann ergriff Pfarrer Vitus das Wort. Einigen der Kleinsten traten vor Enttäuschung Tränen in die Augen. Sie setzten sich auf den Boden, mit gerunzelter Stirn, den Kopf in die geballten Fäustchen gestützt, die Mundwinkel tief zum Kinn herabgezogen.

«Die Früchte ehrlicher, körperlicher Arbeit machen den Menschen glücklich, ebenso wie die Einbettung in die Gemeinschaft. Maschinen erleichtern die Arbeit, bringen aber Lärm und Hektik. Sie sparen Zeit, machen aber einsam. Und was machen wir mit der neuen Zeitfülle? Müßiggang und Faulheit schaden dem Menschen.»

Pfarrer Vitus rückte das Kollar unter dem Kragen seiner Soutane zurecht und sog tief Luft ein, als ob ihm die Sorge um das Wohl seiner Gemeinde den Hals zugeschnürt hätte. Nach einem Blick zum Himmel fuhr er fort:

«Wir stehen heute einem sittlichen Niedergang gegenüber, als Folge mangelnder Beziehung vieler Menschen zu Gott. Die Achtung der göttlichen Gebote nimmt ab, im privaten wie im öffentlichen Bereich. Unsere Jugendlichen geben sich ungezügelt allen Arten von Genüssen und Verführungen hin, dem Alkohol, einem schamlosen Körperkult, der Verschwendungssucht. Sie lehnen sich gegen Autoritäten, Eltern, Erzieher, Seelsorger auf. Diese sittliche Dekadenz verstärkt sich in erschreckender Schnelligkeit und erreicht auch unsere Bergdörfer, mit dem Postauto, dem Radio, dem Telefon und fragwürdigen Büchern. Viele junge Menschen glauben nicht mehr an die Ewigkeit, nicht an ein Morgen. Sie leben nur im Augenblick.»

Unruhe machte sich breit, das Quengeln der Kinder wurde lauter. Alinda seufzte tief. Warum musste der Pfarrer mit seinen Worten diesen schönen Tag verderben? Sie wollte ihm nicht mehr zuhören, konnte es aber nicht verhindern. Da räusperte sich Donat kräftig und fügte ein Husten hinzu, so dass der Pfarrer innehielt und ihn ärgerlich anblickte. Diesen Moment nutzte Donat.

«Hochwürden, wir danken Ihnen für Ihre Sorge um unser Wohlergehen. Die Naldenser sind ein gottesfürchtiges Volk und werden dies auch immer bleiben. Zum Glück leben wir hier noch in einer schönen Dorfgemeinschaft, in der wir uns respektieren und gegenseitig unterstützen. Heute wollen wir feiern. Unser geschätzter Pfarrer wird nun das Postauto segnen, dann werden die Kinder ein Lied singen und danach gibt es für alle eine freie Fahrt.»

Ein Raunen ging durch die Zuhörer. Auf einigen Gesichtern zeichnete sich Erleichterung ab. Manch einer verkniff sich ein Schmunzeln. Doch einige schüttelten über Donats anmaßendes Verhalten, den Pfarrer zu unterbrechen, den Kopf. Die Kinder jubelten.

Pfarrer Vitus starrte Donat sekundenlang ungläubig an, als ob er die respektlose Unterbrechung seiner Rede nicht fassen könnte. Doch dann atmete er tief ein, richtete sich auf, faltete die Hände und trat vor das Postauto. Die beiden Ministranten platzierten sich links und rechts von ihm. Der eine trug das silbrige Weihwassergefäß.

«Im Namen des Vaters und des Sohnes und des Heiligen Geistes. Amen. Gnade und Friede von Gott, unserem Vater, und dem Herrn Jesus Christus sei mit euch», begann der Pfarrer ohne Umschweife und bekreuzigte sich.

«Und mit deinem Geiste», erwiderten die Naldenser. Die Mütter hoben den Finger vor den Mund, um die aufgeregten Kinder zum Stillsein zu bewegen.

Pfarrer Vitus ließ sich Zeit und hielt immer wieder inne zwischen den liturgischen Sätzen, als wolle er die Gemeinschaft für ihre Ungeduld bestrafen. Er las aus dem Buch Tobit die Stelle, wo Tobias auf seiner langen Reise nach Medien von Gott einen Schutzengel zur Seite bekam. Hoffentlich beschützt mich mein Schutzengel auch auf meinem Weg, fuhr es Alinda durch den Kopf. Mich und die Kinder und Florentin.

Die Kirchenlieder klangen kraftvoll und rein. Alle Naldenser konnten sie auswendig, nicht nur die Männer des Kirchenchores, die die zweite und dritte Stimme dazu sangen.

Endlich ergriff der Pfarrer den Weihrauchsprenger.

«Herr und Gott, wir stehen vor deinem Angesicht und rufen zu dir. Segne dieses Fahrzeug und beschütze alle vor Unglück und Schaden, die es benutzen. Mach uns rücksichtsvoll und hilfsbereit. Lass uns in allem, was wir tun, deine Zeugen sein. Das gewähre uns durch Christus, unseren Herrn», sagte er.

Mit gebeugtem Kopf nahm er das 'Amen' der Naldenser entgegen und ging mit feierlichen Schritten um das Postauto herum, tauchte immer wieder das Aspergill in den Weihwasserkessel und besprengte das Postauto von allen Seiten. Die Tropfen glitzerten in der Sonne und liefen gemächlich in dünnen Bahnen das Blech hinunter.

Noch während des Schlusssegens sammelte Lehrer Michel die Schüler der fünften und sechsten Klasse um sich, stellte sie in einer Doppelreihe auf und stimmte nach den letzten Worten des Pfarrers ein Lied an. Sie hatten es in der Schule geübt und trotz der Ferien vor zwei Tagen noch einmal geprobt.

«Hoch auf dem gelben Wagen
Sitz ich beim Schwager vorn.
Vorwärts die Rosse jagen
Lustig schmettert das Horn.
Berge und Wälder und Matten
Wogendes Ährengold –
Möchte wohl ruhen im Schatten
Aber der Wagen, der rollt.»

Lehrer Michel hatte einige Mühe, die jungen Sänger, die immer schneller zu werden drohten, im Tempo zu halten, wie Geißen, die ein schmackhaftes Kräutlein entdeckt hatten und wild darauf zustürmten.

Kaum war das Lied verklungen, drängten sich die Oberstufenschüler ins Postauto und zwängten sich zu dritt auf die Zweierplätze. Einige mussten im Gang stehen bleiben und verloren unter Gelächter und Gekreische fast das Gleichgewicht, als der Fahrer losfuhr. Die Fenster waren schon bald voller Flecken von den plattgedrückten Nasen und den schmutzigen Händen. Wild winkten die jungen Fahrgäste den draußen Wartenden zu, sogar einer Katze, die auf dem Feld mauste, den Hühnern vor den Häusern und der alten Letizia, die zum Fenster herausschaute und mit zahnlosem Lächeln zurückwinkte. Sie konnte nicht mehr laufen und musste zu Hause bleiben.

Über zehn Mal ging die Fahrt hinauf und hinunter. Für einige der älteren Einwohner und der Kinder war es das erste Mal, dass sie in einem Postauto saßen, und sie nutzten die Gelegenheit für eine zweite oder dritte Runde.

Florentin hatte auf die Freifahrt verzichtet. Eine Postautofahrt war für ihn nichts Neues.

«Siehst du, Florentin, auch zu uns kommt der Fortschritt. Wenn auch mit Verspätung», sagte Donat.

Florentin nickte.

«Ich weiß noch, als Alinda als Kind eine Blinddarmentzündung gehabt hat und auf dem Leiterwagen nach Chur gebracht werden musste. Sie ist fast gestorben damals», sagte er.

Alinda hatte plötzlich heftige Bauchschmerzen bekommen und sich vor Schmerzen gekrümmt. Ihre Mutter hatte den Ernst der Lage sofort erkannt. Sie war zu Gion, ihrem Nachbarn, gerannt und hatte ihn angefleht, mit ihr und Alinda sofort zum Arzt nach Crapa zu fahren. Ohne zu zögern hatte er das Pferd angeschirrt, das in eine Decke gehüllte Mädchen auf den Wagen getragen und war mit den beiden losgefahren. Noch minutenlang hatte Florentin Alindas Schmerzensschreie gehört, wenn Gion in der Eile ein Schlagloch übersah.

Spät in der Nacht war die Mutter nach Hause gekommen. Er erinnerte sich noch genau an die Stunden des schlaflosen Wartens und an die flehentlichen Gebete, die er Gott unter der Bettdecke geschickt hatte. Er habe schon keinen Vater mehr, da solle ihm Gott doch die Schwester lassen. Als er endlich das Öffnen der Haustüre und die Stimme der Mutter hörte, war er aus dem Bett gesprungen und im dünnen Nachthemd barfuß die Treppe hinuntergerannt. Wie war er erschrocken, als Alinda nicht bei ihr war, hatte aufgeschrien und sich in Mutters Arme gestürzt. Sie hatte ihm die Tränen aus dem Gesicht gestrichen und ihm erklärt, dass sie bis nach Chur ins Krankenhaus hatten fahren müssen, wo seine Schwester operiert worden sei. Nun müssten sie dafür beten, dass alles gut würde. Sie machte ihm eine heiße Milch und schickte ihn wieder ins Bett. Florentin wusste damals noch nicht, was eine Blinddarmentzündung war, doch es klang hinterhältig und bedrohlich.

Drei Tage lang hatten sie gebangt, bis endlich die Nachricht kam, dass Alinda gesund werden würde.

«Der Fortschritt wird unser Leben verändern», unterbrach Donat Florentins Erinnerungen.

Sie sahen dem Postauto nach, das zum Dorf hinauf und weiter nach Crapa fuhr. Diesmal ohne Fahrgäste. Die Feier war zu Ende. Die Dörfler gingen nach Hause.

«Ja, das stimmt. Doch er wird mehr Gutes als Schlechtes bringen, gerade uns Bauern.»

Er hatte 'uns Bauern' gesagt. Fühlte er sich diesem Berufsstand wirklich angehörig? Oder war er immer noch ein Gast auf der Durchreise?

«Wir werden trotzdem nicht verhindern können, dass viele Junge weggehen», sagte Donat. «Sie wollen ein angenehmes Leben, wollen sich amüsieren, wollen Kinos, Theater, Tanz. Da hat der Pfarrer schon recht. Und was können wir hier in Nalda ihnen bieten? Die Arbeit laugt uns aus, mit fünfzig ist unser Körper verbraucht, unser Rücken steif. Unsere Häuser sind alt, dunkel und ohne Luxus. Wir sind dem Wetter, den Milchpreisen und Viehhändlern ausgeliefert.» Donat strich sich mit Daumen und Zeigefinger über den Schnauz. «Ohne technische Hilfsmittel, die uns Erleichterungen bringen, hat unser Dorf keine Überlebenschance.»

Florentin nickte. Donat hatte ausgesprochen, was er selbst dachte. Schon bald würde man nur noch mit maschineller Unterstützung von der Landwirtschaft leben können. Davon musste er Alinda überzeugen und sie zum

Kauf eines Handmotormähers überreden. Unabhängig davon, ob er nun bei ihr bliebe oder nicht.

23

Bis auf den kleinsten Zentimeter war der Leiterwagen vollbepackt mit der leinenen Bettwäsche, den Arbeitskleidern und Sonntagsgewändern, den Schuhen, der Unterwäsche, den Socken, den Nachthemden und mit Lebensmitteln für die ersten paar Tage, Käse, Brot, Speck, Kartoffeln, Nudeln, Polenta, Mehl. Ein Heutuch deckte alles zu, auch das Gatter mit den Hühnern, die gackerten, als ob ihr letztes Stündlein geschlagen hätte, und den Sack mit der jammernden Katze. Rätus hatte fast eine halbe Stunde gebraucht, bis er sie eingefangen hatte. Am Schluss steckte Florentin noch drei Regenschirme unter die Blache und befestigte die Sturmlaterne und zwei Eimer an der Seite, einen, um den Schweinen die Essensreste zu bringen, und einen zum Wasserkochen.

Die Familie zügelte ins Maiensäß. Das war eine jahrhundertealte Tradition der Naldenser Bauern. Sie bewirtschafteten das Land auf drei Stufen: Im Frühling bestellten sie die Äcker in Nalda und das Vieh weidete beim Dorf. Dann im Mai zogen die Familien mit dem ganzen Hausstand und den Tieren hinauf in die rund 500 Meter höher gelegenen Maiensäßweiler. Jede Bauernfamilie besaß ein Maiensäß mit Wohntrakt, Klein- und Großviehstall und etwas Weide- und Wiesland. Es wurde von einer Generation zur anderen vererbt. Die Weiler – Zoina war einer davon – umfassten vier bis acht Häuser und waren eine bis zwei Stunden voneinander entfernt. Im Juni weidete das Vieh noch bei den Maiensäßen. Danach kam es auf die Alpen, wo es von Hirten und Sennen betreut wurde und bis Mitte September blieb. So hatten die Bauern Zeit, die Wiesen im Maiensäß und in Nalda zu heuen, Holz zu schlagen, Wege auszubessern und Reparaturen am Haus und Stall auszuführen. Nach der Alpzeit ließ man das Vieh nochmals zwei bis drei Wochen beim Maiensäß weiden, bevor die Familien im Oktober wieder zurück ins Dorf zogen. Im nächsten Frühjahr begann der Kreislauf von neuem.

In den letzten Tagen hatte Alinda das Haus in Nalda gründlich geputzt. Sie wollte es in tadellosem Zustand zurücklassen. Man wusste ja nie, ob man zurückkehrte, Gottes Wege waren unergründlich. Der Gedanke, als nachlässige Hausfrau in Erinnerung zu bleiben, war ihr unerträglich. Sie hätte sich nicht nur vor den Nachbarinnen, sondern auch vor ihrer verstorbenen Mutter geschämt, selbst im Grab. Jetzt waren die roten Fensterläden zugezogen, die Haustür verschlossen.

Mit langen Stecken trieben Alinda und Teresia die Kühe, Kälber und Ziegen aus den beiden Ställen und ließen sie am Brunnen saufen. Die Tiere schienen zu wissen, dass es aufs Maiensäß ging. Sie stupsten und stießen einander, nahmen sich kaum Zeit zum Trinken und drängten zum Aufbruch. Aufgeregt bimmelten und dröhnten ihre Glocken, kleine Schellen und große Plumpen, als sie endlich losgingen. Alinda und Teresia mussten fast rennen, um den Tieren nachzukommen. Das Muhen anderer Kühe, die mit ihren Besitzern schon unterwegs waren, trieb sie noch zusätzlich zur Eile an.

Rätus hatte die Aufgabe, die beiden Schweine, die sonst nie aus dem Stall kamen, aufs Maiensäß zu bringen. Kaum waren sie draußen, rannten sie die Straße hoch, als ob sie von einer Wespe gestochen worden wären. Rätus kam ihnen kaum nach und konnte nur unter entschlossenem Einsatz seines Steckens verhindern, dass sie über die Wiesen ausbrachen. Noch nervenaufreibender war es, wenn die Schweine keine Lust mehr hatten, weiterzugehen und einfach stehen blieben.

Als letzter machte sich Florentin auf den Weg. Trilpa muhte schon ungeduldig unter dem Joch. Florentin ergriff das Seil und zog die Kuh auf die Straße. Die Last auf dem Leiterwagen schwankte leicht, die beiden Eimer schepperten. Als wollten sie sich über ihre missliche Lage beschweren, verstärkten die Hühner ihr Gegacker und übertönten selbst das Miauen der Katze. Der Lärm ebbte erst ab, als sie sich an Trilpas gemächlichen Trott und das Rumpeln und Ächzen des Wagens gewöhnt hatten. Von weiter oben, schon außerhalb des Dorfes, war Rätus' Schimpfen zu hören.

Florentin ließ die Kuh in ihrem eigenen Tempo laufen. Es spielte keine Rolle, ob sie in zwei oder in drei Stunden oben waren. Trilpa kannte den steilen Weg, schon bald war es nicht mehr nötig, sie zu führen und er ging gedankenversunken neben ihr her, den Blick auf den staubigen

Weg gerichtet, in dem sich Wagen-, Huf- und Schuhspuren derjenigen Familien vermischten, die schon gestern und vorgestern losgezogen waren.

Florentin musste sich eingestehen, dass er sich auf die Zeit im Maiensäß freute. Obwohl es viel zu tun gab. Die Tage waren vollgepackt mit Arbeit. Doch der freie Blick hinab ins Tal, das entfernte Geläut der Kirchen, die würzige, dünne Luft und die langen, hellen Sommertage schienen die Arbeit einfacher und das Leben unbeschwerter zu machen. Besonders gern erinnerte er sich an die Mittagspausen während der Heuernte. Selbst als Kinder hatten sie Kaffee bekommen, den seine Mutter in einer großen, mit Tüchern umwickelten Kanne aufs Feld gebracht hatte. Sie saßen auf dem ausgebreiteten Heutuch, die Mutter und die Großmutter, Alinda, er selbst und Christian, ein Onkel mütterlicherseits, der ihnen alljährlich bei der Heuernte half. Es gab Speck, Käse, Brot und 'Favettas', die fingerdicken frittierten Gebäcke aus Mehl, Zucker und Eiern. Christian war ein lustiger Geselle, scherzte gerne und konnte aus dem harmlosen Stich einer Mücke eine Geschichte drehen, in der sich die Mücke als verwunschene Bäuerin erwies, die zehn Jahre lang als Insekt leben musste, bis sie ihre bösen Taten gesühnt hatte, die vom Versalzen der Suppe für ihren ungeliebten Ehemann bis zum Missachten des Fleischverbots an Karfreitag reichten. Sie lachten über seine verworrenen Fantastereien, langten kräftig zu und machten einen kurzen Mittagsschlaf, den Hut auf dem Gesicht, damit die Fliegen nicht störten. Der

Duft des frisch geschnittenen Grases stieg in die Nase und in die Ohren, selbst in die Poren der Haut und gab ein Gefühl der Zufriedenheit, trotz der vom Mähen und Rechen schmerzenden Arme und dem verspannten Rücken. In diesen Momenten hatte sich Florentin verbunden gefühlt mit den Vorfahren, die die gleichen Wiesen gemäht, die gleichen Heuballen gemacht, die gleichen schmerzenden Muskeln gedehnt, die gleichen friedlichen Mittagspausen genossen hatten. Und nun verbrachte er erstmals seit vielen Jahren den Sommer wieder auf dem Maiensäß.

Die Sonne wärmte Florentin den Rücken. Er zog den Kittel aus und steckte ihn unter die Plane des Leiterwagens. Weiter unten sah er Donat und Lavinia mit den Mädchen und Adam. Sie winkten zu ihm hoch und er erwiderte ihren Gruß. Schade, dass die Cadals den Sommer in einem anderen Maiensäßweiler verbrachten, das über eine Stunde von Zoina entfernt war. So konnten sie sich nur sonntags auf einen Schwatz besuchen.

Sein Blick schweifte über die dicht mit Blumen übersäten Wiesen. Miss Swan kam ihm in den Sinn, die weißhaarige, vornehme Engländerin mit den freundlichen Augen, die seit vielen Jahren Witwe war und schon im Hotel Seeblick logiert hatte, als ihr Mann noch gelebt hatte. Sie brachte von ihren Spaziergängen oft einen Strauß Blumen mit, solche mit winzigen violetten Trichtern und solche, die aussahen wie aufgefächerte Halbkugeln oder wie Bommeln einer Mütze, und fragte ihn nach den Namen. Er hat die meisten vergessen und das war ihm peinlich. Miss

Swan ging mit einem leichten Lächeln darüber hinweg, sagte, dass die Schönheit der Blumen wichtiger sei als ihre Namen und bat ihn um eine Vase. Sicher war sie schon im Hotel eingetroffen und hatte die Suite im obersten Stock bezogen. Würde sie sein Fehlen bemerken? Er hätte ihr gerne selbst erklärt, weshalb er nicht dort war. Vielleicht konnte er ihr einige Zeilen schreiben, auf englisch. 'I must help my sister because her husband died.' Und weiter? 'I will come back next year.' Würde er das? War er im nächsten Jahr wieder im Engadin? Oder in England? Bald musste er sich entscheiden. Susanne hatte geschrieben, dass die Stelle in Hastings vorübergehend mit dem Neffen des Direktors besetzt sei. Doch spätestens im November erwarte der Patron eine Antwort von ihm. Florentin seufzte.

Plötzlich hörte er das Brechen von Ästen und ein unflätiges Fluchen. Er blickte auf. Cornelius Beuter rutschte von der Böschung auf den Weg hinab und kam ungelenk auf den Beinen zu stehen, wenige Meter vor Florentin, ohne Hut, das rote Halsband um die Hand gebunden. Unsicher grinsend klopfte er sich die Erde vom Hosenboden.

«Was machst du hier?», fragte Florentin überrascht.

In den ersten Tagen nach Xavers Tod hatte sich Cornelius noch um dessen Tiere gekümmert. Als er erfahren hatte, dass Xaver ihm keinen einzigen Franken hinterlassen hatte, war er verschwunden. Die Bauern im Dorf hatten die Tiere versorgt, bis ein Viehhändler auf Geheiß von Jakob – Xavers Schwager, der Damian zu sich genommen hatte – gekommen war und das gesamte Vieh gekauft hatte.

Was also machte Cornelius hier auf halbem Weg zum Maiensäß?

«Ich habe noch etwas zu erledigen», sagte er und blickte Florentin seltsam an. «Oder vielleicht suche ich Arbeit. Wie auch immer. Auf jeden Fall brauche ich Geld.»

Florentin fragte nicht weiter, obwohl er sich auf Cornelius zusammenhanglose Worte keinen Reim machen konnte. Wie sonst sollte er Geld bekommen, wenn nicht durch Arbeit? Schweigend gingen sie zusammen weiter, ihr Tempo dem gemächlichen Gang von Trilpa angepasst. Der Geruch von Schweiß und ungewaschenen Kleidern stieg Florentin in die Nase. Er wechselte auf die andere Seite der Kuh und tat, als ob er dort Trilpas Joch besser festmachen müsste.

«Ich habe ihn gehasst», kam plötzlich aus Cornelius Mund. Florentin brauchte nicht zu fragen, wen er meinte.

«Er hat mich ausgenutzt und schikaniert. Hoffentlich hat er lange gelitten, bevor er gestorben ist.»

Der Hass in Cornelius Stimme erschreckte Florentin.

«Was soll nun aus mir werden? Ich habe keine Familie, keinen Hof, nichts. Keinen Rappen hat der Hundesohn mir vermacht. Nichts. Nicht mal seine Kleider.»

«Du kannst dich als Knecht verdingen.»

«Meinst du, ich will mein ganzes Leben als Knecht arbeiten? Bis der Rücken kaputt ist und man im Alter wieder fortgejagt wird? Ohne Geld, ohne Vermögen?»

«Es gibt ja jetzt diese neue Altersversicherung vom Staat. Wir haben gerade darüber abgestimmt. Die zahlt im

Alter eine Rente.»

«Das wird doch gar nicht funktionieren. Woher soll das Geld kommen? Nein, nein. Ich habe keine Lust mehr, für andere die Drecksarbeit zu machen. Für einen Hungerlohn. Ich gehe fort. In eine große Stadt. Da kann man viel Geld machen und muss sich nicht so abrackern wie hier in diesem verdammten Nest.»

Cornelius hatte einen dünnen Zweig aufgehoben, mit dem er den Blumen am Wegrand die Köpfe abschlug. Florentin wagte nicht zu fragen, weshalb er dann noch hier sei.

Die ersten Häuser von Zoina tauchten auf und Cornelius blieb stehen.

«Ich komme vielleicht mal bei euch vorbei.»

Ohne Gruß wandte er sich um und lief den Weg zurück. Florentin blickte ihm nach. Warum wollte er vorbeikommen? Arbeit würde er bei ihnen nicht bekommen. Außerdem hatte Cornelius ja gesagt, dass er fortgehen wolle. Was also hatte er vor? Nachdenklich ging Florentin weiter.

Die Hälfte der Häuser im Maiensäß waren schon bezogen, die Fenster weit geöffnet, um den letzten Rest Winter hinauszudrängen. Hühner eilten umher, die neue Umgebung erkundend und immer wieder hastig etwas vom Boden aufpickend. Hier hatten sie mehr Freiraum als in Nalda.

Alindas Haus lag dicht an der Straße, nur durch einen drei Meter breiten Grasstreifen von dieser getrennt. Es war in Nord-Süd-Richtung gebaut. Der zweistöckige gemauerte Wohntrakt war vor drei Jahren frisch gekalkt worden und hatte das Weiß immer noch gut halten können. Kleine Fenster mit einseitigen Fensterläden gingen auf die Straße hin, zwei aus dem oberen Stockwerk, eines unten neben der Haustüre. Weitere blickten an der Süd- und Ostfassade hinunter ins Tal. Die beiden aus Holz angebauten Ställe für das Kleinvieh und die Kühe und Rinder hatten einen eigenen Eingang, genauso wie in Nalda. Die Schlafzimmer lagen hier jedoch über dem Kleinviehstall und eine Tür führte im oberen Stockwerk direkt hinüber zum Heuboden. Florentin hatte immer gut geschlafen im Maiensäß. Vielleicht wegen der Strohsäcke, die sie hier noch benutzten, die nach Erde rochen und mit etwas Fantasie nach vertrockneten Blumen.

Auf der anderen Straßenseite stand der Dorfbrunnen. Er war etwa drei Meter lang und halb so breit. Es gab jeweils ein großes Gedränge, wenn das Vieh zum Saufen hergetrieben wurde. Der Erdboden war danach durchnässt und schlammig. Manchmal stellte Teresia einen alten Krug mit Blumen auf den Brunnenstock.

Der Geruch nach Gerstensuppe kam aus dem Haus. Alinda trat heraus.

«Das Mittagessen ist bereit. Wir essen zuerst und laden nachher in Ruhe ab.»

«Ich mache nur rasch Trilpa los und tränke sie. Danach komme ich.»

Florentin tätschelte die Kuh, dankte ihr für die gute Arbeit und löste ihr Joch. Dann ließ er die Katze und die Hühner frei. Das erleichterte Gegacker, der Duft der

Suppe, der Anblick des Hauses, in dem er viele schöne Stunden verbracht hatte, und die Aussicht auf die Sommerabende im Kreis der Familie, nachdem das Tagwerk getan war, stimmten ihn froh, fast schon glücklich. Doch mit dem Wort Glück war Florentin vorsichtig und sparsam: Glück war etwas Flüchtiges. Es ließ sich genauso wenig einfangen wie die Samen der Pusteblumen, die im Frühjahr durch die Luft schwebten. Wie diese fühlte sich Florentin in diesem Augenblick leicht und unbeschwert, doch genauso wie diese wusste er nicht, wohin ihn das Schicksal führte.

24

Alinda trat vor die Haustür und blinzelte in die Sonne. Der mittägliche Abwasch war erledigt. Zehn Minuten gönne ich mir, dachte sie, setzte sich auf die Holzbank, lehnte den Kopf an die Hausmauer und schloss die Augen. Sie verdrängte das Bild von Xavers drohend erhobener Faust durch die Gedanken an die bevorstehende Heuernte.

Plötzlich hörte sie ein abgehacktes Brummen und öffnete die Augen. Ignaz näherte sich, zögernd und unruhig um sich schauend, als ob er etwas suchte. Als er Alinda entdeckte, entspannte sich seine Miene. Seine Schritte wurden schneller und wirbelten kleine Staubwolken von der Straße auf. Alinda stand auf.

«Was machst du hier, Ignaz? Bist du ganz allein hierhergekommen?»

«Allein.»

«Weiß Schwester Alba, dass du hier bist?»

Er schüttelte so heftig den Kopf, dass Alinda befürchtete, dass ihm schwindlig würde.

«Schon gut, Ignaz», beruhigte sie ihn und zog ihn zur Tür. «Komm rein. Du hast sicher Hunger.»

Das Kopfschütteln ging in eifriges Nicken über. Ignaz setzte sich an den Küchentisch und verfolgte jede Bewegung von Alinda. Sie schnitt ihm ein Stück Käse und eine Scheibe Brot ab. Beides verschlang er, als ob er seit Tagen nichts mehr gegessen hätte und als sie ihn fragte, ob er noch mehr wolle, nickte er wieder und verdrückte das zweite Stück Brot ebenso rasch. Dann griff er zur Kaffeetasse und trank sie aus, glucksend und ohne einmal abzusetzen.

«Ich muss los, Ignaz. Teresia und Florentin sind auf den Wiesen bei der Arbeit. Ich muss ihnen helfen. Und du musst wieder hinunter ins Dorf. Die Schwestern werden dich vermissen.»

Ignaz verzerrte das Gesicht.

«Nein, nein, nein», rief er und presste die Fäuste an die Schläfen. Die Ärmel des verwaschenen Hemdes rutschten hinunter und entblößten die dünnen, bleichen Arme. Alinda war ratlos. Was war nur mit ihm los?

«Ist gut, Ignaz. Komm, beruhige dich. Du darfst eine Weile hierbleiben», sagte sie.

Langsam wurde das Kopfschütteln schwächer, bis es ganz aufhörte und Ignaz nur noch unverständlich vor sich hinmurmelte. Alinda verstand nur einzelne Worte wie 'böse' oder 'beschützen'. Irgendetwas schien ihn zu belasten. Seine Augen huschten irrend umher. Nur wenn er Alinda ansah, hielten sie Sekundenbruchteile inne. Wie dumm, dass sie den Grund seines Kummers nicht erkennen und er sich nicht erklären konnte.

«Du kannst mitkommen und uns helfen. Aber gegen Abend gehst du wieder nach Hause, gell?»

Es kam ihr eigenartig vor, 'nach Hause' zu sagen. Konnte das Armenhaus ein Zuhause sein? Die grauhaarige Schwester Alba mit den gütigen braunen Augen war schon viele Jahre Leiterin. Alle drei, vier Jahre wurde ihr eine andere junge Helferin vom Mutterhaus zur Seite gestellt. Derzeit war es Irena, die in den zwei Jahren, die sie im Armenhaus verbracht hatte, ihre Fröhlichkeit etwas verloren hatte, aber immer noch oft mit den Kindern sang und mit ihnen zusammen kochte. Die beiden bemühten sich redlich, den Waisen möglichst viel Liebe zu geben, den greisen Sepp, der schon lange keine Zähne mehr hatte und sich das Lebensende herbeisehnte, zu trösten und Sofia, die derzeit mit ihren drei kleinen Kindern dort lebte, weil ihr Mann alles Geld für Alkohol ausgegeben und im Frühjahr gestorben war, zu ermutigen, die Hoffnung auf ein neues Leben nicht aufzugeben. Doch sie mussten mit knappen Mitteln auskommen und das Zusammenleben war schwierig. Leid, Trauer, Enttäuschung, Resignation und Hoffnungslosigkeit kamen zusammen und brodelten wie in einem Hexentopf.

Alinda blickte Ignaz mitleidig an. Sie selbst war vorerst sicher vor dem Armenhaus und vor Bevormundung. Das verdankte sie Florentins Hilfe. Ein Mann im Haus beruhigte die Behörden. Zudem erleichterte ihr Xavers Tod das Leben, das musste sie sich eingestehen. Doch die Frage, weshalb er gestorben war und woher er die Kopfwunde hatte, trieb sie Tag und Nacht um.

Ignaz blieb den ganzen Nachmittag in Alindas Nähe. Manchmal setzte er sich auf einen der Steinhaufen, die sie neben der Wiese aufgeschichtet hatten, nahm einen Stein und schlug ihn gegen die anderen. Es klang hart und einsam. Manchmal half er richtig mit und trug die Stauden, die Florentin mit einer Sichel abgeschnitten hatte, zusammen. Manchmal starrte er minutenlang vor sich hin, als ob er etwas überlege, oder malte Formen und Zeichen in die Luft. Manchmal zerquetschte er Ameisen.

Als vom Tal hinauf vier Glockenschläge ertönten, ging Alinda zu ihm hin.

«Du musst jetzt zurück nach Nalda gehen», sagte sie mit sanfter Stimme.

Ignaz schreckte auf, seine Augen weiteten sich verängstigt. Er sprang auf, schlang die Arme um seinen Oberkörper und schüttelte den Kopf. Plötzlich packte er einen handgroßen Stein und warf ihn ungelenk weg, knapp an Teresia vorbei. Sie wollte losschimpfen, doch Alinda hielt sie mit einem strengen Blick davon ab. Ignaz hatte es nicht absichtlich getan.

«Was hat er bloß?» fragte Teresia. «Er ist noch komischer als sonst.»

«Ich weiß es auch nicht. Irgendetwas hat er auf dem Herzen, der arme Kerl. Doch jetzt muss er gehen. Sonst sorgen sie sich im Armenhaus und suchen ihn. Wenn sie das nicht bereits machen.»

Behutsam sprach Alinda auf Ignaz ein. Doch erst als sie ihm versprach, dass er wiederkommen dürfe, ließ das Wippen seines Oberkörpers nach und sein Atem wurde ruhiger. Sie begleitete ihn ein kurzes Stück den Weg hinab, bis er endlich alleine weiterging, sich immer wieder nach Alinda umdrehend. Sie winkte ihm jedes Mal zu, bis er hinter der nächsten Wegbiegung verschwunden war. Alinda nahm sich vor, anfangs Juli, wenn sie für einige Tage zum Mähen der Dorfwiesen zurück nach Nalda gingen, Ignaz zu besuchen und mit Schwester Alba zu reden. Vielleicht wusste sie, weshalb Ignaz so unruhig und ängstlich war.

Wenig später kam Rätus angerannt.

«Wer passt auf das Vieh auf?», fragte Alina.

«Richard ist dort. Hast du noch ein paar Favettas? Ich habe Hunger.»

Richard war ein Schulkamerad von Rätus. Die beiden hüteten auf dem Maiensäß die Kühe und Rinder der beiden Familien, bis die Tiere Ende Juni auf die Alp kamen. Doch manchmal vergaßen sie sich im Spielen und merkten nicht, dass ein Tier auf die Wiese des Nachbarn ging. Richards Vater hatte ihnen dafür auch schon Ohrfeigen gegeben.

Alinda verneinte Rätus‘ Frage und er setzte sich murrend auf den Steinhaufen, auf dem kurz vorher Ignaz gesessen war.

«Du kannst uns helfen, wenn du nichts zu tun hast», sagte Teresia. «Herumsitzen gibt es nicht.»

«Schon gut. Dann gehe ich wieder.»

Rätus erhob sich, blieb aber unerwartet stehen.

«Seht», rief er und zeigte zum Feldweg hinüber. «Herrschaften kommen.»

Ein Ehepaar und ein etwa achtzehnjähriges Mädchen spazierten heran. Die Frau, die sich bei ihrem Mann eingehakt hatte, trug eine weiße Bluse mit Rüschen am Kragen und einen blauen Rock, der bis zu den Knöcheln reichte. Der Gurt betonte ihre schmale Taille. Ein heller Strohhut bedeckte ihren Kopf. Sie hatte sich einen blassrosafarbenen Sonnenschirm unter den Arm geklemmt. Der schwarzweiß karierte Rock des Mädchens reichte bis knapp zu den Knien und schwang bei jeder Bewegung hin und her. Sie hatte die Ärmel des enganliegenden gelben Strickpullovers hochgeschoben, wie wenn ihr zu warm wäre, und winkte ihnen zu.

«Ist das schön», entfuhr es Teresia. Alinda nahm an, dass sie die Kleidung des Mädchens meinte.

«How are you», sagte die Dame, als sie in Hörweite waren. Sie war ganz offensichtlich die Mutter des Mädchens. Beide waren blond und hatten ein rundes Gesicht mit Sommersprossen.

«Padroin, sie reden Englisch. Sag auch was!», rief Rätus.

Florentin murrte abweisend. Er wollte nicht mit seinen Sprachkenntnissen prahlen.

«Bitte, bitte», insistierte Rätus. «Nur einige Worte.»

«It's a wonderful day», sagte Florentin endlich.

Es war seltsam, nach fast einem halben Jahr wieder Englisch zu reden. Wie die Rückkehr in eine fast schon vergessene Welt. Die drei blieben überrascht stehen und musterten die Familie genauer. Florentin kam sich armselig vor in seinen schweren schwarzen Hosen mit den Hosenträgern, dem groben Hemd, das unter den Armen und am Rücken nass von Schweiß war, und den klobigen Schuhen. Alinda war etwa so alt wie die Dame, aber im dunklen Kleid und mit dem Kopftuch und ihrem braunen Teint, der erste Falten unbarmherzig aufzeigte, erschien sie älter. Wenn Teresias schwarzes Kleid aus feinerem Stoff wäre und sie keine dicken Strümpfe trüge, sähe sie als einzige von ihnen auch ein wenig elegant aus, dachte Florentin.

«Oh, do you speak english? How nice. Where did you learn it?», fragte die Dame und spannte ihren Schirm auf.

«I worked in a hotel in St. Moritz and learned there a little bit», antwortete Florentin. Er fühlte Rätus' bewundernden Blick.

«This is my sister and her children», fuhr er fort und zeigte auf Alinda und die Kinder.

«How nice», sagte die Engländerin wieder und lächelte. Sie trug Lippenstift, der die Farbe von roten Johannisbeeren hatte.

Der Mann zog sein Sakko aus und hängte es sich über die Schulter. Das breite goldfarbene Hutband mit der Schleife, die von einem kleinen metallenen Plättchen festgehalten wurde, glänzte in der Sonne.

«It's hot today, isn't it?», fragte er mit tiefem Bass.

«Yes», antwortete Florentin. «Are you here for holidays?»

Er ärgerte sich über seine Frage, kaum dass er sie gestellt hatte. Was sonst sollten sie hier machen?

«Yes. We spend a few days in Crapa. It's a lovely place

with lovely people.»

Er sagte 'Creipa'.

«So have a good time and enjoy your holidays», sagte Florentin und hoffte, dass die Herrschaften nun weitergingen. Er wollte das Gespräch beenden, denn er musste tief in seinem Kopf suchen, um die englischen Ausdrücke hervorzukramen. Wie schnell man doch die Wörter vergaß, wenn man sie nicht mehr benutzte. Er hatte das Gefühl, dass er sie alle im Engadin gelassen hatte.

«Thank you and have a nice day!», rief die Dame. Sie schien zu spüren, dass Florentin nun weiterarbeiten wollte, und zog ihren Mann vorwärts. Das Mädchen winkte im Weitergehen Teresia zu, die kurz die Finger hob, und ihr lange nachblickte.

«Ich will auch Englisch lernen. Dann kann ich nach England reisen», sagte Rätus laut. Florentin musterte das strahlende Gesicht. Wenn der Junge wüsste, dass sein Onkel so nah dran war, genau das zu machen.

«Geh jetzt zurück zu den Kühen. Es ist bald Zeit, sie in den Stall zu bringen. Du kannst mir nachher beim Melken helfen», sagte er.

Rätus rannte davon. Nachdenklich sah ihm Florentin nach. Wenn er selbst es nicht nach England schaffte, würde es vielleicht seinem Neffen gelingen. Er nahm die Sichel und ging zur Böschung hinüber, wo die letzten Büsche abzuschneiden waren. Heute Abend würde er wieder mal in «Robinson Crusoe» lesen und zwei oder drei neue englische Wörter lernen.

25

Am nächsten Nachmittag zogen schwarze Wolken auf. Florentin war mit anderen Bauern unterwegs, um die Feldwege auszubessern. Rätus und Teresia hüteten das Vieh. Alinda saß in der Stube und flickte Socken. Vor dem Haus hingen die Hemden von Florentin und Rätus, die sie am Morgen gewaschen hatte. Gerade als sie die Flickarbeit zur Seite legen und nach draußen gehen wollte, um die Wäsche vor dem Regen abzuhängen, hörte sie, dass die Haustüre ging. Unbekannte Schritte näherten sich durch den Flur und blieben vor der Stubentür stehen. Sie blickte auf, neugierig und beunruhigt zugleich. Es klopfte, doch bevor sie etwas sagen konnte, öffnete sich die Tür. Cornelius trat ein, ein plumpes Lächeln auf den Lippen. Überrascht ließ Alinda die Socke mit der Strumpfkugel sinken.

«Was willst du hier?», fragte sie.

In fettigen Strähnen fiel Cornelius das Haar bis zu den Schultern. Wilde Bartstoppeln ließen ihn wie einen Räuber aussehen. Das rote Halstuch war um den rechten Oberarm gebunden und verbarg halbwegs einen fingerlangen Riss im Stoff. Ein unangenehmer Geruch ging von Cornelius aus. Wie konnte man nur so ungepflegt herumlaufen, dachte Alinda und musste sich zwingen, nicht die Nase zu rümpfen.

«Was willst du?», wiederholte sie ungeduldig, als er

nichts sagte. Sie bat ihn nicht, sich zu setzen. Cornelius nahm sich trotzdem einen Stuhl.

«Ich wollte mal nachfragen, wie es dir geht. Xaver ist ja schon seit einigen Wochen tot, nicht wahr? Seit sechs, um genau zu sein.»

Alindas Atem stockte.

«Mir geht es gut», sagte sie zögernd.

Cornelius wartete, als hoffte er, dass sie ihn das Gleiche fragen würde. Doch die Frage kam nicht.

«Mir geht es nicht so gut», hob er endlich an. «Niemand gibt mir Arbeit. Ich habe kein Geld mehr. Wie auch, bei diesem schäbigen Lohn, den mir mein geliebter Schwager gezahlt hat.»

Sein Tonfall war mit jedem Satz gehässiger geworden. Er spuckte die Worte 'schäbig' und 'geliebter' aus, als ob es verschimmelte Fleischstücke wären.

«Xavers Unfall, das war schon viel Pech, nicht wahr? Einfach so vom Weg abzustürzen. Ich frage mich immer und immer wieder, wie das nur passieren konnte.»

Mit einem dumpfen Poltern fiel die Socke mit der Strumpfkugel zu Boden. Beide zuckten zusammen. Dann redete Cornelius weiter:

«Aber vielleicht war er ja gar nicht alleine. Vielleicht war jemand da, der ihn gestoßen hat. Könnte ja sein, oder nicht?»

«Ich ... weiß es nicht», stotterte Alinda. Sie nahm kaum wahr, dass sich ihre Handflächen gegeneinander rieben.

Ohne den Blick von Alinda zu lassen, griff Cornelius in seine Jackentasche und holte eine kleine, schmale Schachtel hervor. Das ursprüngliche helle Braun des Kartons war von schmutzigen Fingerabdrücken dunkel und fleckig geworden.

«Ich habe etwas gefunden, damals, als ich nach dem Viehmarkt von Castell nach Hause gegangen bin. Ganz zufällig. Es hat so geblitzt in der Sonne, dass ich zuerst dachte, es sei ein Kristall. Aber einen Kristall mitten auf dem Weg, das gibt es nicht. Da sah ich, dass es eine Halskette war mit einer Brosche dran. Ich habe sie aufgenommen. Es ist eine schöne Brosche und eine schöne Kette. Wem mag die gehören? habe ich mich gefragt. Dann habe ich die Brosche geöffnet und darin das Bild von zwei Kindern gefunden.»

Er öffnete die Schachtel langsam und hielt sie Alinda hin. Angewidert zuckte sie zurück, als sie neben dem Medaillon, das Cornelius irrtümlich als Brosche bezeichnet hatte und das sie sofort erkannte, einen länglichen grauen Gegenstand sah, der wie ein Stück vertrocknete Blindschleiche aussah. Das musste der abgeschnittene Finger von Cornelius sein.

«Es sind hübsche Kinder. Ein Mädchen und ein Junge. Ich habe sie sofort erkannt, auch wenn sie auf dem Foto noch klein sind. Es sind deine Kinder, Alinda. Rätus und Teresia.»

Alinda schlug die Hände vor den Mund. Ekel und Wut, dass ihr geliebtes Medaillon neben diesem schrecklichen Finger liegen musste, stiegen in ihr hoch. Aber noch stärker war die Verzweiflung darüber, dass Cornelius ihr Geheimnis entdeckt hatte. Das war Gottes Strafe. Sie hätte wissen müssen, dass das Ganze nicht einfach so vorbei war, nur weil sie gebeichtet hatte.

«Ich habe mich gefragt, warum die Brosche am Boden liegt und ob noch mehr Sachen da rumliegen. Dann habe ich mich umgeschaut und gesehen, dass am Wegrand die Erde abgebröckelt ist. Ich ging hin und sah Xaver, der dort unter dem Weg lag und keinen Mucks machte. Das Bein war komisch verdreht. Ich habe gerufen: He, Xaver, was machst du da unten. Bist du verletzt? Doch er hat nicht geantwortet. Da bin ich hinuntergestiegen, es war schwierig. Fast bin ich selbst ausgerutscht und abgestürzt. Doch dann war ich bei ihm. Er hat sich nicht bewegt. Sein Kopf war voller Blut. Ich habe ihn angestoßen, doch er hat nicht reagiert. Da habe ich gewusst, dass er tot ist. Ich bin wieder hochgestiegen und nach Hause gegangen. Sollen ihn andere finden, habe ich mir gedacht. Ich habe schon genug Ärger gehabt im Leben. Und da er tot ist, spielt es auch keine Rolle, wenn man ihn später findet. Tot ist tot.»

Er hielt inne, als müsste er sich von seiner ungewohnt langen Rede erholen. Alinda hatte ihr Gesicht in den Händen versteckt, wie wenn sie sich vor Cornelius' Worten schützen wollte.

«Johannes und Rudolf haben ihn gefunden und die Polizei gerufen. Dann – es war schon spätnachts – haben sie seine Leiche nach Hause gebracht. Ich habe natürlich nicht gesagt, dass ich schon von seinem Tod wusste, sondern so getan, als ob ich völlig überrascht sei. Am nächsten Morgen habe ich dann allen im Dorf von dem Unglück erzählt. Euch natürlich als erstes.»

Regentropfen schlugen an die Fenster und durchlöcherten das Schweigen. Nach einer Weile fuhr Cornelius fort:

«Ich habe mir gedacht, dass es nichts bringt, wenn ich dem Polizisten die Brosche zeige. Es macht Xaver nicht wieder lebendig. Und ich bin froh, dass er tot ist, dieser miese Saukerl. Aber nun habe ich keine Arbeit mehr. Ich brauche Geld, um zu überleben. Und da dachte ich, dass du mir vielleicht helfen könntest.»

Er schwieg und schloss das Kästchen.

«Du kannst nicht beweisen, dass du das Medaillon dort gefunden hast.»

«Ja, das stimmt. Aber ich werde es schwören bei Gott und der Heiligen Maria und bei meinen Eltern. Denn es ist die Wahrheit. Aber sogar, wenn sie mir nicht glauben, wird ein Verdacht haften bleiben. Das ganze Dorf weiß doch, wie Xaver hinter dir her war. Die Polizei wird Fragen stellen und du wirst nicht lügen können. Du kannst niemals lügen, Alinda. Dazu bist du viel zu rechtschaffen.»

Alinda wusste, dass er recht hatte, teilweise zumindest. Sie konnte ihn als Erpresser anzeigen und seine Behauptung, dass er das Medaillon an der Absturzstelle gefunden hatte, abstreiten. Denn für das Wohl der Familie würde sie lügen, da irrte sich Cornelius. Oder sie würde endlich erklären, wie sich alles zugetragen hatte, dass Xaver sie bedroht hatte und sein Absturz ein Unfall gewesen war. Doch dann würde die Frage kommen, weshalb sie das alles nicht schon früher berichtet und keine Hilfe für Xaver geholt hatte. Auch wenn einige – vielleicht sogar die meisten – im Dorf ihr glauben würden, Zweifel würden bleiben. Sie profitierte von Xavers Tod, das war offensichtlich. Und sie konnte nicht beweisen, dass er noch gelebt hatte. Die Polizei würde sie verhören, die Behörden sich fragen, ob es den Kindern gut ginge bei einer Mutter, die vielleicht irgendetwas mit dem Tod des Gemeindepräsidenten zu tun hatte. Nein, für die Wahrheit war es zu spät.

Alinda ließ die Hände sinken.

«Weshalb kommst du erst jetzt?»

«Ich habe dich nie alleine angetroffen. Ständig war jemand in der Nähe. Florentin oder Teresia oder Rätus. Oder sonst wer.»

«Wie viel willst du?», fragte sie tonlos. Es war klar, dass Cornelius unter dem Wort Hilfe Geld verstand.

«Ich weiß nicht recht. Ich brauche Geld, um mir eine neue Existenz aufzubauen. Vielleicht tausend Franken?»

Er wich ihrem entsetzten Blick aus. Tausend Franken? Das war ein Großteil des Geldes, das sie für den Verkauf des Rindes in Castell bekommen hatte. Sie würde noch ein Tier verkaufen müssen, selbst wenn sie noch so eisern sparten.

«Wenn ich dir das Geld gebe, wirst du das Dorf verlassen und nie mehr zurückkommen?» Ihre Stimme klang weinerlich.

«Du kannst mir glauben, Alinda. In diesem Dorf hält mich nichts mehr.»

«Aber wie kann ich sicher sein, dass du nicht immer wieder kommst und mehr Geld willst?»

Cornelius nickte bedächtig, seine Mundwinkel zuckten.

«Ich habe ja dann die Brosche nicht mehr.»

Ungewohnte Hassgefühle stiegen in Alinda hoch. Aber nicht nur auf Cornelius, diesen an Leib und Seele schmutzigen Menschen. Auch auf Xaver, der böse und berechnend gewesen war und sie in diese schreckliche Lage gebracht hatte, mehr noch als der in seinem eigenen Elend gefangene Cornelius. Sie beobachtete das Zittern ihrer Hände, als ob es nicht ihre eigenen wären.

«Verschwinde Cornelius. Ich kann dich nicht mehr sehen.»

Er erhob sich hastig, als er die Trauer und Wut in Alindas Stimme hörte.

«Ich komme in drei Tagen wieder», sagte er und stieß die Stubentür auf, die nur angelehnt war. Sein überraschtes Schnauben ließ Alinda aufblicken. Florentin stand da, seine Miene war starr wie eine Holzmaske, das helle Blau seiner Augen kalt wie ein zugefrorener See. Er ließ Cornelius vorbei, der sich ängstlich an ihm vorbeischob und wie ein gehetztes Kaninchen davoneilte.

Alinda starrte Florentin an. Hatte er alles gehört? Würde er ihr glauben? Er erwiderte ihren Blick, doch die Härte in seinen Augen war verschwunden. Schwer setzte er sich auf einen Stuhl – nicht in denjenigen, den Cornelius genommen hatte – und seufzte. Alindas Augen wurden feucht. Warum nur hatte sie ihm nicht früher schon alles erzählt?

«Ist das alles wahr, was er gesagt hat, Alinda?»

«Ja, es stimmt, Florentin. Ich war da, als Xaver abgestürzt ist. Er war betrunken und wollte mich küssen. Mehr als das. Er ist immer zudringlicher geworden. Er hat mich auf den Boden geworfen und mich gewürgt. Ich dachte, dass ich sterben müsste. Als ich mich gewehrt habe, ist er irgendwie über die Böschung heruntergefallen. Aber ich schwöre dir, Florentin, er hat gelebt, als ich ihn verlassen habe. Er hat geschrien und getobt, dass er sich das Bein gebrochen habe und ich ihm das büßen werde. Ich war in Panik und bin davongerannt. Ich wusste nicht, was tun und hatte solche Angst, dass man mir die Kinder wegnehmen würde. Ohne meine Kinder will ich nicht mehr leben, Florentin.»

Florentin schwieg, dann stand er auf, setzte sich neben Alinda und ergriff ihre Hand.

«Ich glaube dir, Alinda.»

Da konnte sie die Tränen nicht mehr zurückhalten. Sie verbarg ihr Gesicht an seiner Schulter und schluchzte hemmungslos, als die Last ihres Geheimnisses endlich von ihr fiel. In diesem Moment waren sich die Geschwister so nahe wie noch nie. Näher als früher, als sie Kinder gewesen waren und sich gegenseitig darüber getröstet hatten, dass sie keinen Vater gehabt hatten. Florentin strich Alinda ungelenk übers Haar. Seine Zurückhaltung ließ sie trotz der Tränen lächeln. Er war es nicht gewohnt, einem geliebten Menschen nah zu sein. Rasch löste sich Alinda von ihm. Der Gefühlsausbruch war ihr peinlich. Sie holte ihr Taschentuch hervor, trocknete ihre Tränen und schnäuzte sich heftig.

«Was soll ich jetzt machen, Florentin?»

Florentin räusperte sich, als ob er heiser wäre. Erst jetzt bemerkte Alinda, dass seine Hosenbeine nass vom Regen waren.

«Lass mich machen», sagte er nach einer Weile. «Ich werde mit Cornelius reden. Er muss verschwinden. Sonst haben wir nie Ruhe.»

Alinda blickte ihren Bruder ängstlich an. Was hatte er vor? Was meinte er mit 'verschwinden'?

Da hörte sie von draußen die Stimmen von Rätus und Teresia.

«Doch nun reiß dich zusammen. Die Kinder kommen», sagte Florentin rasch.

Alinda nickte und schnäuzte sich noch einmal. Sie sah Florentins breitem Rücken nach, als er die Stube verließ.

«Danke», flüsterte sie ihm nach, so leise, dass er es nicht hören konnte.

26

Mit kraftvollen Bewegungen schleuderte Rätus Holzstöcke, die so dick und lang waren wie sein Unterarm und die er an einem Ende zugespitzt hatte, in die Erde und jauchzte jedes Mal auf, wenn einer kerzengerade stecken blieb. Noch besser war es, wenn er mit einem Stock einen anderen, der bereits feststeckte, zu Boden schlagen konnte. Teresia stöberte in der Zeitung, die Florentin ihr nach einem raschen Durchblättern gegeben hatte. Es war ihm nicht gelungen, irgendetwas von dem Geschriebenen aufzunehmen. Zu sehr war er in Gedanken mit Cornelius beschäftigt. Dieser war am Nachmittag wie angekündigt erschienen. Sein selbstsicheres Lächeln war schlagartig einem angstvollen Ausdruck gewichen, als er Alinda in Begleitung ihres Bruders angetroffen hatte. Florentin hatte seine Schwester gebeten, ihn und Cornelius allein zu lassen. Zu Florentins Überraschung war Alinda ohne Widerrede gegangen, als ob sie froh darüber wäre, ihm die Angelegenheit überlassen zu können.

Am Morgen hatte es kurz geregnet, wie so oft in den letzten drei Tagen. Gegen Abend waren die Wolken endgültig verschwunden. Vor einer halben Stunde war die Sonne untergegangen. Aus dem Stall kam hin und wieder ein schläfriges Muhen, Meckern oder Gackern. Vom Haus nebenan drangen Stimmen herüber. Auch die Nachbarn hielten sich draußen auf.

Alinda saß neben ihrer Tochter auf der Bank und schaute Rätus zu. Ihre Finger zupften unablässig an der Wolljacke, die sie sich über die Schultern gelegt hatte. Immer wieder warf sie einen fragenden Blick zu Florentin, der auf der untersten Treppenstufe vor dem Hauseingang hockte. Doch sie musste sich gedulden, bis die Kinder im Bett waren. Erst dann konnte er von seiner Begegnung mit Cornelius erzählen.

«Hier steht, dass die Lehrzeit für den Bürodienst bei der Post zehn Monate dauert», sagte Teresia unvermittelt und zeigte mit dem Finger auf ein Inserat. «Sie beginnt im Mai, gleich nach der Schule.»

Florentin schrak auf, wie wenn er aus tiefem Schlaf geweckt worden wäre. Er brauchte einige Sekunden, bis er Teresias Worte aufgenommen hatte. Natürlich, Teresia musste sich langsam Gedanken machen, was sie einmal werden wollte. Im nächsten Frühjahr war ihre obligatorische Schulzeit zu Ende.

«Das wäre sicher eine gute Ausbildung», sagte er und mühte sich ein aufmunterndes Lächeln ab.

Wie gerne hätte er in seiner Jugend eine Handelsschule besucht und Buchhaltung, kaufmännisches Rechnen und Briefeschreiben in korrektem Deutsch gelernt, vor allem aber Englisch und Französisch. Alle Wege wären ihm offen gestanden: eine Anstellung in einem Finanzbüro oder in der Administration einer Hotelkette mit Filialen in London, Berlin oder Paris. Sein Leben wäre ganz anders verlaufen.

Teresia blätterte weiter und blieb an einem anderen Inserat hängen.

«An der Frauenschule beginnt jeweils im April das Haushaltlehrjahr. Dort lernt man kochen und nähen und auch, wie man mit Geld umgeht. Obwohl: Kochen kann ich ja schon. Was meinst du, Mama?»

«Am besten ist es, wenn du etwas lernst, das dir später, wenn du Familie hast, nützlich ist», sagte Alinda.

Fast hätte ihr Florentin widersprochen. Die Kinder sollten doch etwas lernen, was ihnen Freude machte. Das Leben war doppelt schwer, wenn man eine Arbeit hatte, die so gar nicht zu einem passte.

«Also am liebsten würde ich Floristin lernen.»

Teresia faltete die Zeitung zusammen und legte sie neben sich auf die Bank.

«Was macht eine Floristin?», fragte Rätus und setzte sich vor sie ins Gras.

«Blumensträuße für Kirchen und Hochzeiten oder auch für große Hotels.»

«Jeder kann doch Blumen auf der Wiese holen und sie in eine Vase stellen. Das ist doch ganz leicht. Warum braucht man dazu eine Ausbildung? Also ich werde Lehrer, wie Papa.»

«Floristin zu sein hilft dir wenig, wenn du Ehefrau und Mutter bist, Teresia», sagte Alinda. «Eine Haushaltschule ist sicher besser.»

Teresias Gesicht bekam einen trotzigen Ausdruck, doch sie schwieg. Rätus nahm das Spiel mit den Stöcken wieder auf.

«Du kannst so gut mit Kindern umgehen, Teresia», sagte Florentin nach einer Weile zögernd. «Lavinias Mädchen lieben dich. Mach doch was in diese Richtung. Du könntest in einem Kindergarten arbeiten oder auch mal bei reichen Leuten, die sich ein eigenes Kindermädchen leisten können.»

Solche Familien gab es auch im Hotel in St. Moritz. Die Kindermädchen trugen gute Kleider, nicht so schöne wie die Herrschaften, aber bessere als die Mädchen in Nalda. Teresias Miene hellte sich auf.

«Außerdem ...», fuhr Florentin mit einem Blick zu seiner Schwester fort, «... nützt dir das, wenn du später selbst Kinder hast.»

Alinda nickte langsam.

«Ja, Kindergärtnerin ist auch gut», sagte sie. «Aber ich glaube, man kann die Ausbildung erst mit achtzehn beginnen. Bis dahin kannst du uns noch auf dem Hof helfen.»

Schlagartig änderte sich der Ausdruck in Teresias Gesicht wieder. Mit einer wilden Kopfbewegung warf sie die Zöpfe nach hinten.

«Ich möchte fort von hier. Gleich nach der Schule. Ich will nicht noch zwei Jahre hierbleiben.»

Ihre Worte hatten ungewohnt harsch geklungen. Teresia merkte es sofort und schaute erschrocken ihre Mutter an.

«Ich mein' das nicht böse, Mama. Aber Nalda ist so klein und langweilig. Ich will neue Menschen kennenlernen, Geld verdienen und mir Nylonstrümpfe und schöne

Schuhe kaufen oder auch mal ins Kino gehen können», sagte sie rasch, als ob sie befürchtete, dass sie der Mut zu diesem Eingeständnis verlassen könnte.

«Kindergärtnerin würde mir gefallen, Mama. Aber ich könnte vorher ein oder zwei Jahre bei einer Familie im Welschland die Kinder hüten und im Haushalt helfen und dabei Französisch lernen. Das machen heute viele Mädchen.»

Und Adam sehen, wann immer ich will, fügte Florentin in Gedanken hinzu. Adam wollte nach dem Gymnasium in Freiburg studieren, in der französischsprachigen Schweiz, dem Welschland.

Mit zusammengepressten Lippen ertrug Teresia den Blick ihrer Mutter, die sie nachdenklich betrachtete, als ob ihr erst jetzt bewusst wurde, dass ihr kleines Mädchen eine junge Frau geworden war.

«Ich werde es mir überlegen», sagte Alinda endlich. «Wir müssen das nicht heute Abend entscheiden. Doch nun geht ihr beide zu Bett. Es ist sicher schon fast zehn.»

Teresia erhob sich rasch und ohne Widerrede, wünschte eine gute Nacht und zog den murrenden Rätus mit sich.

«Wenn ich groß bin, geh ich nach Amerika. Mit dem Flugzeug», sagte der Junge, als sie schon im Haus waren.

Florentin zuckte zusammen. Amerika. Das war heute schon einmal ein Thema gewesen. Mit Cornelius.

«Du weißt ja gar nicht, wo Amerika ist», hörte er Teresias Antwort.

«Natürlich weiß ich das. Dort sind die Indianer und

die größten Wolkenkratzer der Welt.»

Florentin und Alinda blieben schweigend sitzen. Erst als nur noch schwach die Stimmen der Kinder aus dem Schlafzimmer kamen, begann Florentin leise zu berichten.

«Ich habe Cornelius das Geld gegeben. Dafür hat er mir versprochen, dass er schon morgen fortgehen wird aus Nalda.» Er zögerte und holte tief Luft, wie wenn er Kraft brauchte für die nächsten Worte.

«Weit fort. Nach Amerika.»

«Und darauf ist er eingegangen?»

«Ja. Er hat gesagt, dass er sich das auch schon überlegt habe. In Amerika könne man alles erreichen, was man wolle. Die Menschen seien nicht so engstirnig wie hier. Er habe sogar Verwandte dort, die vor zehn Jahren ausgewandert und jetzt sehr reich seien. Ein Cousin, glaube ich. Aber ich habe nicht weiter gefragt. Das ist mir auch egal.»

«Und wenn er nicht geht? Oder wieder zurückkommt?»

Florentin schwieg. Er hatte Cornelius mit dem Schlimmsten, dem Allerschlimmsten gedroht, falls er je wieder in Nalda auftauche. Noch jetzt stand ihm sein entsetztes Gesicht vor Augen, als er ihm gesagt hatte, dass er für Alindas Familie sogar ins Gefängnis gehen würde. Ob er wirklich zu einer solchen Tat fähig wäre – er wagte nicht einmal das Wort dazu zu denken – wusste er nicht. Er konnte nur hoffen, dass er niemals vor dieser Entscheidung stehen würde. Doch Cornelius schien es ihm zuzutrauen. Das war das Entscheidende. Aber das alles konnte er Alinda nicht erzählen.

«Er wird nicht wiederkommen. Das verspreche ich dir», sagte er und legte alle Festigkeit in seine Stimme, die er aufbringen konnte.

Alindas Augen schienen jeden Zentimeter seines Gesichts abzutasten, als ob sie herausfinden wollte, weshalb er sich so sicher sei.

«Geht … es ihm … gut?», fragte sie zögernd. Erst jetzt realisierte Florentin, dass Alinda vielleicht befürchtete, dass er Cornelius etwas angetan haben könnte.

«Ja.»

Er mühte sich ein Lächeln ab, doch der sorgenvolle Ausdruck in ihrem Gesicht verschwand nicht völlig. Aber sie fragte nicht weiter. Umständlich klaubte er etwas aus seiner Westentasche und hielt es Alinda hin. Es war ihr Medaillon. Nach kurzem Zögern verschloss sie es rasch in ihrer Faust.

«Ich gebe dir das Geld zurück, sobald ich kann», sagte sie.

«Es eilt nicht», sagte er. «Es kann auch erst nächstes oder übernächstes Jahr sein.»

Wenn es nach ihm ginge, müsste sie es überhaupt nie zurückzahlen. Doch dazu war Alinda zu stolz, das wusste er. Ihre Augen hatten einen feuchten Schimmer bekommen. Sie erhob sich.

«Ich danke dir, Florentin», sagte sie und blieb vor ihm stehen, als ob sie ihn umarmen wollte. Doch dann wünschte sie ihm leise eine gute Nacht und ging ins Haus.

Florentin seufzte. Er war müde, im Kopf und im Herzen. Doch er würde heute Nacht nicht schlafen können.

Auch morgen und übermorgen nicht. Zu aufreibend waren die letzten Tage für ihn gewesen. Das Gespräch mit Cornelius und seine Drohung an Leib und Leben waren fast über seine Kräfte gegangen. Doch noch etwas ließ ihm keine Ruhe. Cornelius hatte geschworen, dass Xaver tot gewesen war, als er ihn gefunden hatte. Nach Alindas Bericht hatte er noch gelebt, als sie davongerannt war. Wenn beide die Wahrheit sagten – und daran zweifelte Florentin nicht – was war dann mit Xaver geschehen?

27

Es war Sonntagnachmittag. Am Morgen hatte die Familie in Nalda den Gottesdienst besucht. Florentin war danach mit den anderen Männern auf ein Glas Wein ins Wirtshaus gegangen. Am Stammtisch war über die anstehende Melioration diskutiert worden. Donat, der neue Mastral, hatte ausgeführt, wie wichtig es sei, die Besitzverhältnisse bei Äckern und Wiesen neu zu regeln und die durch Erbteilung zerstückelten Landflächen sinnvoll zusammenzulegen. Nur so lasse sich der Boden kostengünstig und ertragreich bewirtschaften. Florentin beneidete seinen Freund und den Gemeindevorstand nicht um diese schwierige, für die Zukunft des Dorfes einschneidende Aufgabe. Schon jetzt befürchtete jeder Bauer, dass er ein Stück Land gegen ein anderes, weniger wertvolles abtreten musste und die Entschädigungen aus seiner Sicht ungenügend ausfallen werde. Sicher würde noch manche Faust auf den Tisch geschlagen und manche Verwünschung ausgestoßen, bis sich die Naldenser zu einer einvernehmlichen Lösung durchringen konnten.

In drei Tagen begann der September. Die Heuernte war fast fertig, die Heuställe gut gefüllt. Bald schon kam das Vieh von den Alpen herunter und blieb bis Mitte Oktober, wenn es zurück nach Nalda ging, auf den Maiensäßweiden.

Cornelius war seit über zwei Monaten verschwunden. Florentin und Alinda hatten kein Wort mehr über ihn verloren. Obwohl er immer noch oft über die Ereignisse nachdachte, hatte sich Florentins Gemüt beruhigt und er konnte nachts wieder schlafen. Heute gönnte er sich sogar ein nachmittägliches Nickerchen auf der Ofenbank.

Als er erwachte, roch es nach Zwetschgenkuchen. Er stand auf und ging in die Küche.

«Wo sind Rätus und Teresia?», fragte er Alinda, die das Blech aus dem Ofen nahm.

«Sie sind mit den anderen Kindern unterwegs. Ich weiß gar nicht, wo sie stecken. Bis zum Abendessen werden sie schon zurück sein.»

Florentin ging hinüber zum Stall. Er wollte die Sensen schärfen, damit sie am nächsten Morgen ohne Verzug weiterarbeiten konnten. Nur mit einer scharfen Sense gelang der saubere Schnitt. Er setzte sich auf einen Schemel, ergriff den Hammer, legte das erste Sensenblatt auf den Amboss und begann, die Scharten aus der Schneide auszutreiben. Mit kurzen metallischen Tönen klopfte der Hammer auf das Blech. Ein wenig war Florentin stolz darauf, dass er das Dengeln, das viel Fingerspitzengefühl verlangte, rasch wieder erlernt hatte. Aber trotzdem: Viel lieber wäre ihm ein Motormäher. Damit wären sie schon vor Tagen mit dem Heuen fertig geworden. Letzte Woche hatte ihm Johannes die Bedienungsanleitung einer Mähmaschine gegeben. Johannes und Rudolf hatten fest vor, nächstes Jahr ein solches Gerät, mit der man auch pflügen konnte, zu kaufen. Florentin solle sich überlegen, ob er sich beteiligen wolle. Schon drei Mal hatte er den zwölfseitigen Text durchgelesen. Sobald sich eine gute Gelegenheit ergab, wollte er ihn Alinda zeigen, damit sie sich langsam mit dem Gedanken an einen Kauf anfreunden konnte.

Seine Schwester schien allmählich aus ihrer Erstarrung zu erwachen. Sie lachte wieder über Rätus' Späße, doch kurz und verhalten, als traute sie dem Frieden nicht. Immer noch suchte sie mit den Augen den Waldrand oder die Feldwege ab, als ob sie jemanden erwarte. Es war gut, dass sie auch nach der Heuernte viel zu tun hatten, den Mist ausführen, Holz spalten und aufschichten, schadhafte Stellen im Stall und im Haus ausbessern, Beeren und Pilze sammeln. Da blieb nicht viel Zeit zum Nachdenken. Zumindest tagsüber.

Plötzlich horchte Florentin auf. Stürmische Schritte näherten sich, begleitet von einem lauten Schimpfen, das fast in ein Weinen überging. Es war Rätus' Stimme. Worüber jammerte der Junge? War etwas passiert? Besorgt legte Florentin die Sense beiseite und trat hinaus. Alinda stand schon vor der Haustür und musterte Rätus und Teresia, die kurz vor Alinda ihren wilden Lauf abbremsten und keuchend stehen blieben. In ihren Gesichtern zeigte sich Bitterkeit. Teresia wischte sich mit dem Ärmel über die Augen.

«Was ist geschehen?», fragte Alinda mit einer Schärfe, die ihre Angst, dass etwas Schlimmes geschehen sei, überdecken sollte.

Rätus zog die Nase hoch und begann stockend zu erzählen:

«Wir sind mit den anderen Kindern zur Alp hinaufgegangen in die Sennerei. Der Senn hat allen ein Glas Milch gegeben. Als Teresia und ich dran waren, haben wir nichts bekommen. Ihr seid keine Bürger unserer Gemeinde, hat er gesagt, nur Bürger dürfen Milch von unserer Alp erhalten. Teresia hat geantwortet, dass das nicht gerecht sei und dass der letztjährige Senn auch kein solches Theater gemacht habe. Da hat er ihr eine Kopfnuss gegeben und gesagt, das habe nichts mit Theater zu tun, das sei das Gesetz.»

Rätus holte tief Luft und berichtete mit einem Seitenblick zu Teresia weiter, dass sie auf dem Rückweg Adam begegnet seien. Dieser habe Teresia gefragt, weshalb sie weine, und war fuchsteufelswild geworden, als sie ihm den Grund erläutert hatte. Er wollte sofort zum Senn hochgehen, um ihm die Meinung zu sagen. Doch Teresia hatte ihn davon abgehalten. Er könne doch nichts ändern. Außerdem gäbe das nur noch mehr Ärger.

Teresia boxte Rätus in den Arm, als wollte sie ihm sagen, dass er jetzt genug berichtet habe. Florentin war sich nicht sicher, ob der Glanz in ihren Augen von Tränen der Wut oder von der Freude über die Begegnung mit Adam kam. Sie schaute ihre Mutter schuldbewusst an, als ob sie befürchtete, dass Alinda sie wegen des Zusammenseins mit Adam ausschimpfen würde. Doch Alinda seufzte nur.

«Kommt mit in die Küche», sagte sie. «Ihr bekommt

hier eure Milch. Es ist nun mal so. Wir sind keine Bürger von Nalda und dürfen unsere Kühe deshalb nicht auf den Alpen der Gemeinde sömmern. Die Nutzung der Alpen steht nur den Bürgern zu. Deshalb sind unsere Tiere auf der Alp von Waldun.»

Waldun war die Nachbargemeinde von Nalda. Dort hatten einige Bauern den Hof aufgegeben und ihre Tiere verkauft. Sie arbeiteten nun in den Hotels in Crapa oder als Skilehrer. Das gab Platz auf den Alpen und fremde Kühe waren willkommen. Natürlich zu höheren Alpgebühren als für die Einheimischen.

Sie gingen in die Küche. Alinda schenkte den Kindern eine Tasse Milch ein und fügte jeweils einen gehäuften Löffel Zucker dazu. Rätus blickte immer noch drein wie ein wütender Stier.

«Hoffentlich schlägt beim nächsten Gewitter der Blitz in die Sennerei ein und verbrennt das ganze Haus», sagte er. «Ich mag das mit dem Bürgersein oder Nichtbürgersein schon gar nicht mehr hören. Wenn ich groß bin, ziehe ich weg von hier. Irgendwohin, wo es keine Bürger gibt. Wo alle Kinder Milch bekommen. Und wo ich zeichnen kann, was ich will.»

Zu Florentins Erstaunen schwieg Alinda. Vor noch nicht allzu langer Zeit hätte sie Rätus für seine Worte getadelt und mit Teresia geschimpft, weil sie Adam getroffen hatte. Als die Milch ausgetrunken war, überraschte Alinda ihn noch mehr:

«Ich habe es mir überlegt, Teresia», sagte sie unvermittelt. «Wenn du willst, kannst du nach Abschluss der Schulzeit ins Welschland gehen. Ich habe eine Cousine in Genf. Vielleicht kennt sie eine Familie, die dich nehmen würde.»

Mit offenem Mund starrte Teresia ihre Mutter an. Dann leuchtete ihr Gesicht auf, als ob es von einem Sonnenstrahl getroffen worden wäre. Sie nahm einen tiefen Atemzug.

«Vielen, vielen Dank, Mama. Ich bin so froh.»

Ihre Stimme brach ab und sie versteckte das Zucken ihres Mundes hinter der Hand.

Florentin lächelte Alinda an. Sie erwiderte seinen Blick, zuckte wie verlegen die Schultern, trat an den Herd und steckte Holzscheite in den Ofen. Dann begann sie, Kartoffeln zu schälen.

28

Die letzten Oktobertage waren angebrochen. Vor drei Wochen waren die Naldenser wohlbehalten vom Maiensäß nach Nalda zurückgekehrt.

Alinda hatte ihrer Tochter ein neues Kleid aus heidelbeerfarbigem Stoff genäht. Tränen waren Teresia über die Wangen gekullert, als sie es am ersten Schultag angezogen hatte. Lange hatte sie sich im Spiegel betrachtet und war fast zu spät zur Schule gekommen. Sie musste ihrem Bruder, der gemurmelt hatte, dass er nicht schon am ersten Tag eine Strafe bekommen wolle, nachrennen. Eigentlich war das Trauerjahr erst in einigen Tagen vorbei. Doch Alinda hatte ihr erlaubt, das schwarze Kleid vorzeitig abzulegen.

Es war kalt an diesem Mittwochmorgen. Vor einer Viertelstunde war der Metzger eingetroffen und hatte Alinda und Florentin mit einem kräftigen Handschlag begrüßt. Hilarius Schwarz war ein erfahrener Fachmann, auch wenn er nicht wie ein solcher aussah. Er war klein und bullig, mit lustigen Augen und einem dicken Hinterteil. Wegen seines Lispelns nannte man ihn 'Swarz', doch er nahm es mit Humor und ließ sich deswegen nicht davon abhalten, nach getaner Arbeit ausführlich über die Affären, Unglücke und sonstigen wichtigen oder weniger wichtigen Ereignisse aus den umliegenden Dörfern zu berichten. Er kam viel herum und kannte alle Bauernhöfe zwischen Chur und Castell.

Schwarz hatte seine lederne Schürze umgebunden und legte seine Messer nach Größe geordnet auf einem Hocker aus. Der Trog mit dem heißen Wasser stand bereit. Florentin öffnete umständlich die Stalltür, als ob er Zeit gewinnen wollte. Doch dann atmete er tief durch und trat in den Stall. Wenig später war ein unwilliges Quieken zu hören. Florentin erschien wieder in der Tür und zog das grunzende Schwein an einem Seil, das er ihm um den Hinterlauf gebunden hatte, hinter sich her. Obwohl er es ohne Hast tat, schienen die schweigenden Menschen das Tier zu beunruhigen. Seine Äuglein fuhren hin und her. Es schien Schlimmes zu ahnen. Doch dann stürzte es sich auf die beiden gekochten Kartoffeln, die Alinda ihm hingelegt hatte, und vertilgte sie schmatzend. Schwarz trat mit ruhigem Schritt an das Schwein heran, holte aus und hieb ihm die Rückseite der Axt auf den Kopf. Bewusstlos sackte es zu Boden. Die Beine und Ohren zuckten. Rasch stach Schwarz mit einem langen Messer in die Halsschlagader. Das Blut schoss in einem dicken Strahl heraus und Alinda fing es in einer Schüssel auf. Daraus würden sie Blutwurst machen. Energisch bewegte Schwarz den Vorderlauf des Schweines hin und her, damit alles Blut herausfließen konnte. Für die letzten Spritzer hielt Alinda noch eine kleinere Schüssel hin, in der sie trockenes, geriebenes Brot eingefüllt hatte. Das Blutbrot, wie sie es nannten, härtete rasch ein und schmeckte köstlich, wenn es in Butter oder

Schmalz gebraten wurde.

Florentin hielt sich die Hand vor den Mund. Er brauchte einige Zeit, bis er sich an den süßlichen Geruch des Blutes gewöhnt hatte. Doch Schwarz blickte ihn auffordernd an und mit einem tiefen Atemzug überwand Florentin den Brechreiz und packte die beiden Hinterbeine des toten Tieres. Schwarz ergriff die Vorderbeine und mit einem lauten «Hauruck» hievten sie es in den Trog. Mit geübten Handgriffen legte Schwarz eine Kette um den Körper und rollte und zog sie auf und ab, hin und her. Es war eine schwierige Arbeit, die Geschicklichkeit, Gefühl und Kraft benötigte. Das Wasser schwappte aus dem Trog und Alinda goss immer wieder neues nach. Endlich lösten sich die Borsten von der Haut, so dass Schwarz sie abschaben konnte. Am hartnäckigsten hielten sie sich um die Ohren und an den Füßen. Florentin half mit, so gut er konnte. Doch ihm fehlt die Routine und er stellte sich unbeholfen an.

«Gut gemacht», sagte Schwarz trotzdem, als die letzte Borste entfernt war, und klopfte Florentin auf die Schulter. «Das war der anstrengendste Teil. Jetzt kommt das Schöne.»

Alinda half den beiden Männern, das Schwein aus dem Trog zu holen und es an den Hinterfüßen an die Holzleiter zu hängen, die gegen die Stallwand gelehnt war. Das Schwein sah seltsam nackt und zart aus wie ein übergroßes frischgeborenes Ferkel. Die Haut schimmerte fast weiß. Es war für Alinda immer ein spezieller Moment, wenn der Metzger den Bauch des Schweins aufschnitt und die Innereien herausquollen. Aus dem Tier, das noch vor kurzem geatmet und gegrunzt hatte, wurde Nahrung, die sie über den Winter brachte.

Fast zwei Stunden benötigte Schwarz, um das Schwein zu zerteilen. Er säbelte, hackte, zog und schnitt, ächzte und stöhnte. Immer wieder verzerrte sich sein Gesicht zu angestrengten Grimassen. Alinda war nicht ganz sicher, ob er nicht auch ein wenig Theater spielte und die Zeichen der Anstrengung übertrieb, denn zwischendurch lächelte er sie verschmitzt an. Alinda hatte Kisten bereit gestellt für die verschiedenen Teile: eine fürs Fett, eine für Haut und Beine, eine fürs Fleisch und eine für die Schnittreste. Immer wieder nahm sie ein Stück Fleisch in die Hand, das Filetstück oder ein Kotelett, und strich darüber, als ob sie es liebkosten wollte. Es fühlte sich kühl und fest und angenehm an.

Die Kirchenuhr schlug zwölf, als der Metzger seine Schürze ablegte. Kurz darauf kamen Rätus und Teresia nach Hause. Für den Nachmittag hatten sie schulfrei bekommen, um beim Wursten mitzuhelfen. Schwarz blieb zum Mittagessen und langte kräftig zu. Es gab Pizochels und Apfelmus. Bei der letzten Schlachtung hatte er Alinda verraten, dass er gar nicht immer Fleisch essen wolle. Davon bekomme er genug. Der Redefluss des Metzgers war nicht zu bremsen. Rätus verkniff sich ein Lachen, weil Schwarz mit vollem Mund sprach, was den Kindern verboten war.

«Es wird wieder Stromsparmaßnahmen geben, heißt

es. Das Jahr war zu trocken. Die Stauseen haben zu wenig Wasser.»

Alinda nickte. Sie hatte davon gehört. Doch Schwarz war schon beim nächsten Thema und berichtete von der Vaterschaftsklage eines jungen Mädchens aus Castell. Das uneheliche Kind sei von einem Wirt, der sie verführt habe. Der habe erst vor einem Jahr die Bewilligung zur Führung des Gasthofes bekommen. Jetzt müsse er schauen, dass er sie nicht wieder verliere. Alinda wollte fragen, was mit dem Mädchen geschehe, doch sie kam nicht dazu. Schwarz schwatzte schon weiter. Wie es mit dem Bau der Kanalisation in Nalda stehe? Werde sie noch in diesem Jahr fertig? Alinda konnte wieder nur knapp nicken, bevor Schwarz fortfuhr, dass auf dem letzten Viehmarkt ein junges Rind für über zweitausend Franken verkauft worden war. Florentin atmete tief durch, als er das hörte.

Als Alinda nach dem Essen Kaffee einschenkte, fragte der Metzger unvermittelt:

«Cornelius Beuter. Hat der nicht in eurem Dorf gewohnt?» Diesmal wartete er die Antwort ab.

Alinda und Florentin blickten gleichzeitig hoch. Ein Schauder überfiel Alinda.

«Was ist mit ihm?»

«Ich habe gehört, dass er nach Amerika wollte», sagte Schwarz und nippte am Kaffee.

«Ach ja?», sagte Alinda und setzte mit zitternder Hand die Tasse auf den Unterteller, so dass es klirrte.

«Er ist kurz vor Ende der Überfahrt ums Leben gekommen. Bei einem Streit, sagen die einen. Andere behaupten, er sei krank gewesen. Wie auch immer. Tragisch ist es auf jeden Fall. Er war ja nicht mal dreißig Jahre alt.»

Alinda suchte Florentins Blick, doch dieser starrte wie abwesend vor sich hin. Sie nahm das weitere Geplauder des Metzgers nicht mehr wahr. Cornelius war tot. Gestorben auf einem Schiff nach Amerika. Dann hatte Florentin die Wahrheit gesagt und ihm nichts angetan. Und sie musste nie mehr Angst haben, dass Cornelius zurückkommen und sie verraten würde. Nur mit Mühe konnte Alinda die Tränen der Erleichterung zurückhalten.

«Gott sei seiner Seele gnädig», murmelte sie und bekreuzigte sich.

Schwarz schaute sie verdutzt an. Er war schon weiter mit seinen Geschichten.

«Ja», sagte er, als er erfasste, dass Alinda von Cornelius sprach, und schlug ebenfalls das Kreuzzeichen. Endlich blickte Florentin seine Schwester an, befreit und traurig zugleich. Wahrscheinlich hatte er trotz allem Mitleid mit dem armen Cornelius, der sein Leben verpfuscht hatte. Sie erschrak, als Schwarz auf den Tisch klopfte und verkündete, dass er jetzt weitermüsse. Seine Arbeit hier sei getan.

«Nächstes Jahr will ich beim Schlachten dabei sein», sagte Rätus und begleitete den Metzger, der ihm die verschiedenen Anwendungen seiner Messer erklärte, nach draußen. Teresia ging in ihr Zimmer, um sich umzuziehen. Alinda und Florentin blieben in der Küche sitzen.

«Dann wird alles gut», sagte Alinda leise. Es war mehr

eine Frage als eine Feststellung.

Florentin zuckte mit den Schultern.

«Ich glaub schon», sagte er nach einigen Sekunden. Die Trauer war aus seinem Gesicht verschwunden.

Bis spät abends machten sie Würste. Teresia wusch den Darm draußen am Brunnen aus und musste danach ihre kalten, roten Hände kräftig aneinander reiben, um sie warm zu bekommen. Florentin und Rätus trieben das Fleisch durch den Fleischwolf, Alinda würzte und mischte es. Sie und Florentin redeten kaum. Doch es war ein entspanntes Schweigen, das Teresia nicht davon abhielt, vor sich hin zu summen, während sie half, die Würste zu stopfen und abzubinden. Alinda ermahnte sie, vorsichtig zu sein, damit der Darm nicht einriss.

Noch immer konnte sie kaum fassen, was Schwarz erzählt hatte. Sie hatte ein schlechtes Gewissen, dass sie schon wieder froh über den Tod eines Menschen war. Doch es war nun mal so. Gott entschied, wann ein Mensch starb. Aber nun würde Cornelius nie mehr gestehen können, dass er Xaver getötet hatte. Denn zu diesem Schluss war Alinda gekommen. Wer sonst sollte es getan haben?

Am Abend hingen die Würste in Reih und Glied im Estrich. Rätus fielen beim Abendessen fast die Augen zu vor Müdigkeit. Als Alinda ihn zu Bett schickte, gehorchte er ohne Widerrede.

«Gut hast du mitgeholfen», sagte sie und freute sich über den Stolz in Rätus Gesicht. Es war ein schöner Tag gewesen.

29

Genauso wie vor einem Jahr, an Bertrams Beerdigung, strich eine kalte Bise über den Friedhof. Die Sonne war von einem Wolkenschleier verdeckt. Alinda kniete vor dem Grab und setzte Erikakraut ein.

«Teresia wird uns nächstes Jahr verlassen», erzählte sie, als ob ihr Bertram gegenübersitzen würde. «Wenn Florentin nicht bei mir bleibt, bin ich schon bald allein. Er ist mir eine große Stütze. Ich weiß nicht, ob er hierbleiben oder fort gehen will. Ich glaube, er weiß es selbst noch nicht. Jedes Mal, wenn er von dieser Susanne einen Brief aus England bekommt, ist er bedrückt und noch schweigsamer als sonst. Ich weiß nicht, was sie ihm schreibt. Es geht mich auch nichts an, aber ohne Florentin hätte ich das alles nicht geschafft, Bertram. Ich muss Gott jeden Tag danken, dass er mir einen solchen Bruder geschenkt hat.»

Sie erhob sich.

«Ich vermisse dich», flüsterte sie und ein kurzes Schluchzen drang aus ihrer Kehle. Doch sie wollte nicht mehr weinen. Bertram hätte daran keine Freude gehabt. Rasch faltete sie die Hände und murmelte ein Vaterunser. Ein Frösteln überkam sie und sie zog den schwarzen Mantel fester um sich. Noch zwei Jahre lang würde sie schwarz tragen für Bertram, vielleicht sogar noch länger. Auch wenn er das vielleicht gar nicht gewollt hätte. Alinda nahm den Sprenger aus dem Weihwassergefäß und zeichnete ein Kreuz über dem Grab. Dann verließ sie den Friedhof.

Kaum hatte sie das Friedhofstor geschlossen, hörte sie ihren Namen. Sie schaute zurück. Pfarrer Vitus eilte aus der Sakristei herbei. Er winkte mit einem Zettel in der Hand. Obwohl sie keine Lust hatte, sich mit ihm zu unterhalten, wartete sie.

«Sieh dir das an, Alinda. Das hat dein Sohn gezeichnet.»

Der Vorwurf in seiner Stimme war nicht zu überhören. Alinda musterte die Zeichnung und presste die Lippen zusammen, um ein Lachen zu unterdrücken. Sie zeigte einen weißhaarigen Mann, dünn wie ein Streichholz, der Kopf nicht viel dicker als der Körper. Augen, Nase und Mund waren nur mit kräftigen Strichen gezeichnet und machten das Gesicht hart. Auch ohne die Soutane, auf die kleine Frösche gemalt waren, hätte man den Pfarrer sofort erkannt.

«Was sagst du dazu, Alinda? Das ist eine unerhörte Frechheit. Du hast mir versprochen, dass Rätus mit der bösartigen Zeichnerei aufhört.»

«Er wird zur Strafe eine Woche lang abends nicht nach draußen gehen dürfen, Herr Pfarrer», versprach sie und überlegte, wie oft sie das in den letzten Monaten schon gesagt hatte.

«Das ist eindeutig zu wenig, Alinda. Ich glaube, dir ist der Ernst der Lage nicht bewusst. Einige seiner Mitschüler haben die Zeichnung gesehen und darüber gelacht. Sie verlieren den Respekt vor der Kirche und vor ihren Würdenträgern. Ist dir klar, was das heißt, Alinda?»

Zweimal hatte er ihren Namen genannt, scharf und eindringlich, als ob er sie noch mehr anklage als Rätus. Alinda betrachtete die Zornesfalten auf der Stirn des Pfarrers. Langsam war sie es leid, als unfähige und überforderte Mutter mit frechen und liederlichen Kindern angeprangert zu werden.

«Der Herr Pfarrer hat den Jungen sicher schon gezüchtigt?»

«Natürlich. Ich habe ihm eine Tracht Prügel gegeben. Außerdem muss er zweihundert Mal den Satz 'Ich darf keine teuflischen Zeichnungen machen' schreiben. Hoffentlich ist ihm das eine Lehre.»

«Der Herr Pfarrer meint es sicher nur gut, doch ich glaube, dass Rätus damit und mit dem Hausarrest genügend bestraft worden ist. Kinder sind sensible Wesen. Allzu viel Prügel schadet ihnen. Sie bekommen Angst vor dem Leben.»

Alinda war genauso verblüfft wie Pfarrer Vitus. Es war, als hätte ihr Bertram die Worte eingeflüstert. Sekundenlang starrten sie einander mit offenem Mund an. Gerne hätte Alinda hinzugefügt, dass sie dem Pfarrer nicht mehr erlaube, ihren Sohn zu ohrfeigen oder mit dem Lineal oder dem Stock zu schlagen. Doch ihr Mut war ausgeschöpft. Die Lehrer, vor allem die älteren, bestraften die Kinder auch auf diese Weise, wenn sie die Aufgaben falsch oder gar nicht gelöst, sich mit anderen geprügelt oder sonst etwas angestellt hatten. Auch die meisten Eltern waren nicht zimperlich. Früher hatte Alinda gedacht, dass Prügel zu einer guten Erziehung gehöre. Auch sie hatte ihren Kindern Ohrfeigen gegeben. Doch das war, bevor Bertram ihr von den empfindsamen Seelen der Kinder erzählt und sie überzeugt hatte, dass es andere Wege gebe, um die Kinder auf den rechten Pfad zu führen.

Pfarrer Vitus hatte sich von seinem Schock über Alindas Widerrede erholt.

«Ich werde es dem Schulrat melden», sagte er, riss ihr das Papier aus der Hand und ging in die Kirche. Die Soutane flatterte im Wind. Alinda schaute ihm nach. Seine Drohung ließ sie seltsam unberührt. Sollte er doch. Donat war ebenfalls Mitglied im Schulrat und würde sich sicher für Rätus einsetzen.

Sie ging bei Lavinia auf einen Schwatz vorbei. Das hatte sie schon lange nicht mehr getan. Ihre Freundin wusste zu berichten, dass demnächst eine Telefonkabine aufgestellt werden sollte, gleich neben dem Backhaus. Außerdem habe der hinkende Franz, ihr weit entfernter Verwandter, eine Buße bekommen, weil er ohne Wissen der Gemeinde die Plombierung an seinem Stromzähler entfernt habe. Er sei halt ein schwieriger Charakter und habe Mühe, Vorschriften einzuhalten. Alinda erzählte ihr von der Begegnung mit Pfarrer Vitus und bat Lavinia, bei Donat ein gutes Wort für Rätus einzulegen.

«Das werde ich machen. Aber Rätus sollte wirklich zurückhaltender sein mit seinen Zeichnungen», sagte Lavinia, als sich Alinda verabschiedete. «Der Pfarrer hat viel Einfluss.»

Es war fast halb vier, als Alinda nach Hause kam. Ignaz saß am Rande des Vorplatzes auf dem Boden, dort, wo die abschüssige Wiese angrenzte. Er hatte kleine Steinchen vor sich hingelegt und warf eines nach dem anderen die Böschung hinunter.

«Was machst du da?», fragte Alinda und trat näher.

Ignaz blickte hoch und brabbelte etwas. Alinda verstand es nicht.

«Was sagst du? Willst du mir etwas erzählen?»

Sie setzte sich neben ihn auf den Boden. Er gab ihr drei Steine und zeigte auf einen Gegenstand im Gras. Erst auf den zweiten Blick erkannte Alinda Arme und Beine und blondes Haar. Es war die Puppe von Teresia, die sie nicht mehr gefunden hatte. Ignaz warf einen Stein gegen die Puppe und schrie freudig auf, als er sie traf.

«Still machen.»

Aus seinem Mund trat Speichel. Alinda blickte ihn entgeistert an. Ihr schwante etwas.

«Warum tust du das, Ignaz? Was willst du still machen.»

«Schreien. Schimpfen.»

Diesmal nahm er drei Steine gleichzeitig und warf sie hinunter. Keiner traf. Alinda wartete ungeduldig. Zu viele Fragen verschüchterten Ignaz.

«'Aver böse. 'Aver Angst machen», sagte er plötzlich, ohne Alinda anzusehen.

Sie berührte sanft seinen Arm.

«Hast du Steine auf Xaver geworfen?», fragte sie wie beiläufig.

Ignaz lächelte und nickte heftig.

«Als er unten am Weg lag?»

Wieder nickte er.

«'Aver laut, 'Aver böse.»

Jetzt huschten Ignaz' Augen von der Puppe zu ihr hin und her.

«'Aver still.»

Er bleckte die Zähne und begann, mit dem Oberkörper zu wippen.

Das also war geschehen an diesem schrecklichen Tag im April, nachdem Alinda vom Unfallort weggerannt war. Ignaz war ihr an diesem Tag entgegengekommen, wie er es schon früher gemacht hatte. Aber sie hatte ihn nicht gesehen. Vielleicht war er erst losgegangen, als sie schon zu Hause gewesen war. Oder er hatte den Kampf beobachtet und sich versteckt. Auf jeden Fall hatte er Xaver entdeckt. Und dieser ihn auch. Alinda konnte sich vorstellen, wie Xaver den armen Ignaz angeschrien hatte, er solle ihm helfen, und ihn beschimpfte, weil er völlig überfordert war und nichts tat, als dazustehen und Xavers Gebrüll anzuhören. Wahrscheinlich wollte Ignaz einfach das Schreien abstellen, als er begann, Steine auf den Mastral zu werfen oder sie vom Wegrand loszutreten, so dass sie wie eine kleine Lawine hinunterrollten. Einer davon musste Xaver getötet haben.

Alinda musterte Ignaz nachdenklich, während er neue

Steinchen zusammensuchte. Als sie aufstand, blickte er sie ängstlich an.

«Alles ist gut, Ignaz. Spiel weiter.»

Alinda ging hinüber zum Stall, wo Florentin beim Ausmisten war. Stockend erzählte sie ihm von ihrem Gespräch mit Ignaz. Nach ihren ersten Worten unterbrach er die Arbeit und stützte sich auf die Mistgabel.

«Armer Teufel», sagte er, als Alinda geendet hatte. Sie wusste nicht, ob er Ignaz oder Xaver meinte, fragte aber nicht nach.

«Wir werden niemandem davon erzählen», sagte Florentin nach einer Weile. «Xaver wird nicht wieder lebendig davon. Und Ignaz stecken sie vielleicht in eine geschlossene Anstalt. Du weißt, dass er das nicht lange überleben würde.»

Alinda nickte. Ignaz wusste nicht, was er getan hatte und das Eingesperrtsein wäre sein Tod.

«Dann wissen wir jetzt endlich, was passiert ist», sagte Florentin und schaute Alinda fest an. Sie erkannte die Erleichterung in seinen Augen.

«Ja», flüsterte sie.

Nicht Cornelius war an Xavers Tod schuld. Da hatte sich Alinda geirrt. Doch wichtiger war, dass Florentin die Gewissheit hatte, dass sie Xaver verletzt, aber lebend verlassen hatte. In Alindas Hals wurde es eng und ihr Mund zitterte. Langsam kullerten Tränen über ihre Wangen. Sie ließ es zu. Florentin reichte ihr sein Taschentuch, obwohl er wusste, dass sie selber eines hatte. Es war immer noch so sorgfältig zusammengelegt, wie es Alinda nach dem Bügeln getan hatte. Minutenlang standen sie schweigend da, neben den Kühen, die ihnen den Kopf zuwandten und gleichgültig kauten und schnaubten. In Alindas Kopf war eine große Leere. Erst als Trilpa laut muhte, als ob sie fragen wollte, ob die beiden nichts zu tun hätten, räusperte sich Florentin.

«Ich muss weiterarbeiten», sagte er und stieß die Mistgabel in den Dung.

Alinda nickte. Die Tränen waren versiegt.

«Danke», sagte sie und ging hinaus.

Der kalte Wind empfing sie, doch er konnte ihr Lächeln nicht verscheuchen. Ignaz saß immer noch am Boden. Das Spiel mit der Puppe war ihm verleidet. Er zerdrückte Ameisen.

30

Lieber Florentin
Natürlich verstehe ich deine Entscheidung. Es tut mir sehr leid, dass du nicht nach England kommst. Aber so, wie ich dich kenne, hast du es dir gut überlegt. Und deine Schwester ist sicher froh, dass du bei ihr bleibst.
Ich habe einen jungen Mann kennengelernt und bin schon zwei Mal mit ihm im Kino gewesen. Ich glaube, ich bin in ihn verliebt. Er heißt Charles. Genauso wie der neugeborene Sohn von Prinzessin Elizabeth. Sie ist wirklich eine wunderschöne Frau.
Seit einem Monat kann ich im Hotel an der Rezeption aushelfen. Das freut mich sehr. Ich kann mich schon gut auf Englisch unterhalten. Es hat sich gelohnt, dass ich fast jeden Tag eine Stunde lang gelernt habe, seit ich hier bin. Außerdem kann ich jetzt mit Charles üben. Er hat viel Geduld. Vielleicht kann ich schon bald ganz als Rezeptionistin arbeiten. Drück mir die Daumen.
Ich wünsche dir und deiner Schwester und den beiden Kindern eine schöne Adventszeit und fröhliche Weihnachten. Schreib mir mal wieder. Ich freue mich immer auf Briefe aus der Heimat.
Herzlichst
Susanne

Florentin trat ans Fenster. Es schneite, passend zum zweiten Adventssonntag. Der Vorplatz war schon fast zwanzig Zentimeter hoch mit Schnee bedeckt. Die Ruhe in Florentins Innern fühlte sich gut an und verschluckte die immer selteneren Zweifel über seine Entscheidung rasch. Es freute ihn, dass Alinda häufiger lachte und mindestens ein Mal in der Woche ihn und die Kinder fragte, ob sie Lust auf einen Jass hätten. Natürlich hatten sie. Sogar ihm, Florentin, machte das Kartenspiel inzwischen Spaß.

Plötzlich hörte Florentin, dass jemand Klavier spielte, zaghaft und abgehackt, eine einhändige Melodie, die er nicht sofort einordnen konnte. Er ging in den Flur. Aus der Küche kam Alinda, ebenso überrascht wie er. Vorsichtig öffnete Florentin die Tür zur Stube und trat ein. Rätus saß am Klavier. Ein Buch war auf dem Notenständer aufgeschlagen. Es war die 'Merlotscha', das romanische Schulgesangbuch, aus dem schon Bertram oft gespielt hatte. Mit dem linken Zeigefinger folgte Rätus der obersten Notenreihe und schlug die Töne mit der rechten Hand auf den Tasten an. Langsam und zögerlich. Wenn er die falsche Taste erwischte, hielt er abrupt inne, sah auf die Tasten und suchte die richtige. In der stakkatohaften Melodie erkannte Florentin schließlich 'Stille Nacht'. Als er zu Ende gespielt hatte, drehte sich Rätus um. Er lächelte verlegen.

Alinda trat zu ihrem Sohn und küsste ihn auf den Kopf.

«Mach weiter, Rätus. Papa hätte seine Freude daran.»

Florentin schluckte den Kloß im Hals herunter.

«Schön», sagte er nur.

Da ging die Haustüre und kurz darauf trat Teresia in die Stube. Sie brachte einen Schwall kalter Luft mit. Ihr Gesicht war gerötet. Sie war mit Adam spazieren gewesen.

«Was machst du denn am Klavier?», fragte sie ihren Bruder.

«Dumme Frage. Ich spiele.»

«Dann lass mal hören.»

Rätus wandte sich wieder den Noten zu und begann von Neuem. Als er geendet hatte, blickte er triumphierend seine Schwester an.

«Na, da musst du aber noch viel üben, kleiner Bruder.»

Sie lachte, aber mehr, um ihre Verlegenheit zu überspielen, als um sich über Rätus lustig zu machen.

«Das weiß ich selbst. Es ist schließlich lange her, seit mir Papa gezeigt hat, wo die Töne sind. Aber ich verspreche euch, bis Weihnachten kann ich euch bei 'Stille Nacht' begleiten.»

Er begann wieder von vorn.

Alinda ging zurück in die Küche und zog Teresia mit. Sie solle ihr bei den Vorbereitungen des Nachtessens helfen. Florentin vermutete jedoch, dass sie viel mehr wissen wollte, wo ihre Tochter mit Adam gewesen war. Er setzte sich in den Sessel. Das Holz knackte im Ofen. Auf dem Fenstersims stand die zweite Adventskerze bereit, die Alinda am Abend anzünden würde. Diese Stube, dieses Haus war nun sein neues Zuhause – und zugleich sein altes. Das Zusammenleben mit Alinda würde nicht immer einfach sein. Manchmal war sie eine sture Geiß, die sich von niemandem etwas sagen ließ, manchmal hilfsbereiter als eine Heilige, manchmal ein Regenwurm, der sich in die stumme Erde zurückzog, um seine Ruhe zu haben und manchmal flattriger und ungeduldiger als ein frischgeborenes Küken. Aber er war ein geduldiger Mensch und wusste, wie er mit ihren Launen umzugehen hatte.

Rätus blätterte das Gesangbuch durch auf der Suche nach anderen einfachen Melodien. Der Junge war gewachsen in den letzten Monaten. Die Hosenbeine und die Ärmel des Pullovers waren zu kurz. Seine Stimme kippte immer häufiger in die Tiefe. Vom Schulrat hatte er eine Ermahnung bekommen. Nun hielt er sich an die Abmachung, nur noch zu Hause zu zeichnen und niemandem außerhalb der Familie seine Bilder zu zeigen. Adam gehörte für Rätus zur Familie, aber das hatte er nur seinem Onkel anvertraut.

Florentin stand auf und ging in sein Zimmer. Er wollte Susanne heute noch antworten und ihr ebenfalls schöne Weihnachten wünschen. Wenn er den Brief morgen dem Postboten mitgab, bekam sie ihn vielleicht noch rechtzeitig zu den Festtagen. Er setzte sich an den Tisch und holte Papier, den Federhalter und die Tinte aus der Schublade.

Da klopfte es und Alinda trat ein. In der Hand hielt sie ein dünnes Heftchen. Es war die Bedienungsanleitung des Motormähers, den Florentin kaufen wollte. Absichtlich hatte Florentin die Anleitung seit Wochen auf dem Stubenbuffet neben der Zeitung liegen lassen, in der Hoffnung, dass Alinda sie anschauen würde.

«Ich habe sie durchgelesen», sagte Alinda und reichte Florentin die Anleitung. «Vielleicht ist es gut, wenn du mit Johannes und Rudolf redest.»

Sie hielt kurz inne und warf einen Blick auf Susannes Brief, der auf dem Tisch lag. Dann wandte sie sich um, ging hinaus und schloss leise die Türe. Erst allmählich begriff Florentin ihre Worte. Alinda war einverstanden mit dem Kauf eines Motormähers. Endlich! Danke, hauchte er dem Bild der Muttergottes zu.

Er griff zum Füllfederhalter, tauchte ihn in die Tinte und schrieb ohne abzusetzen:

Liebe Susanne
Ich bereue meine Entscheidung nicht. Ich glaube, dass ich meinen Platz gefunden habe. Damit ich aber nicht vergebens Englisch gelernt habe, werde ich ab Januar in einem Hotel in Crapa arbeiten. Nur drei Monate. Dann, im April, beginnt wieder die Arbeit auf dem Hof. Dann habe ich keine Zeit mehr fürs Hotel. Ich wünsche dir und deinem Charles alles Gute und ein friedliches Weihnachtsfest. Gott segne euch. Herzlichst. Florentin Montesi.

Es war halb zehn. Die Kinder schliefen bereits. Alinda saß am Stubentisch und stopfte ein Loch in Rätus' Socke. Geschickt bildete sie mit dem Wollfaden die fehlenden Maschen nach. Die Zeitung raschelte, wenn Florentin umblätterte. Im Ofen knackten die Holzscheite und an der Wand tickte die Uhr gleichmäßig wie immer. Ihr ist es egal, was in diesem Jahr alles passiert ist, dachte Alinda. Es war ein Jahr mit schrecklichen Ereignissen gewesen, die sie an den Rand ihrer Kräfte gebracht hatten. Doch sie hatte es geschafft. Mit eigener Kraft und mit der Unterstützung von Florentin. Ein tiefer Seufzer entrang sich ihrer Kehle. Florentin schaute auf und lächelte sie flüchtig an. Dann las er weiter. Alinda fühlte eine tiefe Dankbarkeit. Ihr Bruder blieb bei ihr. Doch Teresia ging im Frühjahr ins Welschland, um Französisch zu lernen. Alinda würde ihre Tochter vermissen, sehr sogar. Nicht nur, weil ihre Arbeitskraft auf dem Hof fehlte. Deshalb natürlich auch. Doch vor allem, weil Teresia eine verständige junge Frau geworden war und eine angenehme Gesprächspartnerin, die sich über haushälterische Belange und weibliche Befindlichkeiten unbekümmert und oft auch humorvoll ausließ. Alinda spürte, dass ihr Teresias Art guttat. Auch Lavinia hatte dies bemerkt und ihr gesagt, wie schön es sei, dass sie nun hin und wieder lache. Ihre Freundin hatte recht. Das Leben als Bergbäuerinnen blieb arbeitsintensiv und entbehrungsreich. Doch es gab auch Momente der Zufriedenheit. An diesen durfte man sich erfreuen und auf all das stolz sein, das man mit Gottes Segen erreicht hatte – ohne hochmütig zu werden. Das vergangene Jahr war das schlimmste ihres Lebens gewesen. Doch sie hatte ihre Familie, den Hof und sich selbst durchgebracht. Das Getreide war geerntet. Das Vieh gesund. Die Keller waren gefüllt mit Kartoffeln und Käse, mit Äpfeln, Rüben, Kabis, getrockneten Bohnen und gedörrten Birnen, mit Brot und mit vielen Gläsern Konfitüre aus Heidel- und Brombeeren, Johannis- und Holunderbeeren. Im Estrich hingen Würste und Schinken. Alinda blickte hinüber zu Bertrams Fotografie, die auf dem Klavier stand. Sie glaubte ein Zwinkern in seinen Augen zu sehen. Rasch wischte sie sich eine Träne aus dem Augenwinkel. Dann führte sie den Faden noch ein letztes Mal durch den Stoff, nahm die Schere und schnitt ihn ab. Als sie die Socke näher ans Licht hielt, um das Ergebnis ihrer Arbeit zu prüfen, lächelte sie zufrieden. Das Loch war perfekt geflickt.